JN039537

真広桃李
八千代 円
近藤ユリア
秋ヶ瀬春香
登場人物紹介

マリア
赤城笑奈
グウェイン
神貫光也
御剣 新

「トウリさんが帰ってくるのを、
いつまでも待っています。だから、その時は……ね？」
最後の一言を呟いたアリーシャは上目遣いで、
とても恥ずかしそうにしている。
アリーシャ

CONTENTS

職業は鑑定士ですが【神眼】ってなんですか？
～世界最高の初級職で自由にいきたい～

3

渡 琉兎
イラスト ゆのひと

プロローグ

——コンコン。

「どうぞ」

シュリーデン国の王女であったマリアが返事をすると、部屋の扉が開かれて特級職の勇者である神貫光也《かみぬきこうや》が姿を現した。

「俺を呼んでいるって聞きましたが……どうしたんですか？」

柔和な笑みで問い掛けたものの、マリアの顔が沈んでいるのを見て光也は険しい表情を浮かべる。

「……先ほど、シュリーデン国へ送った早馬が戻ってまいりました」

「陛下たちに勝利の報告をするためだったのですよね？　何かあったのですか？」

「……その早馬はシュリーデン国に入ったあと、王都までは辿《たど》り着けなかったのです」

そう口にしたマリアの表情はとても悲しそうで、光也は思わず彼女へ駆け寄り抱きしめた。

「どうしたんですか？　いったい何があったのですか？」

「……お父様とお母様が、殺されてしまいました」

「なあっ!?　……そ、それはいったい？　誰が陛下たちを！」

驚きと共に当然の疑問を口にした光也から体を離し、マリアは潤んだ瞳を光也に向けて答えた。

「……アデルリード国が、私たちが国を離れている隙《すき》をついて攻めてきたようです」

「アデルリード国？　……周辺国ではないのですか？」

「はい。どのようにして攻め入ったのか、その方法すらわかりません」

「……おのれ、アデルリード国！　俺たちがいない隙をついただと？　卑怯者《ひきょうもの》め！」

光也の反応を見たマリアはそのまま彼の胸の中に顔を埋《うず》めてすすり泣く。

しかし、その表情は冷めたものであり、これで自分の思う通りに動いてくれるだろうと内心ではほくそ笑んでいた。

「すぐにでも俺がシュリーデン国へ向かい、アデルリード国の奴らを叩《たた》きつぶしてやります！」

「ダメです、コウヤ様！　もしもあなたまでいなくなってしまったら、私は……私は！」

「……マリア様」

今度は顔を上げず、胸の中に埋めたまま言葉を発していく。

「ですが、エナ様がシュリーデン国を調査してくると言って、すでに出立してくれました」

「赤城《あかぎ》がですか？」

「はい。エナ様ならきっと、何かしらの情報を掴《つか》んでくれるはずです」

光也としては学校でも素行が悪く、周りから不良と呼ばれていた彼女のことを簡単に信じることができないものの、マリアのことは信じているので渋々頷《うなず》くことにした。

「……そうですね。きっと赤城なら、情報を手に戻ってきてくれるでしょう」

彼女の言葉に合わせるようにそう口にしたものの、内心では別のことを考えていた。

（……もしかしたら、シュリーデン国でひと暴れしてから戻ってきそうだがな）

しかしそれを言葉に出すことはなく、光也はマリアを再び優しく抱きしめた。

（……あなたは私を守る最後の砦《とりで》なのだから、勝手に遠くへなんて行かせないわ）

彼の腕の中でそう考えているマリアだが、彼女は気づいていなかった。

彼女の思考が、自分があれほど嫌っていた国王の父ゴーゼフや王妃の母アマンダと全く同じだということに。


——一方、シュリーデン国へ向かった赤城笑奈《えな》は自分がどう行動するべきかを考えていた。

（このままマリアに従うか、この絶好の機会に逃げて自由に生きるか……どうしよっかな～）

ひとまずは指示通りにシュリーデン国へ向かっているものの、ロードグル国へ戻るか、それとも別のどこかへ逃げるかなど、様々なことを考えている状態だ。

「……とはいえ、この世界のことなんて、な～んにもわかんないからな～」

思わず口をついて出た言葉に、笑奈はくすりと笑ってしまう。

日本では常に強気であり、気に入らない相手には突っかかっていった笑奈だが、異世界という未知の場所ではそうもいかない。

素行の悪さが目立っていたものの、実は自己分析がしっかりできる人間であり、相手が自分よりも弱いとわかっているからこそ突っかかっていくわけで、実際は慎重な性格だった。

「まあ、逃げたところですぐにバレちゃうだろうし、そうなったら今度こそ魔眼で操られそうだしね～」

魔眼の影響下に置かれることはなかったが、もしマリアが本気を出したならば、笑奈であっても

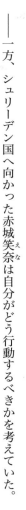

操り人形にされてしまうだろう。

今はまだ上手《うま》く騙《だま》せている。そのために必死に戦い、生き延びてきたのだ。

「それに、マリアだけじゃなく生徒会長もいるからな～……本当に、邪魔だよね～」

特級職の勇者であり、笑奈が最も警戒している人物――神貫光也。

戦争では隊長クラスの強敵とも数多く戦い、そのすべてを退けてきた笑奈だったが、それでも光也にだけは勝てる気がしなかった。

だが、それは光也だけであり、シュリーデン国で一緒だった新《あらた》には感じていなかったものだ。

日本にいた頃の単純な喧嘩《けんか》であれば絶対に負けない自信がある。

故に、何が理由で光也に勝てないと思っているのか、実を言えば笑奈にもわかっていなかった。

だからこそ――怖いのだ。

「……ったく。私が生徒会長を怖いと思う日が来るなんてねぇ～」

両手を後頭部に回して空を見上げながら、笑奈本来の性格が顔を覗《のぞ》かせる。

「だ～れか、私を導いてくれる王子様はいないかな～」

赤城笑奈という人間は――乙女だった。

幼少期は王子様に憧れる純真無垢《むく》な少女だったが、いつになっても現れない王子様に愛想をつかし、ならばと自分が強くなることで自らを守る選択をした。

笑奈の前に王子様が現れていたなら、今の彼女は存在しなかっただろう。

しかし、内心では、いつの日か王子様が現れることを願っている。

そして、異世界であれば理想の王子様が現れてくれるのではないかという希望を、僅《わず》かながらに持っていた。

「……はぁ～。まあ、さすがにそれはないよね～」

自分の願いが成就しないことを理解しながら笑奈は呆《あき》れ顔で首を横に振り、その足をシュリーデン国へと向ける。

今の彼女には、それ以外にやるべきことを見つけることができなかった。

第二章　四人の騎士

「――みんな、だいぶ慣れてきたよなぁ」

俺がそう口にすると、隣に立っていたグランザウォールの領主、アリーシャ・ヤマトが頷《うなず》いた。

「そうですね、トウリさん。ライアンさんやグウェイン、それに兵士たちとも打ち解けてくれたようですし」

俺たちが慣れてきたと口にしているのは、王都アングリッサから派遣され開拓村へ常駐することになった四人の騎士たちのことだ。

ディートリヒ様から頼まれて受け入れた四人だったが、当初は国家騎士になれたのにどうして辺境の村に、という不服そうな雰囲気を全く隠していなかった。

だが、俺たちが魔の森の魔獣を相手に実力を見せつけると素直に言うことを聞くようになり、今では防衛都市グランザウォールを守る兵士たちとも打ち解け始めている。

……ただ一人を除いて、なんだけどな。

「いまだにネイルは馴染《なじ》めていないのか？」

ネイルというのは、四人の騎士のうち、女性騎士の一人だ。

俺たちが実力を示した時もネイルだけは表情を崩すことなくこちらの動きを見ており、以降なぜか敵対視されているんじゃないかと思いたくなるくらいに避けられている。

魔獣討伐へ赴く際には仕方なく一緒に行動することもあるが、それでも極力こちらとはかかわらないようにしている様子がありありと見て取れた。

「……俺たち、何かやったかな？」

「うーん、それに関しては私にも心当たりがないのです」

最初こそ国家騎士のプライドが邪魔をしてこちらにきつく当たっていると思っていたが、他の騎士たちが打ち解けた中でネイルだけがそうではないというのはどうにもわからない。

彼女だけが感じる嫌なことがあったのだろうか。

「あまり人の感情面を鑑定するのは好きじゃないんだけどなぁ」

鑑定してしまえば簡単にわかることなのだが、感情面を鑑定するということは、相手が隠したいことまで知ってしまう恐れがある。

トラウマ的なものでこちらを嫌っているのであればしょうがないし、解決できる方法があったとしても、そのことを勝手に鑑定したのかと言われてしまうと言い訳のしようもない。

「もう少しだけ様子を見てみましょう」

「まあ、今のところは大きく周りに迷惑が掛かっているわけでもないし、そうするほかないいな」

グランザウォールにも、開拓村にも、今のところネイルの態度のせいで問題が起きているわけではない。

ならば急いで対処するよりも、様子を見て解決できればいいかと考えることにした。

「そろそろ魔獣狩りのメンバーが戻ってくる頃だよな？」

そして現在、ネイルを含めた騎士四人、さらに俺と一緒に勇者召喚された御剣新《みつるぎあらた》、近藤《こんどう》ユリアの二人が兵士たちと共に魔獣狩りへ出かけている。

場所はもちろん、魔の森だ。

騎士たちも魔の森の魔獣を相手にすることにより、メキメキとレベルが上がってきている。

まだまだ一人で戦えるほどではないが、そうなるのも時間の問題だろう。

……特に、問題児のネイルは。

「おっ！　噂《うわさ》をすればだな」

俺たちは開拓村から魔の森方面へ向かい、森の入り口でみんなの帰りを待っていた。

別に待つ必要はないのだが、新とユリアがメンバーに入っているし、俺は特にやることもないのでアリーシャと一緒に来たのである。

もちろん、アリーシャは仕事があってここにいるので、暇なのは俺だけなのだが。

「みんな、お疲れ様」

「お疲れ様です、皆さん」

俺とアリーシャが声を掛けると、先頭に立っていた二人が応えてくれた。

「あれー？　なんで桃李《とうり》がいるの？」

「待っていてくれたのか、真広《まひろ》」

なんだろう、この対照的な二人の反応は。

「それではトウリさん。私は騎士の皆さんや兵士の方々とお話ししてきますね」

「あぁ、それじゃあ」

アリーシャへ返事をして、俺は新とユリアの方へ歩いていく。

「なんではないだろう、なんでは」

「いや、アリーシャさんは仕事だからわかるけど、桃李はいる意味ないじゃん」

「……お前なぁ」

「俺たちに何か用があるんじゃないか？」

「あー……いや、何もない」

「ほらねー！　桃李が私たちに用だなんて、あるはずないよ。あってもグランザウォールか開拓村の屋敷で待ってるだけだって」

……俺、そんなに面倒くさがりに見られていたんだろうか。

「それならどうしたんだ？」

「どうせ暇だからアリーシャさんについてきたんでしょう？　それ以外の理由なんてないわよ」

「そうなのか？」

……そ、そんな確認するようにこっちを見ないでくれ、新。

「ほらねー？　返事できないでしょー？」

「……近藤は真広のことをよく見ているんだな」

「いやいや、誰でもわかるって！　新は桃李のことを信頼しすぎなのよー」

「ひ、暇だったら来ちゃダメなのかよ！」

「うわー、開き直っちゃったー」

ぐ、ぐぬぬ！　ダメだ、ユリアに口で勝とうだなんて考えるんじゃなかった。

「もういいよ。新、さっさと屋敷に戻ってゆっくり……ん？」

新に声を掛けたその時、ちょうど視界にネイルが映り込んできた。

彼女は新とユリアの背中をジーッと見ていたが、俺に見られていると気づいたのか、こちらをキッと睨《にら》んでから顔を背けてしまう。

「……どうしたんだ、真広？」

「ん？　あー……いや、なんでもない」

「ちょっと何よ、今の間は」

「なんでもないって。ほら、さっさと戻って休もうぜ」

俺の反応を気にするように見ていた二人だが、俺は新の背中を押しながら屋敷へと戻っていく。

……マジで何なんだろう。これ、酷《ひど》くなるようだったら鑑定も考えないといけないかもなぁ。

そんなことを考えながら、俺は新たちと開拓村の屋敷に戻ったのだった。


屋敷には、こちらもクラスメイトの八千代円《やちよまどか》が待っており、シュリーデン国に残った秋ヶ瀬春香《あきがせはるか》先生の代わりというわけではないが、異世界の食材で和食を用意してくれていた。

「おぉー！　今日も美味《おい》しそうだな、円！」

「え、えへへ。ありがとう、桃李君」

こっそりと先生から習っていたのは知っていたけど、ここまで美味しい料理ができるとは思っていなかった。

……ってか、そんな時間がいつあったんだろうか。シュリーデン国へ向かう前だよな？

「……おい、真広」

「なんだ、新？」

食事をしながら突然、新が小声で話し掛けてきた。

「……お前、大丈夫なのか？」

「……何が？」

「……アリーシャさん、ものすごく睨んでいるぞ？」

「えっ？」

新の言葉に俺は視線を料理からアリーシャへ向けた。

……うん、新の言う通りだ。ものすごく睨まれている。

――パチッ。

そこでアリーシャと目が合うと、彼女は慌てたように視線を逸《そ》らせてしまった。

「こ、これ、美味しいですね、マドカさん！　今度、私にも和食を教えてください！」

「ありがとうございます、アリーシャさん。はい、一緒にお料理しようね！」

そのままアリーシャは円に声を掛け、円は嬉《うれ》しそうに笑った。

普段通りの円と、そうではないアリーシャ。

やり取りはすぐに終わり食事が再開されたのだが、その後もアリーシャからの視線をちょこちょこと感じており、睨まれるというよりかは何かを確認するかのように見られていた。

「……なんで見られているんだと思う？」

「……お前、鈍感が過ぎるだろう」

「……鈍感？」

「もういい。普通に食事を楽しもう」

……これ、俺が悪いのか？

ちょっと、そこ！　ユリア！　声を殺して笑うんじゃない！

「そういえば、ちょっと話が変わるんだけどさぁ」

このままでは埒《らち》が明かないと思い、俺は話題を変えることにした。

「ネイルなんだけど、どうして俺たちを敵視しているのかわかるか？」

俺だけの知恵ではどうにもならないと思い、ネイルと一緒に魔獣狩りへ出ている新たちの意見も聞くことにした。

「正直なところ、俺はわからないな」

「私もわからないかなー。っていうか、敵視されているの？」

「おそらくですが」

俺の言葉をアリーシャが補足してくれたが、新もユリアもわからないと答えた。

「円はどうだ？」

「私は普通に話しているけど、特に変な態度を取られるようなことはなかったよ？」

「……そうなのか？」

「うん。桃李君やアリーシャさんの気のせいじゃないかな？」

……どういうことだ？　敵視されているのは、俺だけ？

これは、考えてもわからない類《たぐい》の問題だな。

「やっぱりまだ様子見かー」

「ねえ、桃李。なんで鑑定しないの？」

当然の疑問をユリアが口にしてきたので、俺はアリーシャにした説明をそのまま伝えた。

「あー、確かに感情面の鑑定は私も嫌かも」

「わ、私も嫌だな。なんていうか、隠していた感情まで見透かされそうで」

「だろ？　だからやりたくないんだよ。なんでもできる鑑定だけど、なんでもやっちゃったら人としてダメな気がするんだ」

「まだ何も問題が起きたわけじゃないんだ。気長に待ってもいいんじゃないか？」

全員が同じ意見でまとまり、俺は苦笑しながら頷いた。

「それじゃあ、今日はこれからどうするの？」

「あっ！　それなら私、買い物に行きたいな、ユリアちゃん！」

「俺は兵士たちの訓練場へ行くつもりだ」

「……みんな、予定があるんだな」

「トウリさんはどうするのですか？」

アリーシャに問い掛けられたものの、特に用事はない。

「……部屋でただゴロゴロと――」

「それならお手伝いをお願いしてもよろしいでしょうか！」

「えっ？　それって、仕事の手伝いなんじゃ？」

「はい！　よろしくお願いしますね！」

「いや、その、部屋でゴロゴロ――」

「よろしくお願いしますね！」

「…………はい」

アリーシャに強く言い切られてしまい、俺は断ることができず頷いてしまった。

「あれは将来、尻に敷かれるな」

「それはそれで面白そうだわ」

「……負けないんだから」

「お、お前らなああああっ！」

俺が声を荒らげると、三人ともそそくさと席を立って食堂を離れてしまった。

あいつら、今に覚えておけよ！

「……まったく、片付けくらいしていけよな」

そんなことを呟《つぶや》きながら、俺は全員分のお皿を重ねてワゴンに載せる。

「流しに運んじゃうぞ、アリーシャ。……アリーシャ？」

呼び掛けても反応しなかったアリーシャの名前を、俺はもう一度呼んでみた。

「えっ？　あ、はい、そうですね。ありがとうございます、トウリさん」

「いや、いいんだけど……どうしたんだ？」

「なんでもありませんよ。さあ、行きましょうか」

「……あ、あぁ」

三人が出ていった扉を見つめていたアリーシャだったが、すぐにいつもの表情に戻っている。

……何か変なことでもあったっけ？

「……もっとトウリさんのために頑張らなきゃ」

「ん？　何か言ったか、アリーシャ？」

「一緒に洗い物を、と言ったのですよ」

ニコリと笑ったアリーシャにそう言われ、俺は彼女と並んで流しに立った。

その後、皿洗いを終えた俺はアリーシャの仕事を手伝うために彼女の部屋へと連行されたのだった。


次の日、俺は魔の森の開拓を進めるために開拓村へ向かったのだが、たまたまネイル以外の三人の騎士とばったり会ってしまった。

「「「お疲れ様です、トウリ様！」」」

「そんな硬い挨拶はいらないよ」

男性騎士が二人でジスとゲイル、女性騎士の方がリリアナだったっけ。

三人は比較的早い段階から開拓村や兵士たちと馴染み、俺にもこうして挨拶をしてくれる。

この状況を利用しない手はないと、俺は周囲にネイルがいないことを確認してから質問をした。

「なあ、三人とも。ネイルが俺を敵視している理由を、聞いたことはないか？」

「敵視、ですか？」

「あぁ。なんだか顔を合わせるたびに睨まれていて、なんでかなと思ってさ」

同じ女性のリリアナが首を傾《かし》げており、男性二人は顔を見合わせている。

これは三人にもわからないのかもしれない、そう思った時だった。

「……ネイルの奴、相手との関係性を決める時に実力主義をよく口にするんです」

「相手が上司や年上であっても、自分より弱い相手には従わないってやつだろ？」

「私たちは同期入団ですし、上も下もないので気にしていなかったのですが、もしかしたらそれかもしれません」

「ってことは、俺がネイルより弱そうだから敵視されているってことか？」

……おいおい、そこで三人揃《そろ》って頷く必要はないだろう。いやまあ、俺は弱いんだけどさ。

「……ちなみに、新とユリアについてはどうだ？」

「えぇっ！　まさか、アラタ様とユリア様を敵視するだなんて、あり得ませんよ！」

「ってか、あの二人を敵視しているとしたら、俺たちも危なくねぇか？」

「ネイルさんは上昇志向の強い人ですが、意味もなく相手を敵視することはないです！」

「そっか、わかった。ありがとう」

俺への敵視の理由はわかったが、そうなると……やっぱり俺だけが嫌われているってことか？

「……次の魔獣狩りには、俺もついていってみるかなぁ」

勘違いなのか、本当に俺だけが嫌われているのか。それを確認するためにも、まずはネイルのことを近くで見なければならない。

俺だけを嫌っているなら、最悪の場合は顔を出さなければ問題ないのだが、そうでないなら解決が必要だ。

せめてその確認だけでも行っておきたい。

「えっ？　やめておいた方がいいと思いますよ？」

「正直、トウリ様は……なぁ？」

「えっと、その……はい」

……みんなの俺へ評価は十分わかりました！

「絶対に行ってやる！　見てろよ、お前ら！」

俺なりの方法で見返してやるんだからな！　こんちくしょう！

そして翌日、俺は新とユリア、さらにネイルとリリアナが組み込まれた魔獣狩りのメンバーに加えてもらった。

「本当に行くのか、真広？」

「足を引っ張らないでよねー」

「……お前たちもかよ！」

まさか新とユリアからも足手まとい扱いされるとは思わなかった。

こうなったら鑑定スキルをフルに活かして二人よりも活躍してみせるしかない。

「安心してよ、トウリ。今日は僕が護衛につくからさ」

「……ありがとな、グウェイン」

俺の我がままのせいか、急遽《きゅうきょ》休みだったグウェインが護衛としてついてくることになった。

必要ないと何度も伝えたのだが、そこは兵士長のライアンさんが許してくれず、グウェインも俺のためなら構わないと、あっという間に同行が決まってしまった。

「……それに、ネイルさんのためなんだろ？」

「……あぁ」

今回、俺が同行を願い出た理由はグウェインとライアンさんにも伝えてある。

だからこそ二人も色々と調整してくれたのだ。

迷惑を掛けた二人のためにも、ネイルが俺を敵視する理由を絶対に見つけなければならない。

「俺たちは普段通りの狩りを行うから、真広のことは頼んだ」

「よーし！　それじゃあ行こうか！」

新がこちらの心配をする中、ユリアはいつも通りなのか気合いを入れた声と共に屈伸を始めた。

魔の森の魔獣狩りだが、基本は二人から三人で班を作り、複数で一匹を狩る方法が取られている。

二人から三人と幅があるのは、実力に合わせて人数を決めているからだ。

兵士たちは基本三人、国家騎士のネイルとリリアナなら二人で十分、といった感じだな。

例外も存在しており、それは新とユリアのことだ。

二人はそれぞれ単独で行動しており、あっという間に魔獣を狩っては死体を解体班へ運び込んでいる。

それだけの実力を持っており、毎回のことなのでネイルも実力に関しては認めているはずだ。

俺は分かれて森に入っていくみんなを見送り、グウェインと共にネイルとリリアナの班から付かず離れずの距離を保ちながら移動していく。

念のために俺も鑑定スキルで魔獣の位置を把握しながらだが、どの班も問題なく魔獣を狩っており、俺の助言は全く必要なさそうだった。

「みんな、手際よく魔獣を狩っていくんだな」

「そりゃそうだよ。僕たちもずっとトウリたちに頼ってばかりじゃいられないからね」

そう口にしたグウェインのレベルもだいぶ上がっており、今ではレベル50になっている。

中級職の銀級騎士だが、レベル50は非常に高く、平均でもレベル30から40らしいので、全国にもそういないという。

このままレベルを上げていけば中級職最強になれるんじゃないかと、勝手に期待していたりする。

「……あれ？　ネイルの奴、リリアナと連携を取らないのか？」

「うーん、そうだねぇ。本当なら連携して戦うべきなんだけど」

ネイルは単身飛び出しており、それをリリアナが慌てて追いかけているように見える。

あれでは連携どころか、もしどちらかが孤立してしまったらそのまま殺されかねない。

「トウリ、念のために鑑定をお願いできるかな？」

「あぁ、わかった」

グウェインも表情を引き締め直しており、俺もすぐに鑑定スキルを発動させる。

「鑑定、ネイルとリリアナの生存率」

鑑定スキルを発動させると、俺の右目に魔力でできたモノクルが発現する。

普通の鑑定士の鑑定スキルではこのようなモノクルは発現しないようで、だからこそ俺の鑑定士【神眼】は特別な神級職《かみきゅうしょく》と呼ばれるものなんだとか。

……まあ、神級職だからといって強いわけではない。俺の職業は支援職と呼ばれるもので、新やユリア、円のような戦闘職ではないのだ。

「……うーん、このままだとマズいかも」

「それはどっちが？」

「両方かな。このあと一〇秒後に二人の間から魔獣が飛び出してきて分断される」

「それを先に言ってよ！」

俺の言葉にグウェインが声を荒らげる。そして――

「ちょっと、グウェイン!?」

「置いていけないからね！」

だからって――腕を引っ張って走るなよなあああっ!!

「リリアナさん！　魔獣が来ます！」

「えっ？　でも、魔獣の気配はどこにも――!?」

『グルアアアアッ!!』

グウェインの言葉にリリアナは困惑していたが、直後には四メトルに迫る巨大な熊に似た魔獣、ナイトベアが彼女の前に飛び出してきた。

「ネ、ネイルさん！」

「そんな!?　リリアナ!!」

ネイルも全く気づいていなかったようで、振り返った顔が青ざめている。

それもそのはず、このナイトベアは他の個体とは異なり隠密スキルを持っており、気配を消して待ち伏せしていたのだ。

だが、それだけでは終わらない。

俺が両方ともマズいと言った理由、それは――

『フシュルルラアアァァアアァァッ!!』

「そんな、こっちにも!?」

ネイルの正面からは蜘蛛《くも》に似た魔獣のソードスパイダーが三匹現れた。

そっちは正直なところ、冷静に対応できていれば気づけたんじゃないだろうか。

とはいえ、そんなことを言っている場合ではないな。

「トウリとリリアナさんはナイトベアの横を抜けてネイルさんを助けるんだ！」

「ですが、ナイトベアはどうするのですか！」

「こいつは、僕が相手をする！」

『グルアアアァァアァァッ!!』

グウェインは以前にもナイトベアと戦い勝利している。

しかし、その時とはサイズが一回り以上も違っており、間違いなく今回の個体の方が強い。

だが、強くなっているのはナイトベアだけではないのだ。

「剣気スキル発動！」

グウェインが剣気スキルを発動させると、彼が持つ直剣の剣身から激しい光が放たれる。

出会った当初はほのかに光を放つ程度だったが、今ではその光がはっきりと見て取れた。

鋭く振り抜かれた直剣によって、ナイトベアの太く逞《たくま》しい左腕があっさりと切断された。

『グルガアアアァアァアァァッ!?』

「……す、すごい」

「早く行くんだ！」

「あっ！　は、はい！」

「任せたぞ、グウェイン！」

「護衛の仕事を放棄しちゃったから、兵士長には怒られそうだけどね！」

そう口にしたグウェインが再びナイトベアに飛び込んでいったのを横目に見ながら、俺はリリアナと共にネイルのもとへと急ぐ。

「リリアナはネイルを襲ってくるソードスパイダーを牽制《けんせい》してくれ」

「えっ？　ど、どういうことですか？」

「いいから！　今は指示通りに動いて！」

「は、はい！」

説明している時間はない。

申し訳ないがやや怒鳴るように指示を伝えながら、護身用に下げていた直剣を抜き放ち、速さの数値を一粒で倍にしてくれるぶどうをこっそりと二粒、口へ放り込んだ。

「それじゃあ——先に行くよ！」

「えっ？　えぇえっ!?　ト、トウリ様！」

今の俺のレベルは13。速さの数値は１７０。

ぶどうを二粒食べたことで１７０の三倍、５１０まで跳ね上がった。

とはいえ、上がったのは速さだけで、俺の筋力ではソードスパイダーに傷一つつけることはできない。

「おらあああああっ！」

「あなた、鑑定士!?」

「こっちだ！　こっちに来い！」

「ちょっと、危ないでしょ！　早く戻って——」

『フシュルルラアアァァアアァァッ!!』

「えっ？」

「はああああっ！」

俺への注意を口にした直後、ネイルの背後から一匹のソードスパイダーが襲い掛かる。

——ガキンッ！

しかし、そこへ飛び込んでいったのは俺の指示通りに動いていたリリアナだった。

「リ、リリアナ！」

「ネイルさん、今です！」

「わ、わかったわ！」

ネイルとリリアナは連携を取りながらソードスパイダーを攻撃していく。

一方で、二匹のソードスパイダーから逃げ回ることしかできない俺は、回避に専念してあっちへ行ったり、こっちへ行ったりを繰り返している。

「トウリ！」

「待ってたぜ、グウェイン！」

俺が逃げ回っている間にグウェインはナイトベアを倒し、真っ先にこちらへ駆けつけてくれた。

こうなれば俺が注意を引きつけ、グウェインが倒すという連携が成り立ち、二匹のソードスパイダーをあっという間に倒してしまった。

「さすがグウェインだな」

「トウリの誘導があってこそだよ」

俺たちはお互いを労《ねぎら》いながら、拳と拳をぶつけた。

ネイルとリリアナも同じタイミングでソードスパイダーを倒しており、息を切らせたままこちらへやってきてくれた。

「あの！　あ、ありがとうございました！」

「いやいや、間に合ってよかったよ」

「本当だよ。ネイルさん、突出しすぎだったから気をつけてね」

「……はい。すみませんでした」

おや？　グウェインの指摘に素直に謝ってくれたぞ。

これは俺のことも認めてくれたのかも――

「ですが！　鑑定士が前線に出てくるなど、どう考えてもおかしいと思います！」

……………えぇぇ～？　そうなるの～？

「私を助けたつもりかもしれないけど、一歩間違えていたらあなたが死んでいたかもしれないのよ！　攻撃も意味がないし、何を考えているんですか！」

「あの時はあれが最善策であって――」

「あなたのせいで他の者が危険に晒《さら》される可能性もあるということを覚えておいてください！」

「ネイルさん！」

「グウェイン様、失礼します！」

うーん、どうやら俺はネイルの逆鱗《げきりん》に触れてしまったようだ。

最後はグウェインも注意をしようとしていたけど、完全無視でさっさと離れていってしまった。

「あの、本当に申し訳ありませんでした！」

「あはは。どうやら俺は、ネイルに相当嫌われちゃったみたいだな」

「いつもなら助けられて怒るような方ではないんですが……」

「きっと何か事情があるんだよ。こっちはいいからリリアナはネイルについてあげて」

「……ありがとうございます。トウリ様、グウェイン様、失礼いたします」

リリアナは俺にも頭を下げてから、駆け足でネイルを追いかけていった。

「……さーて、どうするかなぁ」

「なんだか、鑑定士に酷い反応を示していたね」

「もしくは、支援職に助けられたのがプライドを傷つけたか、どちらかだろうなぁ」

他にも理由があるのかもしれないが、現状この理由しか思い浮かばない。

「これは本格的に、鑑定を使うかどうかも検討しないといけなくなってきたなぁ」

あれだけ敵意をむき出しにされては、今後に影響を及ぼす可能性が高い。

戦闘中など、危険と隣り合わせの場面で問題が生じるよりかは、本気で嫌われる覚悟のもと鑑定を行う必要があるかもしれないな。

「もう一度、アリーシャと相談だなぁ」

「頑張ってよね、トウリ」

「……グウェインは何か心当たりとかないのか？」

「ないんだよねぇ、これが」

「だよなぁ」

「異世界人だからとも思ったけど、マドカさんは嫌われていないんだよね？」

その可能性は俺も考えたが、グウェインの言う通り円とは普通に会話をしているらしいし、新とユリアも心当たりはないらしい。

俺はグウェインに頷くことで、その可能性はないのだと伝えた。

結局、今日の魔獣狩りは俺がネイルからさらに嫌われるだけという、最悪の結果で幕を閉じたのだった。


その日の夕ご飯が終わり、俺はアリーシャに声を掛けて二人で話をすることにした。

話題はもちろん、ネイルのことだ。

今日の魔獣狩りでのやり取りをすべて伝えたうえで、鑑定を行うか否《いな》かをアリーシャに判断してもらおうと考えていた。

「そんなことがあったのですね」

「あぁ。どうにも俺は本格的に嫌われているみたいだ」

俺の説明を聞いたアリーシャが顎《あご》に手を当てて考え込んでいる。

……うん、考え込んでいる姿も可愛《かわい》いなぁ。

「……どうしましたか？」

「えっ？　あー、いや、なんでもない」

さすがに目の前で『可愛いから』とは言えず、はぐらかしてしまう。

俺の言い訳を聞いたアリーシャが首をコテンと横に倒したのだが、そのしぐさがまた可愛い。

「……すぅー……はぁー……よし、平常心」

「本当にどうしたんですか？」

「いや、本当になんでもないよ」

まさか俺の相談にのって悩んでくれているのに、仕草が可愛かったとか、言えないだろう。

「それで、どうだろう。ネイルを鑑定するっていうのは？」

「私はあまりオススメしたくありません」

「それは俺も同じだよ。だけど現状、どうしようもないんだよなぁ」

腕組みしながらそう口にすると、アリーシャから一つの提案が口にされた。

「あと四日、待ってみませんか？」

「なんで四日なんだ？」

「トウリさんがネイルさんのことで悩み始めてから一週間です。それくらいは待ってみてもいいのではないでしょうか」

「……なるほど、一週間か。ちょうどいい頃合いかもしれないな」

アリーシャの提案を受け入れ、俺は残り四日間はネイルの様子を見守ることにした。

「ただし、問題が生じた場合は即座に鑑定を掛けるぞ。有事の際に俺の指示を聞いてくれないなんてことになったら、大問題どころの話じゃなくなるかもしれないからな」

何せ俺たちが魔獣狩りを行っている場所は、強力な魔獣が跋扈《ばっこ》している魔の森だ。

鑑定スキルで安全を確保しているとはいえ、リスクに確率がある限り絶対に大丈夫とは口が裂けても言えないのだ。

「はい。それは問題ありません」

アリーシャからも了承を貰《もら》い、ひとまずの方針は固まった。

残り四日の間に問題が解決することを祈るのみだが、そうならなかった場合は……俺、絶対にネイルに一生嫌われることになるだろうなぁ。


「――またあなたですか！」

翌日となり、俺は再びネイルに怒鳴られてしまった。

「今回は新とユリアと一緒なんだから問題ないだろう」

「鑑定士が前線にいること自体がおかしいと言っているのです！　足手まといなんですよ！」

これ、四日も待たずして鑑定確定になるんじゃないだろうか。

「ネイルさん、真広は足手まといではありませんよ」

「そうよー。こいつ、すごいんだから」

俺が文句を言われたまま静観していると、新とユリアが擁護してくれた。

新は俺とネイルの間に立ちながら、ユリアは俺の肩に腕を回しながら。

「アラタ様に、ユリア様まで！」

「今日の狩り、おそらくだがいつも以上に魔獣を狩れると思うぞ？」

「もちろん、私たちがだけどね！」

「……いいでしょう、ならば勝負です！」

「「「「……勝負？」」」」

突然の提案に俺たちだけでなく、ネイル以外の騎士たちも首を傾げてしまう。

「……ネイル、何を言ってるんだ？」

「……その勝負、絶対に俺たちも巻き込まれるだろ？」

「……負けるからやめとこう？」

「やめないわ！　協力しなさいよ！」

怒声を響かせるネイルの提案に三人は消極的で、顔を見合わせながらため息をついている。

「やめときましょうよ、ネイルさん。きっと、後悔するわよー？」

おいおい、ユリア。挑発しながらやめとこうはないだろう。

「ユリア様！　そんなこと言わないでください！」

「どうしてー？　まあ、それでもやりたいって言うなら相手になるわよ——桃李と新が」

今度は新の肩に腕を回しながら、ニヤリと笑ってそう言い放った。

「……なんで俺たちなんだ、近藤？」

……いや、マジどうして俺と新だけなんだよ。

「相手は剣を使うネイルさんなんだし、新が競った方が面白そうじゃない？　なんなら四人全員で競ってもいいわよ？」

「面白そうって、お前なぁ」

「俺は何をするんだ？」

「指示出しよ。桃李なら簡単でしょう？　なによ、自信がないの？」

こいつ、こっちにまで挑発するのかよ。

「そういうわけじゃないが、面倒だろう」

「マジで面倒だな」

俺たちがそんなやり取りをしていると、ネイルの表情は徐々に赤くなっていく。

「いいでしょう！　そちらは鑑定士とアラタ様で！　こちらはユリア様のお言葉に甘えて四人でやらせていただきます！　ユリア様は手を出さないでください！　絶対にです！」

「わかったわよー」

「「「……えぇ～？」」」

「協力しなさい！　それじゃあ作戦会議よ！」

三人はぶつぶつと文句を言いながらその場を離れていき、ネイルは最後まで俺たちを睨みながらその場をあとにした。

「……それで？　どうしてあんなことを言ったんだ、近藤？」

ネイルの姿が見えなくなると、新がため息交じりに尋ねた。

「だってさー！　話には聞いていたけどあそこまで言うことなくない？　さっきのような衝突が頻繁に起こったら、周りが迷惑しそうじゃないのよー」

「まあ、確かにな。あれは言いすぎだし、真広の有用性はすでに証明されているだろう。それを頭ごなしに否定するなど、論外だな」

「でしょー！　だから一度ガツンとやった方がいいのよ！」

「……それを俺と新がやるのか？」

「当然！　安心して、きちんと審判してあげるから！」

「……そっちの方が心配なんだが」

「なんでよ！」

最後の新の言葉には俺も同感だ。

とはいえ、ここまで場を整えられてしまっては、今からなしにすることはできないだろう。

ユリアの言う通り、ここで一度ガツンとやることができれば、少しはおとなしくなってくれるかもしれない。

「とにかく、やるからには徹底的に叩《たた》きのめすぞ」

「いいのか、真広？」

「その方がネイルのためにもなると思うからな」

こうして始まることになった魔獣狩りを競う勝負だが、俺たちは特に相談することもなかったのですぐにネイルたちのもとへ歩き出した。

「おーい！　作戦会議は終わったかー？」

「まだですよ！　あっちに行っていてください！」

「えぇ～？　さっさと始めようぜ。兵士たちはもう狩りを始めているんだからさぁ」

「勝負なのですよ！　ふざけないでください！」

……いやいや、仕事を放棄してまでやる勝負があるかよ。

「ひとまず、俺は鑑定で他の兵士たちに犠牲が出ないか確認しておくよ」

「何かあればすぐに言ってくれ。勝負など捨ててそっちへ向かうからな」

「私も同感。話を振っといてなんだけど、まさかここまで必死になるとは思わなかったわ」

俺は呆《あき》れたまま鑑定スキルを発動させると、ネイルには申し訳ない結果が出てきてしまった。

「……新は左奥の森へ行ってくれ。ユリアは正面な」

「いきなりだな。だが、わかった」

「オッケー！　行ってくるわね！」

「ちょっと！　勝負はどうするのよ！」

「勝負よりも兵士の命が大事。お前たちは右奥へ向かってくれ」

「勝手に指示しないでよ！」

「さっさと行けよ！　お前たちが行けば助かる命があるんだよ！」

ネイルの怒鳴り声に俺が怒鳴り返すと、僅《わず》かに彼女が怯《ひる》んだ。

兵士も騎士と同じで領地を守るためなら命を投げ出す覚悟はあるだろう。

だが、助けられる命があるのにそれを助けないのは絶対にダメだ。

「向かいます、トウリ様！」

「行きましょう！」

「おっしゃー！　魔獣狩りだ！」

「ちょっと、あなたたち！」

「そんなに勝負にこだわりたいなら兵士たちにも許可を取ってからにしろ！　今はまず命を助けることを優先するんだな！」

そう口にしながら、俺は新が向かった左奥の森へ駆け出していく。

「……わかった、わかったわよ！　これが私の仕事だもの！」

ネイルはまるで自分に言い聞かせるようにそう言葉にすると、三人を追って右奥の方角へ走り出した。

彼女も根は真面目な騎士なんだよなぁ。

早いところ誤解を解きたいものだ、そんなことを考えながら俺も走っていったのだった。

——結果から伝えると、今回は間一髪で死傷者を出すことなく魔獣を倒すことができた。

森の奥から淘汰《とうた》されたレベルの高い魔獣が流れてきており、主力が抜けている状況で厳しい戦闘を強いられていた。

俺が左奥へ向かったあと、ネイルもすぐに右奥へ向かってくれたようで本当に助かった。

「結局、真広は俺のところに来て何もしなかったな」

「えっ、そうなの？」

「しなかったんじゃなくて、できなかったの！」

俺はあえて新の向かった左奥へ向かった。

その理由は、ネイルから離れるためだ。

ネイルたちが向かった右奥が一番厳しい状況になるのはわかっていた。

しかし、俺がそちらへ向かってしまうとネイルが集中して戦うことができず、逆に死傷者を出してしまう可能性が高かったのだ。

「ったく、なんで俺があいつを気にして動かないといけないんだよ～」

「そう言ってやるな。ネイルさんにも何か事情があるんだろう」

「そうよー。それじゃあ、私たちは先に行くわねー」

「ならいいんだけどな。それじゃあ、あとでな」

俺は開拓村で二人と別れてグランザウォールへと戻る。

「……あれ？　あれって、ネイルだよな？」

その時、新とユリアを離れた場所から見つめているネイルを見つけた。

「あいつ、何をやっているんだ？」

俺がそんなことを考えていると、ネイルは深刻そうな顔でため息をつきながら離れていった。

「あれは……ははーん？　そういうことかー」

一つの可能性に気づいた俺は、その日は素直にグランザウォールへと戻っていった。


その日の夜、俺は新を部屋に呼び出した。

疲れているだろうが、鑑定まであと三日しかないので早めに伝えておきたかったのだ。

「どうしたんだ、真広？」

部屋に入るや否《いな》や問い掛けてきたので、俺も時間を取らずに答えることにした。

「聞いてくれ、新。ネイルはきっと——お前に惚《ほ》れている」

「……はあ？　真広、本気で言っているのか？」

「当然だろう！　そうじゃないとわざわざ呼び出してまで伝えないって！」

あの時のネイルのどこか切ない表情、あれはきっと新を見てのため息だったに違いない。

「今日の帰り、ネイルがお前の背中を切なそうに見ていたんだ」

「それは真広の勘違いだな」

「絶対にそうだって！　だから俺は嫉妬されていたんだよ！　お前と仲がいいから！」

俺は強い口調でそう伝えたのだが、新は呆れ顔でため息をついた。

「言っておくが、俺はネイルから好意を感じたことは一度もないぞ？」

「それはお前が気づいていないだけなんだって！」

「……それをお前にだけは言われたくないんだがなぁ」

そこでジト目を向けるのはどうかと思うぞ。だって、お前が気づいていないのは本当なんだから。

「それになぁ、お前の理屈だと近藤や八千代が敵視されていないのはおかしいだろう。好意ということなら、女性である二人の方に嫉妬するのが筋じゃないか？」

「そ、それは……あれだ！　俺は鑑定士で支援職だから、俺がお前の足を引っ張っていると思っているんだよ！　それなら辻褄《つじつま》が合う！」

だからこそ俺を敵視していて、戦えるユリアや円を敵視していないんだ！

「……お前の想像力には感服するが、それを現実の人間相手に働かせるのは悪い癖だな」

「いや、だから本当なんだ――」

「俺はもう戻るぞ、疲れているんだ」

そう口にした新は、さっさと自分の部屋に戻ってしまった。

「……こうなったら、女性陣にも話をしてみるしかない！」

思い立ったが吉日というように、俺は即座に女性陣が集まっているだろう食堂へ向かった。


「――聞いてくれよ、みんな！　ネイルはきっと新が好きなんだよ！」

勢いそのままにアリーシャ、円、ユリアにそう伝えたのだが、三人は顔を見合わせたあと、大爆笑してしまった。

「……な、なんで笑うんだよ！」

「いや、マジでそれはないって！　あははは！」

「桃李君、ごめんだけど私もそれはないと思うな」

「急にどうしてそのような支離滅裂なことを仰《おっしゃ》られるのですか？」

「し、支離滅裂!?」

……な、なんで俺の言葉を誰も信じてくれないんだ！

あの表情は、切ない顔は、絶対に恋する乙女だったんだよ！

「女子会も終わったし、私たちも寝るわねー」

「ごめんね、桃李君」

「失礼いたします、トウリさん」

愕然《がくぜん》としている俺をよそに、アリーシャたちもそそくさと部屋に戻っていってしまった。

「……俺、そんなに支離滅裂なことを言っているか？」

……うん、俺も寝よ。そして、明日にでも確認してやるんだからな！


ぐっすり休んだ次の日、俺はネイルの動向に目を光らせながら魔獣狩りに同行していた。

今回は円も参加しており、異世界人四人が大集合だ。

とはいえ、前回の対応から予想通りなのだが、ネイルは俺の同行に大反対だ。

しかし、以前に助けたリリアナを含めた残りの騎士三人が同行を認めてくれたので事なきを得た——と思っていたのだが。

「ふざけないでよ！」

それでもネイルは敬語を忘れて怒鳴り声をあげた。

「なんで戦えもしない人を連れていくのよ！　そのせいでみんなが危険な目に遭っちゃうのよ！」

言っていることはもっともなのだが、何も戦闘力だけがすべてではないだろうに。

「私たちは騎士だからいいんですよ！　でも、ユリア様やマドカ様は女性なのです、足手まといのせいで一生残るような傷を負ったなら……私はあなたを許しません！」

どうやらネイルは鑑定士イコール守るべき相手、という固定概念に凝り固まっているみたいだ。

その考えに間違いはないと思う。しかし、俺に限って言えばそうではないということを示し続けてきたのだが、怒りのせいなのか視野が狭くなっているようにも見えた。

「……ねぇ、ネイルさん。さっきから聞いていると、私が魔獣に負けるって言っているように聞こえるんだけど？」

……えっ？　いや、怒るところそこなのか、ユリア？

「そ、そのようなことは言っておりません！」

「えっ？　言ったわよね？　私に傷がつくって！」

「そういう意味ではございません！　鑑定士のせいで邪魔をされて――」

「それだけ私が弱いってことよね？　誰かを守りながらじゃあ戦えないって！」

……お、おぉぅ、そこまで怒ることなのか。

「決闘よ、ネイル！」

「「「「「……えええぇぇえええぇぇっ!?」」」」」

当事者の二人を除き、全員が驚きの声をあげた。

「そんな！　私がユリア様と決闘だなんて、できません！」

「あなたが私に勝ったら、桃李の同行を断ってあげる。これでどうかしら？」

「おい、ちょっと待て！　なんでいきなりそんなことになる――」

「待て、真広」

完全にユリアが暴走してしまったので止めようとしたのだが、なぜか俺が新に止められてしまう。

「……なんで止めるんだ？」

「……ここはユリアに任せよう。大丈夫、上手《うま》くいくさ」

「……上手くいくって何が……えぇ～？」

ほら見てみろ。お前が俺に声を掛けたから、めっちゃ睨まれているじゃないか。嫉妬だよ、嫉妬。

「……わかりました。私が勝てば、鑑定士の同行を絶対に断ってくださいね！」

「もちろんよ。ただし、私が勝ったら桃李のことを認めなさいよね。彼がいるだけで、私たちだけじゃなく、兵士たちの生存率も大幅に上がるんだからね」

ユリアがそう告げると、ネイルは何やら考え込むように目を閉じていたが、しばらくしてゆっくりと目を開いた。

「……わかりました。その時は私の間違いを認めたいと思います」

「桃李もそれでいいわよね？」

「……はぁ。そういう流れになっちゃったし、それでいいよ」

ユリアが負けるとは思わないが、もしもがあると俺は魔獣狩りに参加できなくなる。

俺としては問題が解決するならそれでもいいのだが、そうならなかった時が怖い。

ぽきぽきと指を鳴らしながら、ユリアは開拓村の拓《ひら》けた場所へ移動する。

それにネイルが続くと、二人は向かい合い、そして構えた。

「先手は譲ってあげるわ」

「……わかりました、ユリア様」

グッと剣を握る手に力が入ったと思った途端、ネイルは地面を蹴って間合いを詰める。

鋭く振り抜かれた袈裟《けさ》斬《ぎ》りが襲い掛かるが、ユリアが一瞬で飛び退《の》き剣は空を切る。

着地と同時に前に出たユリアの拳がネイルを狙うと、ギリギリのところを剣で受け止める。

「くっ！」

しかし、ユリアの拳の威力がネイルの予想以上だったのか、受け止めた腕に痺《しび》れが残る。

「こんなものなのかしら！」

「まだまだです！」

それでも切り返してきたネイルを見て、ユリアはニヤリと獰猛《どうもう》な笑みを浮かべながら剣身に蹴りを見舞い軌道を逸らしていく。

腕よりも足の方が威力は高く、ネイルは剣を落としこそしなかったが顔をしかめていた。

「はあっ！」

「ぐはっ!?」

そこへユリアのラリアットが炸裂《さくれつ》し、ネイルはその場で一回転して地面に倒れてしまった。

「はい！　勝負ありねー」

倒れたネイルの顔面めがけて拳を振り下ろし、寸止めをしてからそう告げる。

「……さ、さすがです」

完膚なきまでに叩きのめしたことで、少しくらいは態度が変わっても――

「やっぱりユリア様は最強です！　いいえ――ユリアお姉様！」

「「「「「……え？　ユリアお姉様？」」」」」

「……いやいや、ネイルさんの方が年上じゃないのよ」

「いいえ！　ユリアお姉様は最強で最高です！」

「……えっと、どういうこと？　ネイルは新のことが好きなんじゃないの？

「……どうやら、俺じゃなくてユリアのことが好きだったみたいだな」

「……そうなの？　それっていわゆる――百合《ゆり》ってやつ？」

そっち方面には疎い俺はよくわからないが、そういう意味合いの言葉だと思っている。

あれ？　ってことは、俺が同行するイコール、ユリアが危ないから怒っていたってこと？

あの時の切ない表情は、新じゃなくてユリアを見ていたってこと？

「……うん、遠からずってことでいいよな！」

「全然違うからな？」

「そうだよ、桃李君」

「……二人して言わなくてもいいんじゃないの？」

しかし、そうなるとユリアがどう反応するかでネイルの今後の態度が変わってくるかもしれない。

さあ、どんな反応をするんだ、ユリア！

「……まあ、言われて悪い気分にはならないわね！」

「ありがとうございます、ユリアお姉様！」

……ということは、円のこともそういう対象として見ていたってことなのか？

「あれ？　そういえば、私もお姉様って呼ばれたことがあったっけ」

「それを先に言ってくれよ！」

「でも、断ったんだよ？　だからマドカ様って呼ばれていたもの」

「……断ったからって、情報が消えるわけじゃないんだよ〜！」

「というか、どうして俺を好いていると勘違いしたんだよ、真広は」

「いやいや、あの時の表情を見たらそう思うって！　同性を見ているとは思わないだろう！」

俺がそう叫んでいると、ユリアとネイルがこちらへ歩いてきた。

「どうよ！」

「さすがお姉様です！　完敗でした！」

……いや、ネイルよ。今の発言はお前ではなく俺たちに言っていたと思うんだが？

「というわけで、ネイルさん」

しかし、ユリアがそう口にするとネイルは真剣な面持ちで俺の正面に立った。

「……トウリ様」

おぉぅ。まさかネイルに様付けで呼ばれる日が来るだなんて。

「私が間違えていました。決闘が始まる前に、今までのトウリ様の行動を思い返しておりました。……ユリアお姉様が言うように、あなたがいた方が皆の生存率は間違いなく上がります」

そこまで口にしたあと、ネイルは――俺に頭を下げてくれた。

「今までの態度、発言、誠に申し訳ございませんでした！」

「そっか……うん、そう言ってもらえると嬉しいよ」

俺が笑顔でそう答えると、顔を上げたネイルは不安そうに口を開いた。

「……許して、いただけるのですか？」

「ネイルも言っていただろう？　仲間が危機に陥るのを避けたかっただけだって。だったら許す以外の選択肢なんてないよ。まあ、俺の鑑定士の力の有用性を信じてくれると嬉しいけどな」

俺だって女性が傷つくところなんて見たくないし、支援職は相当な理由がない限りは前線に出るべきではないと思っている。

今の話ではないが、俺もユリアと似たようなもので、前線に出られる支援職だったということだ。

「それじゃあ、改めてになるけど――これからよろしくな、ネイル」

「よろしくお願いいたします、トウリ様」

差し出した手をネイルが握り返してくれたことで、ようやく関係を改善することができた。

……まあ、相変わらず彼女は恍惚《こうこつ》の表情でユリアを見つめているのだが。


――その後、ネイルは他の騎士たちと比べても献身的に魔獣狩りを行うようになってくれ、兵士たちとの関係も良好を保っている。

「魔獣狩りに行きましょう、ネイルさん！」

「わかりました、ユリアお姉様！」

ユリアとは行動を共にすることが多くなり、彼女もそれを良しとしている。

特にユリアはお姉様と呼ばれることが嬉しいのか、むしろ彼女の方から積極的にネイルへ声を掛けるようになっていた。

「あっ！　おはようございます、トウリ様！」

「おはよう、ネイル」

そして、当然だが俺にも挨拶をしてくれるようになっており、必要な時には頼ってくれるようにもなっていた。

こうして一つの問題を解決した俺は、守らなければならない保護対象としてではなく、頼れる仲間として、ネイルを含めた騎士たちと関係を築くことができたのだった。

第二章　シュリーデン国へ

ネイル問題が解決したある日、開拓村へとある人物が転移でやってきた。

「あれ——ディートリヒ様？」

現在はシュリーデン国で新しい国王を補佐しているアデルリード国の宰相、ディートリヒ・ホーエンハイム様だ。

「お久しぶりです、マヒロ様」

開拓村にはシュリーデン国へ移動できる転移魔法陣が設置されている。

元々はシュリーデン国の元王女であるマリア・シュリーデンが設置したものなのだが、今では俺たちが利用させてもらっている。

これでアデルリード国とシュリーデン国は、国を二つ挟んだ先にあるにもかかわらず短時間で行き来ができるようになり、より友好的な関係を築くことができるようになっていた。

「どうしたんですか？」

「実は、マヒロ様に折り入ってお願いしたいことがありまして」

「俺にですか？」

ということは、鑑定が必要な事案が発生したということだろう。

「それじゃあアリーシャにも聞いてみます。一度グランザウォールの屋敷へ向かいましょう」

「恐れ入ります」

いつもは柔和な笑みを絶やさない人なのだが、今回は深刻そうな表情を浮かべている。

まだ何も聞いてはいないが、シュリーデン国で大きな問題が起きているのだろうということはすぐに想像がついた。

俺たちは急ぎグランザウォールへと戻り、アリーシャにディートリヒ様が来ていることを告げると、すぐに中へ通してくれた。

「実は現在、マリア・シュリーデンが治めているロードグル国から、スパイが何度も放たれているのです」

「ロードグル国から？」

俺たちがシュリーデン国を落とした際、前国王と王妃であるゴーゼフとアマンダをアデルリード国へと引き渡し処刑が行われている。

そのことがマリアの耳にも入ったのだろう。

だからこそスパイを送り込み、何があったのかを探ろうとしているのかもしれない。

「スパイは見つけ次第に捕らえて尋問に掛けているのですが、魔眼によって操られていたのか何も情報を得られない状況なのです」

「ディートリヒ様は、トウリさんにロードグル国の情報を鑑定していただきたい、ということでしょうか？」

「はい。このままではいずれこちらの情報があちらに蓄積され、攻め込まれてしまうでしょう」

ディートリヒ様の懸念は理解できる。

そもそもマリアの祖国を落としたのだから、情報がロードグル国にいる彼女に届かない方がおかしいのだ。

「……トウリさんはどのようにお考えなのですか？」

「協力してもいいと思っているけど……どうせ俺が行くってなったら新《あら》たちもついてきたがるし、みんなに相談してから決めてもいいんじゃないか？」

「トウリさん……わかりました、ありがとうございます」

『ありがとうございます』か。……たぶん、以前の俺だったらすぐに行くと言っていただろう。

そして、それをアリーシャに心配されて怒られていたはずだ。

だからこそ、俺からみんなに相談してから決めるという言葉を聞けたことが嬉《うれ》しかったのだろう。

「それでしたら、私も本日はこちらに留《とど》まろうと思います」

「大丈夫ですか？」

「ええ。あちらにも優秀な方々はいらっしゃいますし、いずれは私もアデルリード国へ戻りますからね。ずっと宰相が不在では、私が陛下にお叱《しか》りを受けてしまいます」

というわけでディートリヒ様は一泊することとなり、四人の騎士たちに話を聞くのだとか。

ネイルのことを伝えるべきか迷ったが、今では上手《うま》く関係を築けている……と思っているので、問題が起きていたことについては何も言わないことにした。

「それでは失礼いたします」

「すぐに返事ができなくてすみません」

「いえいえ、ご無理をお願いしているのはこちらですし、トウリ様に良い変化があったようでよかったです」

「良い変化、ですか？」

「はい。おそらく、アリーシャ様は気づいておられるのではないですか？」

「もちろんです」

一応、俺も自分の変化には気づいているつもりなんだけど、他の変化もあるということだろうか。

そんなことを考えているとディートリヒ様が屋敷をあとにし、俺は新たちに相談するためその帰りを待つことにした。

その日の夜、夕ご飯を食べながらディートリヒ様からのお願いについて相談してみた。

「いいんじゃないか？」

「私もいいと思うわよ」

「久しぶりに先生にも会いたいしね」

「はい、決定だな」

これを相談と言っていいのか悩んでしまうが、あっという間にシュリーデン国行きが決まってしまった。

「それなら僕も行くよ」

「グウェインも来てくれるのか？」

「僕はトウリの護衛だからね。トウリがどこかに行くならついていくよう兵士長にも言われているんだよ」

「そうだったんだ」

「私も一度お伺いしましょうか」

「アリーシャも来るのか？」

グウェインはなんとなく予想できたが、アリーシャの同行は予想外だ。

いや、一緒に来てくれるのは嬉しいんだけど、危ないんじゃないだろうか。

「グランザウォールはいいのか？」

「行くとはいっても一日だけです。あちらの新しい国王にもご挨拶しておきたいので」

「そっか。実際にシュリーデン国と繋《つな》がっているのは開拓村だし、そこの領主だもんな」

「はい。お目通りできるかはわかりませんけどね」

そこはディートリヒ様がどうにかしてくれそうだが、勝手なことは言わないでおこう。

むしろ、あちら側から会いたいと申し出てくるんじゃないだろうか。

「そういうことなら僕はディートリヒ様に伝えてくるよ」

「いいのか？」

「こういうことは早い方がいいからね」

そう口にしたグウェインが屋敷を出ると、俺たちはそれぞれで休みを取ることにした。

魔獣狩りに出ていた新、円《まどか》、ユリアはそのまま部屋へ向かい、俺はアリーシャとお茶を楽しむ。

少し前まではネイルのことで頭がいっぱいだったからか、二人きりでゆっくりとした時間を過ごせているこの時間がとても幸せに感じる。

「……トウリさん。本当によかったのですか？」

「どうしたんだ？　改まって聞いてくるなんて」

隣に腰掛けたアリーシャを見つめながら聞き返すと、彼女は少しだけ不安そうな表情を見せた。

「ただ鑑定をするだけで終わればいいのですが、どうもそうはならない気がするのです」

「どうしてそう思うんだ？」

「トウリさんが優しいからです」

「俺が優しいから？　いや、俺は優しくないけど？」

アリーシャに対しては優しくあろうと思っているが、それ以外では俺は自分の気持ちを優先させる人間である。

だからこそ今までも自分が楽な方を選んできたわけだしな。

「私たちに相談してくれるようになりましたが、それでもトウリさんの選択する道はすべて相手のためを考えて選ぶことが多いと思っています」

「……だから今回も相手のことを考えて選択しそうってことか？」

「はい。それが命の危険を伴うことであってもです」

「……命の危険かぁ。いや、さすがにそれはないって」

「そうでしょうか？」

「もしも俺がそんな選択をすることがあるなら、それはアリーシャが危険な目に遭う場合に限るはずだしな」

今の俺にとって、アリーシャはそれだけ大事な存在になっているのだ。

「……そ、そんなことを、目を見ながら言わないでください」

「ん？　なんで？」

「…………恥ずかしいじゃないですか」

…………あー、うん。そうだな。考えてみたら、めっちゃ恥ずかしいじゃん！

「いや、でも、本当のことだし、嘘《うそ》をつくわけにはは！」

「で、ですから、目を見てはっきりと言わないでください！」

「ご、ごめん！」

……………ダメだ、何も言えなくなってしまった。

「……二人とも、何をしているんだい？」

「ぐ、グウェイン!!　いつからそこに!?」

「帰ってきたばかりだからついさっきからだけど？」

「……はあぁぁぁぁ～」

グウェインはお茶を自分で注《つ》いでいるのだが、何やらにやにやしている気がする。

こいつ、本当に聞いていなかったんだろうか。

そんなことを考えていると、俺たちの向かいに腰掛けてディートリヒ様からの伝言を口にした。

「明日の正午、開拓村の転移魔法陣の前で待っている、だってさ」

「わかった。その時間にみんなで向かうことにしよう」

「ではそろそろ、私たちも休むことにしましょうか」

アリーシャがそう口にして立ち上がると、グウェインもお茶を一気に飲み干した。

「それじゃあ明日。おやすみ、アリーシャ」

「おやすみなさい、トウリさん、グウェイン」

「おやすみ、姉さん」

アリーシャを見送った俺とグウェインは、それぞれの部屋まで一緒に歩き出す。

「……それで？　本当はどこから見ていたんだ？」

「……トウリが恥ずかしい言葉を口にしたところから。姉さんが危険な場合に限る、だっけ？」

「やめてくれ！　マジで恥ずかしいから、絶対に誰にも言うなよ！」

やっぱり聞いていたんじゃないか！　恥ずかしいな、この野郎！

「誰にも言わないよ。それに、僕も嬉しかったからね」

「……何が嬉しかったんだよ？」

「トウリが姉さんのことを大事にしてくれているってことさ。トウリになら、姉さんを任せられるからね」

「……お前の言葉の方が恥ずかしいんじゃないか、グウェイン？」

「そうかな？　姉を思う弟の気持ちをそのまま伝えただけだけど？」

姉弟ってのは得だな！

「それじゃあまた明日ね、トウリ」

「あぁ。……護衛、ありがとうな」

「仕事だからね。まあ、そうじゃなくても友達としてトウリの力になりたいんだ、気にしないで」

ニコリと笑いながらそう口にしたグウェインが部屋に戻ると、俺も自室に入ってすぐにベッドで横になった。

「……アリーシャのためにも、さっさと鑑定を終わらせて帰ってくるかな」

そんなことを考えながら、気づけば俺は深い眠りに落ちていたのだった。


翌日、俺たちは朝ご飯を終えてから全員で開拓村へ向かった。

すでにディートリヒ様も準備を終えており、俺たちは予定よりも早い時間にシュリーデン国へ転移することにした。

「秋ヶ瀬《あきがせ》先生はどうですか？」

「他の異世界人の子供たちと楽しそうに暮らしていますよ」

「そっか。それじゃあ、会うのが楽しみですね」

先生はまたグランザウォールに来ると言っていたが、まさか俺たちが先にシュリーデン国へ向かうことになるとは思わなかった。

とはいえ、先生と久しぶりに再会できるのは嬉しいので、早く行く分には問題ないか。

「それでは転移を発動させますね」

シュリーデン国から開拓村への転移は一日一回、最大五名までの制限があるが、逆にこちらからの転移には一回ごとの人数制限はあっても回数制限はない。

というわけで、俺たちは二回に分けてシュリーデン国へ転移した。


——……転移、完了だな。

先に俺とグウェインとアリーシャが転移しており、続けてディートリヒ様、新、円、ユリアがやってきた。

「うわー、久しぶりだね！」

「あんまり良い思い出はないけどねー」

「……本当にすまなかった」

マリアに操られて俺に剣を向けていたことを思い出したのか、新が急に謝罪を口にした。

「別に謝る必要はないだろう。終わったことだしさ」

「それはそうなんだが……いや、そうだな。確かに終わったことだ」

一度深呼吸を挟んだ新の表情はスッキリしており、自分の中で何かを整理したように見えた。

「ここはもう、あの時のシュリーデン国とは違うんだ。いつまでも引きずってはいられないな」

「それでは皆様、外に出ましょうか」

転移の部屋の見張りとやり取りをしていたディートリヒ様がそう口にすると、俺たちは廊下に出て歩き出す。

先頭を進むディートリヒ様からはどこへ向かうのか言われていないが、まさかいきなり王様と謁《えっ》見《けん》なんてことはないよなぁ。

「……ねえ、ユリアちゃん。この道って、もしかして？」

「……なんだかそんな気がしてきたなー」

「……おそらくだが、二人が思っている通りかもしれんな」

「なんだよ、三人とも。こそこそ話しているけど、この先に何がある……って、あれ？」

最初こそ見たことがないと思っていたが、途中からなぜか見覚えがあるような気がしてきた。それも――戦争の時にめちゃくちゃ暴れまわった、あの部屋の記憶だ。

「お待たせいたしました。こちらで陛下がお待ちですよ」

……転移からそのまま謁見だったー。心の準備ってものがあるんですけどー。

「あの、ディートリヒ様？　いきなり謁見って、ありなんですか？」

「陛下からはお許しを得ておりますのでご安心ください」

い、いつの間にお許しを得ていたんでしょうか。

――コンコン。

そんなことを考えている間にもディートリヒ様は豪奢《ごうしゃ》な扉をノックしてしまった。

『——どうぞ』

「失礼いたします、陛下」

短いやり取りであっさりと扉を開けてしまったディートリヒ様。

先に入ることはせず、彼は俺たちに中へ入るよう促してきた。

「どうぞ、皆様」

ここまで来たら引き返すこともできず、俺たちは恐る恐るといった感じで中に入っていく。

だが、部屋の中は豪奢な扉とは正反対で必要最低限の家具しかなく、それらも質素なものだとすぐにわかるような造りのものしか置かれていない。

驚きのまま部屋の中を見ていると、正面の執務机に座っていた一人の男性が立ち上がり声を掛けてきた。

「初めまして。僕はシュリーデン国の新国王、オルヴィス・レスフォレストと申します」

柔和な笑みを浮かべながら挨拶してくれたオルヴィス王は、一国の王様であるにもかかわらず自ら歩み寄ってきてくれ、手を差し出してくれた。

「……えっと、いいんでしょうか？」

「陛下。あなたは今や一国の王なのですよ？」

「いや、そうなんだけどね。どうにもまだ慣れないいんだよ」

ディートリヒ様に注意されたオルヴィス王は、短めの茶髪を掻《か》きながら苦笑いを浮かべる。

……なんというか、腰の低い王様なんだなぁ。

「それにさ、ディートリヒ殿。こちらからお願いする立場なんだから、上から目線で偉そうにするのも違うんじゃないかな」

「そういうことは家臣である我々がやるべきことです」

「そう言われてもなぁ。僕も元々はその家臣だったわけだし、別にいいんじゃないかな」

「陛下！」

「小言はあとで聞くから、今は彼らを紹介してくれないかな」

ニコニコ笑いながらそう口にしたオルヴィス王を見て、どうやらディートリヒ様も諦めたようだ。

「はぁ。わかりました」

ため息交じりの返事をすると、俺たちを紹介していく。

その中でアリーシャの紹介が行われると、オルヴィス王は一瞬で王の顔になった。

「アデルリード国、さらにはグランザウォールには大変お世話になっております。本来であれば僕がお伺いすべきだったのですが、どうにも忙しくて……」

「そんな！　陛下がそのように仰《おっしゃ》らないでください！」

「そうかな？　ですが、本当に感謝しているのですよ、ありがとうございます」

どうやらアリーシャもやりにくいのか、腰の低いオルヴィス王に慌てふためいている。

……これ、何が不敬に当たるのか全くわからないぞ。

「あぁ、僕と話をする時は普段通りで構いませんよ。まあ、公の場ではさすがにダメですが」

「……はあぁぁぁぁ。陛下もこう仰っていますし、お言葉に甘えましょう、皆様」

ディートリヒ様、説得するのを諦めた。

とはいえ、オルヴィス王やディートリヒ様の許しを得られたのだから普通に接しても問題はないはずだな。

「わかりました」

「ト、トウリさん!?」

「いいって言っているじゃないか。それに、それはウィンスター王も似たようなものだろう？」

「それは！　……そうでしたけど」

王様ってのは誰もが傲慢《ごうまん》で威張り散らしているのかと思っていたが、ウィンスター王やオルヴィス王を見ていると、そうじゃないんだなと思えてならない。

まあ、ゴーゼフは典型的な威張り散らした王様だったけどな。

「それじゃあオルヴィス王、俺は何を鑑定すればいいんですか？」

「はい。まずはロードグル国からのスパイの所在を確認しておきたいですね」

「ロードグル国からだけでいいんですか？　他の国からのスパイは？」

「そこまで人を割けるほど、我が国に余裕はありませんよ」

苦笑しながらそう告げたオルヴィス王の顔をよく見ると、目の下にクマができている。

それだけロードグル国からのスパイが多く、寝る暇もなく働いていたのだろう。

「わかりました。それじゃあ、このまま鑑定しちゃいますね」

「よろしくお願いいたします」

「鑑定、ロードグル国からのスパイの所在」

……おっと、これは結構な数がいるみたいだな。

「画面共有するので見てください。結構な数がいますよ」

「そうなのですか？　……うぅん、これはマズいですねぇ」

「ディートリヒ殿、お願いできますか？」

「かしこまりました」

オルヴィス王の言葉を受けてすぐにディートリヒ様が行動に移す。

「国防も担っているんですか？」

「私の立場はオルヴィス王の相談役なので、可能なことはサポートさせていただいております」

「……実はオルヴィス王よりディートリヒ様の方が忙しいとか？」

「仕事量的に見れば、ディートリヒ殿の方が多いでしょうね」

「そう思うのであれば、もう少し頑張ってください、陛下」

「僕は僕なりに頑張っているつもりなんだけどね」

笑いながらそう口にするオルヴィス王を見ると、やっぱり上に立つ人間なんだなと思う。

使える人材は使う、それも適材適所で。

現時点ではその使える人材が少なすぎてディートリヒ様や本人に負担が掛かってしまっているが、人材が育てばきっと良い国政を行うことができるだろう。

……その前に過労で倒れないことを願うのみだが。

「ディートリヒ様、僕たちも協力いたします」

「ここまで来て何もしないのはどうかと思うしな」

「そうだね！　せっかくここまで来たんだから、何か手伝いたいよね！」

「ずっと魔獣の相手ばかりだったし、たまには肉弾戦もいいわね！」

最後のユリアの意見には同意しかねるが、グウェインたちの言葉を受けてディートリヒ様とオルヴィス王からは満面の笑みがこぼれた。

「よ、よろしいのですか？」

「僕たちとしてはとてもありがたいですが」

「はい。その方が僕たちも安心して戻れますから」

それからグウェインたちはディートリヒ様と共にスパイ撲滅作戦の話し合いに参加していた。

俺はといえば鑑定結果を共有した時点で役割を終えており、何をしようか考え込んでいると——

目的の一つである人物が姿を現した。

「みんな！」

「「「先生！」」」

秋ヶ瀬先生が姿を見せると、俺だけではなく話し合いをしていた新たちも声をあげた。

「どうしてハルカさんがこちらへ？」

たまたま一番近くにいたアリーシャも笑顔で声を掛け、先生も微笑《ほほえ》みながら答えてくれた。

「スパイが見つかったからって報告があったから手伝いに来たんだけど……もしかして、真広《まひろ》君が鑑定してくれたの？」

「そういうこと。だからこれから忙しくなるし、新たちも協力してくれるよ」

「そうなのね！　みんな、ありがとう！」

……なるほど。どうやら俺も必死に頑張らないといけないかもしれない。

先生がスパイ撲滅作戦に参加していたということは、今までのスパイたちを捕まえた時にも戦闘に参加していたはず。

そうであれば、先生も忙しくしていた可能性が高い。

先生は生徒たちと過ごす時間が欲しいはずだし、それならばスパイ撲滅作戦は迅速に終わらせる必要があり、かつ絶対に失敗は許されない。

「今日から三日以内で終わらせよう」

「追加でスパイが入ってくることも考えられますが、そちらは都度対応いたします」

「その時は桃李《とうり》に鑑定させたらいいんじゃないの？」

「桃李君、お願いできる？」

「任せてくれ」

「頼りにしているぞ、真広」

「真広君がいてくれるなら百人力だわ」

グウェインの言葉にディートリヒ様が補足、続けてユリアと円が俺に声を掛けてくる。

新と先生は嬉しい言葉を掛けてくれ、俺のやる気に火を点《つ》けてくれた。

「アリーシャはどうする？　一度戻るか？」

「陛下にご挨拶するだけのつもりでしたし、グランザウォールでも仕事が残っていますから、戻った方がいいかもしれませんね」

「あれ？　姉さん、急ぎの仕事は片付けたって言ってなかった？」

アリーシャの言葉にグウェインが問い掛け、彼女は苦笑しながら答えた。

「こちらに残っていても、私にはできることがないもの」

「そんなことはないと思うけど……」

「ねえ、アリーシャさん。一日だけ、私の話し相手になってくれませんか？」

「ハルカさんの？」

戻ると言った時のアリーシャの表情が寂しそうに見えたが、どうやら気のせいではなかったようで、先生も気にして声を掛けてくれたようだ。

「私の料理も久しぶりに食べてもらいたいし、どうかしら？」

「……わかりました。それじゃあ、一日だけこちらに留まろうと思います」

「よかった！　八千代《やちよ》さんと近藤《こんどう》さんも一緒にお話ししましょう！」

「いいですね！」

「今日は夜更かし決定ね！」

「お前ら、明日に差し支えないようにしろよ」

「先生がついているんだ、大丈夫だろう」

「任せてちょうだい、真広君」

確かに、先生がいれば寝ずに朝日を見るなんてことはないだろう。

そこからスパイ撲滅作戦の話し合いが再開されると、ある程度まで話を詰めてから解散となった。

その日の夜はアリーシャも交えての晩餐《ばんさん》となった。

ロードグル国に留まっていたクラスメイトの中に支援職で料理に特化した職業の持ち主がいたよ

うで、とても豪勢な料理をふるまってくれたのだ。

どれを食べても美味であり、俺は手が止まらなかったのだが、その中に食べ慣れた温かみのある和食が並んでいる。

「……はあぁぁぁぁ～。どれも美味《おい》しかったけど、やっぱり先生の料理が一番落ち着くなぁ」

「私もハルカさんの料理にすっかり魅了されてしまいましたから、久しぶりでとても嬉しいです」

「うふふ。そう言っていただけると頑張って作った甲斐《かい》があります」

アリーシャの言葉を聞いて嬉しそうに微笑む先生。

円とユリアも美味しそうに先生の料理を口に運んでおり、入れ違いになった新は円の料理とはまた違う味わいの和食に舌鼓を打ちながら無言で堪能している。

「これだけの料理はシュリーデン国の王都でも食べられないんじゃないかな？」

「料理を得意にしている上級職の子や中級職の子がいてね、そのおかげだと思うわ」

「上級職もいるんですか！　……それは、貴重な経験をさせてもらっているなぁ」

「料理人の職業って少ないのか？」

グウェインが思いのほか驚いているので、俺は気になったことを聞いてみた。

「いや、料理人の職業自体は少なくないよ。でも、上級職ともなれば話が変わってくるんだ」

「シュリーデン国の王都にもいないのか？」

「いるとは聞いているけど、僕は食べたことがないな。どこも一流レストランで腕を振るっているから、いただく機会なんてないに等しいんだ。この料理を食べられただけでも、ここに来て得をした気分になれるよ」

どうやらとても貴重な料理をいただいているようだが、俺たちのほとんどが先生の料理により強い感動を覚えていた。

「……思い出に勝るものはないってことだなぁ」

「どうしたんだい、トウリ？　何かを悟ったような顔をしているけど？」

「……いや、先生の料理が美味《うま》いなって話だよ」

俺はそんなことを口にしながら、再び先生の料理を口に運んだ。

誰もが満足の晩餐となり、俺たちは用意されていた部屋で休んで明日に備えることにした。

ふかふかのベッドで横になると、あまりの質の良さに一気に睡魔が襲い掛かってくる。

「……これ、俺たちもこういう布団を作った方がよさそうだなぁ。睡眠の質は……大事だわ……」

そんなことを呟《つぶや》きながら、あっという間に寝入ってしまったのだった。


――そして、この時は思いもしなかったのだ。シュリーデン国とロードグル国の問題が、予想をはるかに上回るほど長引くとは。

第一三章　赤城笑奈

「――それでは皆さん、お気をつけください」

翌日、俺たちはアリーシャを見送るために早朝から転移の部屋に集まっていた。

「グウェイン。トウリさんのこと、よろしくお願いね」

「任せてくれよ、姉さん」

「アリーシャも俺たちがいないからって無理するなよ」

お互いがお互いを心配しながら、アリーシャは転移でグランザウォールへ戻っていった。

「……よーし、みんな！　さっさとスパイ撲滅作戦を完了させて、俺たちもグランザウォールへ戻ろうぜ！」

俺が声をあげると、グウェインたちが大きく頷《うなず》く。

「では参りましょう」

ディートリヒ様を先頭に、俺たちは部屋を出るとそのままお城の外へと向かい、城下町へ下りていく。

途中から騎士たちも加わっていたが、皆が平民の格好をしており、事前に振り分けていた班で移動を始めた。

大勢で動けば目立ってしまい、スパイたちに逃げられてしまう可能性があったからだ。

当初の宣言通り、俺たちは三日で侵入しているスパイを片付けようと、迅速に捕縛を行っていく。

いきなり隠れ家に押し入られたスパイたちは驚愕《きょうがく》しただろう。

俺たちはスパイを大量捕縛したその足で、別の隠れ家へと踏み入る。情報を共有されて対策されないためだ。

一日目だけで二桁のスパイを確保した俺たちだったが、二日目からは相手側も警戒を強めていた。

隠れ家の奥深く、さらに入り口がカモフラージュされたややこしい場所に身を潜めていたのだが、俺たちには関係なかった。

「棚の後ろに隠し通路があります」

すでに鑑定によって隠れ家のさらに奥にある隠し通路や隠し階段の場所を把握しており、身を潜めたところで意味はなく、むしろどうして見つかったのだと困惑されるばかりだ。

これだけ隠れ家が見つかっているのだから、相手側は自分たちの中に二重スパイがいるんじゃないかと疑い始めていることだろう。

二日目は二桁に届かなかったものの、明日には現時点で潜入しているすべてのスパイを捕縛できるのだから問題はない。

そんなことを考えながら二日目を終えて夕ご飯を食べていた時だった。

「――えっ？」

突然ウインドウが目の前に表示されたかと思えば、スパイに関する鑑定結果に変化が起きた。

「どうしたんだい、トウリ？」

「……鑑定結果に、変化が起きた」

「それってどういうことなの？」

円《まどか》の疑問に答えることなく、俺はウインドウの内容に目を通していく。

「……マジかよ」

「ねえ、どうしたのよ、桃李《とうり》！」

「何かマズいことが起きたのか？」

俺の反応を見てユリアと新《あらた》も疑問の声をあげる。

「……追加のスパイだ」

「それなら真広《まひろ》君の鑑定を使って、今まで通りに捕縛すればいいだけの話じゃないの？」

「いや、そうも言ってはいられないかな」

ロードグル国から追加で入ってきたスパイの名前を見て、俺は冷や汗を流しながら口を開いた。

「新しく入ってきたスパイの名前は――赤城笑奈《あかぎえな》だ」

赤城の名前が出た途端、俺たち異世界人の表情が一気に引き締まった。

「……赤城さん、なの？」

「……ついに笑奈が来ちゃったかぁ」

「……笑奈ちゃん、ちょっと怖いよね」

「……それに、腕っぷしもなかなかのものらしいな」

先生の呟《つぶや》きに続いてユリア、円、新が赤城の印象を口にしていく。

素行の悪さが目立っていた赤城は学生の頃から喧嘩《けんか》っ早く、男子にも負けない腕っぷしをよく自慢していた。

俺は遠目にその様子を見ていただけだが、彼女の真っ赤な髪の毛はとても印象的で、目が合わないよう視線を逸《そ》らしていても、あの髪色が視界に入ると気になって仕方がなかった。

「赤城が来たってことは、いよいよ本気でシュリーデン国を取り戻しにきたってことか？」

「いや、もしそうならマリアが軍を率いて来たとしてもおかしくはないだろう」

「それなら単身ってこと？」

「他のスパイの人たちと同じで、情報を探りに来たのかな？」

俺たちが意見を出し合っている中、先生は別のことを考えていたようだ。

「どちらにしても、赤城さんを放っておくことはできません」

先生の性格を知っているからこそ、その言葉に誰も驚くことはなく、むしろ全員が頷いた。

「真広、鑑定を頼めるか？」

「赤城を仲間に引き入れる方法だな」

「それしかないわよねー」

「他の四人も来るのかな？」

「わからないけど、まずは目の前に迫っている赤城に集中しよう」

「僕も協力するよ、みんな」

「助かる、グウェイン」

俺たちが勝手に話を進めていると、先生はポカンとした表情でこちらを見ている。

「何しているんですか、先生」

「……えっ？」

「先生が言い出したんですから、みんなで赤城を助けますよ」

「……えぇ、そうね。そうよね！」

嬉《うれ》しそうに笑った先生がこちらへ駆け寄ってくると、俺はすぐに鑑定を行った。

「鑑定、赤城笑奈を仲間に引き入れる方法」

これで赤城を仲間にできるはず……って、あれ？　なんだ、この鑑定結果は？

「……どうしたの、真広君？」

「あー、色々と整理しなきゃいけない情報が多く出てきたんだけど……とりあえず最初に言っておくことがある」

正直なところ、これは完全に予想外だ。

中には一人、二人くらいはいるだろうと思っていたが、それがまさか赤城だったなんて。

「赤城の奴——魔眼に操られているわけじゃなく、自分の意思で行動しているみたいだ」

操られているだけなら目を覚まさせる方法は知っている。一発ぶん殴って意識を奪えばいい。

しかし、自らの意思で行動しているのであれば話は変わってきてしまう。

「おいおい。まさか赤城は、完全にマリア側の人間だということか？」

「どうだろうな。鑑定ではそこまで詳細に表示されていないんだ」

いつもの鑑定スキルなら俺が疑問に思うことも先回りで鑑定して表示してくれる。

鑑定が『赤城を仲間に引き入れる方法』だったからなのかもしれないが、それが表示されないということは、赤城にも何かしら思うところがあるということかもしれない。

「……ということは、赤城さんを説得できる可能性もゼロではないってことよね、真広君？」

そこへ先生が光明を見出《みいだ》したかのように声を掛けてきた。

「そうですよね、先生！　もしかすると笑奈ちゃん、逆らえない事情があるのかもしれないし！」

「えぇー？　でも、ぶん殴って気絶させる方が手っ取り早かったんだけどなー」

「確かにな。俺も真広に殴られて魔眼の解除ができたわけだし」

ユリアと新の意見はもっともなのだが……まあ、もしも赤城が操られていたとして、俺たちが彼女を一発ぶん殴れるかどうかはわからないけどな。

「魔眼についてもそうなんだが、情報としてもう一つ。赤城の奴――相当強いぞ？」

俺はそう口にしながら、鑑定で出てきている赤城のステータスを共有した。

「……おいおい」

「……笑奈のレベルって」

「……70もあるの？」

「……しかも上級職の破壊者《クラッシャー》か、ヤバいね」

現状、俺がレベル15、特級職では新が30、ユリアが27、円が25、上級職の先生が40となっている。

一番高い先生は赤城と同じ上級職だが、それでもレベル差が30も開いていた。

「赤城さんが王都にやってくるのは、早くて三日後なのね」

「そうみたいですね。ただ、最速で三日なので、状況に変化が出る可能性はありますよ」

「……わかったわ。私はこのことをディートリヒ様とオルヴィス王へ報告してくるわね」

「いいんですか、先生？」

俺はてっきりすぐにでも話し合いをしたいと口にすると思っていたが、あえてこの場から一度離れることを選んだ先生に驚いていた。

「真広君たちのことを信じているからね。みんななら、最善を選んでくれるでしょ？」

先生はそう口にして微笑《ほほえ》むと、そのまま食堂をあとにした。

「それで？　具体的にどうすればいいのか、鑑定でわかっているの？」

ユリアの言葉に俺は首を曖昧に傾《かし》げた。

「選択肢が色々とあるんだが、どうにも成功確率が流動的に動いていてよくわからない」

「それって……どういうことなの？」

「そうよ！　それじゃあ【神眼】の名が泣くわよ！」

「いや、確率が流動的に動くのは今に始まったことじゃないんだ」

「そうなのか、真広？」

新の疑問に俺は頷き、一つの可能性を提示した。

「確証があるわけじゃないけど、鑑定の対象が人間か魔獣か、それで確率が大きく変わるっぽい」

「今回は赤城……人間が対象なわけだが、その場合はどうなんだ？」

「大きく変わる。おそらく、人間は魔獣と比べると感情豊かだからだと思う」

「……つまり、笑奈ちゃんの感情によって確率がどんどん変わるってこと？」

「そういうことだ。それで、現状で一番起こりえる可能性が高い内容なんだが——俺たちが赤城に殺される」

俺が『殺される』という言葉を口にした途端、全員の表情が緊張感に包まれた。

「……ねえ、桃李君。それ、本当なの？」

「本当だ。もちろん100パーセントじゃないし、確率は変動する。だけど、常にこの確率が最大の数値を出している」

「……ちなみに、何パーセントなの？」

「……50パーセントだ」

「50か……結構高いな」

「それから新やユリアが死ぬ確率が20パーセント、円まで死ぬ可能性が15パーセント、先生まで死ぬ可能性が5パーセントで——」

「ストーップ！　……桃李、死ぬ、死ぬばっかり言ってないで、どうにか最悪の可能性を回避する方法はないのかしら？」

苦い表情のままユリアがそう口にすると、俺は軽く唸《うな》ってしまう。

それはなぜか——現状、できる対処が限られてしまっているからだ。

「単純にレベル上げに専念すること、それと戦場となる場所を選ぶこと、くらいかな」

「戦場の場所を選ぶ？」

「赤城がこっちに向かってきていることがわかっているんだから、わざわざ王都で待ち構える必要はないだろう？　だから、全力で戦っても周囲に被害が出ない場所をこちらで選ぶんだよ」

「でも、どうやって選ぶのよ？」

「赤城が通るルートは限られているから、その中で選ぶしかないな」

「……なるほど。俺たちから出向くわけだな」

「そういうことだ」

今までは誰がスパイで、どうやって侵入してきたのか、それがわからなかったから後手に回っていただけで、俺がいる今ならそうはならない。

スパイ撲滅作戦もすでに王都へ侵入しているスパイを捕縛していっただけで、これから入ってくるスパイに関してはこちらが先手を打つことが可能なのだから、その優位さを活かすべきだろう。

「なあ、真広。全員が死んでしまう確率があるのなら、全員が生き残れる確率もあるんだろう？」

「あっ！　それは私も気になってた！」

「そうだよね。どうなの、桃李君？」

確かに、全員が生き残れる確率もゼロではない。ではないが……限りなくゼロに近いんだよなぁ。

「確率は……10パーセント未満を常に上下しているな」

「「……マジかぁ」」

「……マジです」

ただ、この確率には注釈がついてくる。

「もちろん、俺たちがアデルリード国へ帰れば、今回のことで死ぬ確率はゼロになる。ただし、シュリーデン国は再び戦場となり、先生や他のクラスメイトは大変な目に遭うだろうな」

「……そっちの方が怖いんだけど！」

「……そう、だよね」

「そういうことなら、やはり先生やシュリーデン国のみんなと共に生き残る道を探るべきだろう」

「……そう言うと思ったよ」

死ぬかもしれないんだから本来であれば逃げるのが最善なんだろう。

だが、先生がクラスメイトを見捨てないように、新たちも先生たちを見捨てない。

「みんな、ありがとう」

その時、食堂の入り口から先生の声が聞こえてきた。

「遅くなりました、マヒロ様」

先生に続いてディートリヒ様の声が聞こえ、オルヴィス王と共に顔を出す。

ディートリヒ様が来ることは予想していたが、まさかオルヴィス王まで足を運んでくれるとは。

……それだけ、国の一大事だと判断したということか。

「申し訳ございません、盗み聞きのような形になってしまいましたね」

そしてここでも腰の低いオルヴィス王。

なんだかもう、こんな感じなんだなって慣れてきてしまったぞ。

「別に隠すことでもないですし、いいんじゃないですか？」

「そうだな。俺たちはやれることをやっているだけです」

「そうそう！　それに笑奈は私たちのクラスメイトだしねー」

「うん！　絶対に助けようね！」

それから俺は先生たちにも同じ説明を行い、まずはレベル上げと戦場の選択について相談した。

「レベル上げに関しては、王都の近くにレベルスライムの生息地がありますが、すぐに倒せるかどうかは――」

「あっ、それなら俺の鑑定でどうにでもなるので大丈夫です」

「……えっ？　そ、そうなのですか？」

「私もこの目で見た時は驚きましたが、事実ですよ、陛下」

俺が即答したことで瞬《まばた》きを繰り返しながら驚いているオルヴィス王だったが、ディートリヒ様が証言してくれたのでなんとか頷いていた。

「ということは、あとは戦場をどこにするかだけですが……そこはオルヴィス王にお願いしてもいいですか？　俺たちでは土地勘がないので選べません」

「……わ、わかりました」

「よろしくお願いします。あと、レベル上げをしたいのでレベルスライムの生息地を教えていただいてもいいですか？」

「……」

「……オルヴィス王？」

「……えっ？　あっ、はい。そうですね、すぐにお伝えいたします」

こうして俺たちは僅《わず》かでもレベルを上げようと行動を起こすべく、すぐにレベルスライムの生息地へ向かったのだった。


生息地を知っていても遭遇することが珍しいレベルスライムだが、俺の鑑定を使ってあっという間に発見してしまい、大量の経験値を獲得することができた。

とはいえ、神級職《かみきゅうしょく》の俺は頑張ってもレベル17が限界で、特級職の新が35、ユリアが34、円が32、上級職の先生が45、中級職のグウェインが60だ。

赤城の70にはまだまだ足りないが、これで全員生存の確率は少しだけ上がってくれている。

戦場に関してもオルヴィス王が騎士団と相談して決めてくれており、どのように戦えば地の利を活かせるかも教えてくれた。

「当初の予定通りに、赤城は明日到着するはずだ」

俺は現在、自分の部屋で準備を進めている。一緒にいるのは新とグウェインだ。

明日の対策を話し合いながらなのだが、色々なことを並行で進めながら対処しなければならない。

その中の一つが、スパイ撲滅作戦である。

俺たち抜きでスパイを撲滅しなければならず、事前に隠れ家の情報を伝える予定にはなっているが、騎士団はそれだけに構っているわけにもいかない。

ただでさえ人数が少ないシュリーデン国の騎士団である。ここはひと踏ん張りしてもらい、赤城の件が片付いたら再び手を貸す必要があるだろう。

グランザウォールに戻るのはまだ先になりそうだと考えると、少しだけ気が滅入《めい》ってしまう。

「それにしても、ただでさえ帰るのが遅れているのに、このことを姉さんが知ったらとても心配しそうだね」

俺がそんなことを考えていると、隣にいたグウェインがそう口にした。

「……そういえば、アリーシャが赤城のことを知らないのをすっかり忘れていたよ」

自己犠牲で赤城と戦うと言っているわけではないが、それでもアリーシャは心配するだろう。

それは俺だけではなく、グウェインや新たちについても同じことだ。

だが、そんな思いをはねのけてでも今回はやらなければならないと感じている。

「まあ、怒られることを覚悟して赤城に挑むよ」

「きっと僕も怒られるんだろうなぁ」

「その時は一緒に頭を下げような、グウェイン」

「僕の場合はそれだけで許されるとは思わないけど、わかったよ」

二人でそんなことを話していると、グウェインの隣で準備をしていた新が口を開く。

「真広はヤマトさんと付き合うことになったのか？」

「……んっ？」

「いや、聞こえていたよね？　なんでそこを誤魔化すかな」

「…………んっ？」

「隣のグウェインの声が聞こえなかったわけがないだろう」

いや、だって、いきなりの質問に思考が停止してしまったんだから仕方ないじゃないか。

「なんでいきなりそんなことを？」

「真広の雰囲気がだいぶ変わったからな。そうだろうと思ったんだが、違うのか？」

「いや、その、違うわけじゃないんだが……」

「そんな言い方していいの？　姉さんは毎日が楽しそうだったのに」

「付き合ってるよ！　ちゃんと告白したし！」

「「そりゃそうだろうよ」」

な、なんでそこだけ声を揃《そろ》えるかなあ！

「そこは男である真広から伝えるべきだろう」

「僕もそう思うな。でも、ちゃんとトウリから伝えたんだろう？」

「……あぁ」

正直なところ、アリーシャから告白してくれたと見えなくもないが、最終的な確認はこちらからしたので、俺が告白したと言えなくもない……よな？

「……怪しいなぁ」

「……そうだね、怪しいねぇ」

「こ、この話はもういいだろう！　ほら、準備が終わったなら明日に備えてさっさと寝ようぜ！」

勢いよく立ち上がった俺はそのままベッドへ飛び込もうとしたが、その前に扉がノックされた。

――コンコン。

「……はーい？」

『――桃李君、起きてる？』

「ちょっと待ってくれ」

声からして円のようだが、いったいどうしたんだろうか。

返事をしてからすぐに扉を開けてみると、そこには円だけではなくユリアと先生も立っていた。

「……三人でどうしたんだ？」

そう口にすると新とグウェインも俺の後ろから顔を出し、それを見た円たちはパッと表情を明るくさせた。

「明日に備えて、みんなで景気づけに美味《おい》しいお菓子を食べようかなって思ってさ」

「景気づけって、命懸けなんだが？」

「だからじゃない、何を言っているのよ！」

……なんで怒られないといけないんだろうか。

「まあまあ。このあとに御剣《みつるぎ》君とグウェインさんの部屋にも声を掛けようと思っていたんだけど、一緒ならちょうどよかったわ。どうかしら？」

そう言われてしまった俺たちは顔を見合わせると、肩の力を抜くのも必要かと思い誘いを受けることにした。

「それじゃあ、どこで食べるんだ？」

「ここよ」

「……はい？」

「だから、ここよ」

……何を言っているんでしょうか、ユリアさんや？

「えっと、みんなが集まっているわけだし、桃李君が迷惑じゃなかったらここがいいかなって……ダメかな？」

「いや、ダメってわけじゃないんだけど――」

「それならいいでしょー！　さあさあ、中に入りましょう！」

「お前はもう少し遠慮しろよな！」

「えぇー？　ダメじゃないならオッケーでしょー？」

こ、この野郎！

「……はぁ。もういいよ、円と先生も入って」

「お、おじゃましまーす」

「ありがとう、真広君」

ユリアはずかずかと、円は遠慮がちに、先生はいつもと変わらない足取りで中へ入ってきた。

「それで？　いったい何を持ってきたんだ？」

「じゃじゃーん！　これよ！」

効果音付きでユリアが取り出したのは——この世界では食べられないと思っていたみたらし団子だった。

「おぉーっ！　マジか！」

「みたらし団子なんて、久しぶりだな」

「見たことのないお菓子だね」

グランザウォールでも、王都のアングリッサでも、和菓子を見たことは一度もなかった。

和食は先生が作ってくれていたが、さすがに和菓子までは作ってもらえていなかったのだ。

「これは先生が作ったんですか？」

「料理を得意とする職業で、デザートに特化した子がいてね、作ってもらったの」

「みたらし団子を食べて、力をつけましょう！」

「これなら桃李君たちも喜ぶと思って持ってきたの」

確かに、みたらし団子は嬉しいな。和食もそうだったけど、和菓子もこの世界では絶対に食べられないと思っていた。

「それと——これも持ってきたんだ！」

「これは……お茶？」

「抹茶よ、抹茶！」

「おぉっ！　それは嬉しいな！」

抹茶に強く反応したのは新だった。

「御剣君は抹茶が好きなの？」

「はい。家でも集中したい時の前にはよく飲んでいたんです」

「……俺は抹茶を飲んだことが一度もないんだが？」

「うーん、僕もないかなぁ。どんなお茶なのかな？」

「飲んでみたらわかるわよ！　さあ、座った、座った！」

……ここ、俺の部屋なんだが。

とは口に出せず、俺は壁際にあった来客用の椅子をテーブルの横に人数分移動させる。

「それじゃあいただきましょうか！」

「楽しみだなー！」

「抹茶の準備もオッケーよ！」

先生、円、ユリアが順番に弾んだ声をあげる。

「どんな味がするのか楽しみだなぁ」

「きっとグウェインも気に入ると思うぞ」

「それじゃあみんな——いただきます！」

グウェインの疑問に新が答え、最後に俺が挨拶をすると全員で一斉にみたらし団子を口に入れた。

……あぁ……うん、うん……これはまさしく——

「「「「最高のみたらし団子だ！」」」」

「これ、とても美味しいお菓子だね！」

俺たちに続いてグウェインも美味しいと口にしてくれたみたらし団子。

それはなんとなく、日本が異世界に認められたような気がして嬉しかった。

「鑑定、みたらし団子の――」

「いやいや、桃李？　それ、いるかしら？」

だって、気になるだろうよ！　このみたらし団子、マジで美味《うま》いんだが？

「うふふ。シュリーデン国に来たらいつでも食べられるわよ」

先生にまで呆《あき》れたようにそう言われてしまい、俺は渋々鑑定スキルを中断した。

「それと、これはどうかしら？」

そう口にした先生は、慣れた様子で抹茶を点《た》てていく。

実際に抹茶を点てる光景を見るのは初めてだったので、俺は自然と注目していた。

「へぇ……緑の飲み物なんて、初めて見たなぁ」

点て終わり、先生が一人ひとりに抹茶茶碗《ちゃわん》を手渡していく。

抹茶は苦手な人と好きな人が分かれるイメージがあるからなぁ。果たして、グウェインはどちらだろうか。

――ずずずずぅぅ。

「……なんていうか、苦みの中に深みがある飲み物なんだね」

「グウェインは抹茶がいける口のようだな」

「なんだろうね。このお菓子にとても合っているように思うよ」

グウェインって、食レポ上手だったんだな。

「あれ？　桃李君、飲まないの？」

「俺は苦手だからパス」

「ちょっと！　せっかく持ってきたんだから飲みなさいよ！」

ユリアが無理やり飲ませようとしてきたが、俺は断固拒否をしてみたらし団子を頰張《ほおば》っていく。

……ここ最近はずっと緊張していたので、こういう日常を過ごす瞬間は落ち着くな。

赤城との一戦が終われば、またいつもの日常に戻ってくることができるのだろうか。

それともまた新たな問題が生じてしまうのか。

正直なところ、俺は後者だと思っている。

マリアが赤城を送り込んできたということは、本気で情報を得ようとしているということで、そんな時に彼女がロードグル国に戻ってこないとなれば、新たな強者が送り込まれてくるだろう。

もしかすると、残る四人のクラスメイトの誰かが送り込まれるかもしれない。

そうなれば見捨てることはできず、最終的には国と国が正面から衝突する戦争に発展するかもしれない。

本当であれば、さっさとアデルリード国に戻ってアリーシャやみんなとゆっくり魔の森の開拓を進める予定だったんだけどな。

「……どうしたの、桃李君？」

「んっ？　いや、なんでもないよ」

考え事をしていると、いつの間にか隣に移動していた円に声を掛けられた。

「本当？」

「本当だって」

「……もしかして、アリーシャさんのことを考えていたの？」

「なんでアリーシャの名前が出てくるんだ？　うーん、アリーシャというか、グランザウォールでの生活のことを考えていたんだ」

「この世界での生活は楽しい？」

「楽しいな。いい人たちとも出会えているし、魔の森の開拓も進んでいるからな。日本では考えられないくらいに充実しているよ」

素直にそう答えると、なぜか円は少しだけ寂しそうな顔をした。

「そっか。……うん、それならよかった」

だが、すぐにいつもの表情に戻り笑顔を向けてくれた。

「……円は楽しいか？」

「私？　……そうだね、私も楽しいかな。家族に会えないのは少し寂しいけど、その分ユリアちゃんや桃李君、新君たちと一緒にいられるもの」

家族か。まあ、普通はそうだよな。

円だけじゃなく、新やユリア、先生だって家族に会いたいと思っているに違いない。

会いたいと思っていない俺の方が特殊なのだ。

……シュリーデン国とロードグル国の問題が片付いたら、日本に戻る方法を鑑定できるか試してみてもいいかもしれないな。

ダメだったとしても、その時はこの世界での生活が充実するよう努力すればいいんだからな。

「こういう時、一人だけの召喚よりも、クラス召喚だったことに感謝するべきなんだろうな」

「そうだね。もしも私が一人で異世界に召喚されたとしたら、冷静に状況を見るなんてことできなかっただろうし」

「それを考えると、桃李はすごいよねー」

「なんだよ、急に」

「いや、近藤《こんどう》の言う通りだ」

円との会話にユリアだけではなく新まで加わるとは思わなかった。

「召喚された当日に追放されて魔の森に飛ばされただろう？　にもかかわらず冷静に状況を判断して生き残ったんだ」

「私だったら絶対に無理だなー。追放されたと同時に愕然《がくぜん》として、魔獣に食われてたかも」

「それは私も同じだよ。でも、先生も戦えていたんだよね？」

「そうだけど、すぐに心が折れちゃったわ。真広君たちが来なかったら、私も死んでいたはずよ」

口々にそう話すと、全員の視線がこちらに向いた。

「……な、なんだよ？」

「なんだか急に、桃李がすごい人に見えてきたわ」

「でも、神級職だから本当にすごい人なんだよね」

「ラノベ知識も豊富だし、もしかするとなるべくしてなった神級職なのかもしれないな」

「いや、そんなことはないだろう」

「でも、魔の森でレベル1の支援職が生き残れたのは本当にすごいことだと思うよ」

おっと、まさかのグウェインまでそちら側かよ！

「トウリはすごい。それは誇らないといけないところだからね」

「そこはまあ……うん、そうだな」

自己犠牲の精神はなくなっているが、自分が褒《ほ》められることにはどうも慣れない。

今まで褒められることがなかったし、何より恥ずかしい。

というわけで、俺は照れ隠しのつもりで最後の一本のみたらし団子を手に取った。

「「「「あっ！」」」」

「……うん、美味かった！　ごちそうさま！」

……ふふ、睨《にら》まれるくらい、なんだ。すでにみたらし団子は俺のお腹の中なんだからな。

「ひどいよ、桃李君！」

「普通はじゃんけんでしょ、じゃんけん！」

「俺も、食べたかった……」

「こういうものは早い者勝ちなの！　それにさ、明日を終えたらまた食べられるだろう？」

円たちは悲しそうな声を漏らしていたが、俺がまた食べられると口にするとハッとした表情を浮かべた。

「……うん。確かにそうだね！」

「やれることはやったんだもの、絶対にまた作ってもらうんだからね！」

「その時は赤城も一緒か？」

「もちろんよ。赤城さんも一緒に、みんなでみたらし団子を食べましょう」

円が、ユリアが、新が、先生が、赤城も一緒にと大きく頷く。

「……みたらし団子が」

その中でグウェインだけがずっと悲しそうな表情をしていたことが面白く、俺たちは顔を見合わせてから大笑いした。

こんな日常がずっと続けばいいなと、続けられるように明日は絶対に勝たなければならないと、改めて心に誓ったのだった。


——そして翌日、赤城と相対する運命の日になった。

俺たちは事前に教えてもらっていた街道からやや離れた場所に位置する荒野に、早朝から足を運んで身を潜めている。

最前線には新とグウェイン、やや後方にユリア、さらに後ろに円と先生と俺という布陣だ。

鑑定では午前中のうちには姿が見えてくるはずなのだが……。

「……誰か来たよ」

「……本当ね。あの赤い髪、赤城さんね」

「……二人とも、なんで見えるんだ？」

俺には豆粒にしか見えていないので、誰かがいるのはわかるが、それが赤城なのかどうかまでは判断がつかない。

それに、二人だけではなく前に隠れている新たちもしっかりと視認できたようで、武器を握る手に力が入っているのが見えた。

「……ねえ、先生。あれって、笑奈ちゃんもこっちに気づいていませんか？」

だが、円の呟きを聞いた途端――豆粒に見えていた赤城の姿が一気に大きくなった。

「つ、突っ込んできただと⁉」

おいおい、こっちは早朝から身を潜めていたってのに、バレたのかよ！

「新！　グウェイン！　果物を食べて迎撃！」

俺が声をあげたのと同時に二人は果物を口に運び、そのまま武器を構える。

まだまだ距離があったはずだが、赤城が走り出してから一〇秒にも満たないタイミングで――

「生きていたのねえ、御剣いいいいっ！」

「お前こそ生きていたんだな、赤城！」

――ガキイイイイイインッ‼

甲高い金属音が荒野に鳴り響き、二人を中心に衝撃波が周囲へ広がっていく。

細かな砂や小石が吹き飛び、突風が後方に隠れているこちらまで届く。

「あはははっ！　いいねぇ、あんたとは一度本気で戦ってみたかったのよ～！」

「こっちは願い下げだがな！」

「相手は一人じゃないぞ！」

「ザコは引っ込んでなあああっ！」

「剣気スキル！」

完全無視されていたグウェインが直剣を振り抜きながら剣気スキルを発動させる。

対して赤城の武器は身の丈ほどもある大剣で、それぞれがぶつかり合うと、体格で勝るグウェインが押し負けてしまう。

「これで死なないのね〜。あんた、なかなかやるじゃないのよ〜」

「やめるんだ、赤城！　いつまでマリア・シュリーデンに付き従うつもりだ！」

「私より弱いあんたに言われる筋合いはないわ〜。本当に止めたいなら私を倒すんだね、御剣〜」

大剣とは思えない速度で連撃が続き、新は徐々に防戦一方になっていく。

グウェインも間を縫って攻撃を仕掛けるが、それでも赤城の攻勢は変わらない。

「……二人とも、いいか？」

俺はといえば、円と先生に声を掛けて魔法を放つタイミングを見計らっていた。

二人掛かりで倒せないことはわかっていた。彼らは魔法を放つ隙《すき》を作るために動いており、タイミングは俺の鑑定スキルが判断してくれる。

ギリギリまで引きつけて、耐えてもらい、本当に危ないと思ったタイミングで——

「今だ！」

「アイスバーン！」

「サンダースパイク！」

円のアイスバーンが地面を凍らせていくのが見えた途端、新とグウェインは大きく飛び上がり氷を回避する。

「ま〜だ隠れていたのねえ！」

しかし、奇襲で放たれたにもかかわらず、赤城はアイスバーンを見てから地面を力いっぱいに踏みつけ、大地を粉砕して氷の侵食を防いでしまう。

だが、魔法はこれで終わりではなく、先生のサンダースパイクが迫っている。

これが当たれば終わりだが——そう簡単に事は運んでくれなかった。

「見えているのよおおおおおっ！」

——ガシッ！

「えええええぇぇぇっ⁉」

「サンダースパイクを——掴《つか》んだ⁉」

おいおい。あいつ、マジで同じ人間か？　なんで魔法を掴んで平気でいられるんだよ！

「おっ？　おぉぉっ？　雷かしら、ビリビリするわねぇ～」

掴んだサンダースパイクからの雷をその身に浴びながら、赤城はそれを地面に投げ捨てる。

「それじゃあ～……出てきてもらおうかしら～？」

赤城が大剣の剣先を俺たちが隠れている場所に向けると、間に新とグウェインが立つ。

「あら～？　庇《かば》おうってことかしら～？」

「いいわよ、御剣君」

赤城が挑発するようにニヤニヤ笑いながらそう口すると、新が口を開く前に先生が立ち上がり姿を見せた。

「久しぶりね、赤城さん」

「……ちっ、先生かよ」

「私もいるよ、笑奈ちゃん！」

「……あ～、な～んで八千代《やちよ》もいるかな～」

先生と円が姿を見せると、赤城は頭を掻《か》きながら視線を逸らした。

鑑定結果にも出ていたのだが、赤城は先生と円にちょっとした苦手意識を持っている。

それは、先生が生徒を絶対に見捨てない性格だと知っており、不良と言われている自分まで守るべき相手に入っているから。

円の場合は誰に対しても態度を変えることなく接しており、赤城に対しても俺たちと同じように接するので彼女も対応に困っているようだ。

だからこそ二人が姿を見せることで赤城は隙を見せる――はずだった。

「でもさぁ。八千代が生きているってことは――近藤もいるよねえええええっ！」

「うっそっ!?　きゃあああああっ!!」

「ユリアちゃん！」

最後まで身を潜め、気配を消していたユリアが赤城の背後から飛び掛かる、これが決まれば俺たちの勝利だった。

しかし、赤城は円とユリアが常に一緒にいたことを知っており、二人が同時に追放されたことも知っている。

この場に円がいるのであればユリアもいるという結論に、僅かな時間で至っていたのだ。

赤城めがけて振り下ろされた拳だったが、そこに大剣が横に薙《な》がれて手甲《てっこう》とぶつかり、ユリアが大きく後方へ弾《はじ》き飛ばされる。

何度も地面をバウンドし、砂煙を巻き上げながら転がっていく。

ユリアの悲鳴と円が彼女の名前を呼ぶ声が荒野に響き渡る。

先生は声を出せず、新とグウェインは顔を怒りに染めていた。

「赤城ぃ、貴様あああっ！」

「絶対に倒してみせる！」

「あはは～！　やれるものならやってみなさいよ～！」

赤城はまるで悪女のような表情で笑いながら、新とグウェインを挑発している。

このまま戦えば果物の効果時間を迎えてしまい、なんとか耐えられていた現状が一気に崩れてしまうだろう。

……さて、こうなっては最終手段に移行するしかないか。

「もう一人いるぞー」

俺は最後まで隠れていたのだが、可能な限り赤城の視線をこちらに集める必要があったので、あえて姿を見せた。

「ん～？　……どうして真広がいるのかな～？」

「どうしてって、ここにいるからだろう」

「そういうことを聞いているんじゃないんだけどな～？」

不思議なものだ。

今までは赤城と目を合わせるのも怖いと思っていたのに、今では真っすぐ見ることができる。

これもみんなを守ると決意したからなのかもしれない。

「へぇ～……あんた、変わったねぇ～」

「どうだろうな。そんなことよりも赤城、もうやめろよ」

「真広までそんなことを言うの～？」

「俺は初日で追放された身なんでね。実行したマリアに付き従うのをやめろと言うのは当然じゃないか？」

「確かにそうかもね～」

だが、どうしてだろう。

赤城は俺が姿を見せた直後から、誰よりも警戒しているように見えてならない。

こちとら神級職だが、その事実を知らない赤城から見ればこの場で一番弱い鑑定士なんだがなぁ。

「先生や八千代、近藤はまだわかるけどさぁ～、どうして真広まで生きてんの～？」

「生き残れたからに決まってるだろうが」

「でもさ～、転移先ってものすごく強い魔獣がいる場所だって聞いてたんだけど～？」

「だからといって絶対に生き残れないわけじゃないってことだろうな」

「へぇ～、そうなんだ～」

……さて、ここで赤城がどう動くか——!?

——ガキイイイイイインッ!!

「やらせんぞ！」

「やらせないよ！」

「あははっ！　さすがに反応が速いね～！」

赤城から目を離したつもりはなかったが、俺には全く見えていなかった。

気づけば剣戟《けんげき》の音が響いており、目の前で新とグウェインが、赤城の大剣を防いでいる。

狙いは間違いなく、俺だ。

「真広〜。あんた、なんだかヤバい臭《にお》いがプンプンするわよ〜？」

「そ、それはどうも。だけど、もう少し優しくしてくれたらありがたいね」

「冗談が言えるくらい余裕ってことかしら〜？」

「アイスロック！」

「サンダープリズン！」

赤城の動きを押さえている間に魔法で捕らえようとしたのだが、危険を察知したのか彼女は新とグウェインをたった一人で弾き飛ばしてから大きく飛び退《の》く。

直後、先ほどまで立っていた場所の地面から氷の柱が生えてくると、あわせて雷で作られた巨大な檻《おり》が顕現した。

「ひゅ〜！　魔法ってすごいわよね〜。な〜んにもないところから、あんなものを出しちゃうんだもんね〜」

「どうしよう、桃李君」

「全く当たらないわね」

「これでも戦争で多くの魔法を見てきたからね〜。あとは勘かしら〜」

「勘で避《よ》けられるなら、お前は戦いの天才じゃないのか？　そんなお前がどうしてマリア軍に付き従っているんだ？」

「それはまあ……そういう流れになっちゃったんだから、仕方ないわよね〜」

……なるほど、これか。

俺は赤城が僅かに言葉を詰まらせ、視線を逸らしたのを見逃さなかった。

きっと彼女にはマリアに付き従うしかなかった理由があるはずだ。

そして――仕掛けるなら今しかない！

「今だあああっ！」

「はい？」

「どっせえええいっ!!」

言葉を詰まらせ、視線を逸らしたタイミングで俺が声をあげると、先ほどまで倒れていたはずのユリアが常軌を逸したスピードで赤城の背後へと迫っていく。

驚いたのは赤城だけではなく、円たちも同じだった。

「ユリアちゃん!?」

「吹っ飛べえええええっ!!」

「この、ふざけんな――ぐはあっ!?」

ユリア渾身《こんしん》の一撃が大剣をすり抜けて腹部を捉えると、赤城が地面と水平に、体をくの字にしたまま吹き飛ばされていく。

痩せ細っていた木々を粉々にしながら、最後には地面を何度もバウンドしてようやく止まった。

「つたく、さっきのお返しだからね！」

「……ゆ、ユリアちゃん？　大丈夫なの？」

「……近藤、生きていたのか？」

「……近藤さん……近藤さん！」

「うわあっ!? ちょっと、先生！ 抱きつかないでくださいよ！ まだ痛いんですからね！」

「あっ！ ご、ごめんなさい！」

痛がるユリアを見て先生はすぐに体を離したが、その瞳はまだ潤んでいる。

とはいえ、ユリアが吹き飛ばされることを鑑定で知っていた俺も、正直なところ大丈夫かと疑ってしまうくらいの勢いだったので安堵《あんど》している。

事前に耐久力を上げるマスカットを食べてもらっていて本当によかった。

「助かったよ、ユリア」

「桃李の言う通りになったわね」

「えっ？ ……真広君、どういうことなの？」

おっと、そういえばユリアが吹き飛ばされることに関しては本人以外には伝えていなかったんだ。

間近では先生が睨んでいるが、その後ろでは円も俺を睨みつけている。

「あー、それは私が黙っていてって言ったのよ」

「近藤さんが？」

「うん。先生に知られたら、絶対に止めると思ったからねー」

「それはそうですよ！」

ユリアの言う通りだったな。

先生はクラスメイトが危険に晒《さら》されることを極端に嫌っており、そうなると知れば絶対に止めに入るだろうと俺も思っていた。

そこでユリアにこっそりと伝えたところ、彼女から黙っておくよう言われたのだ。

この情報が出てきたのは昨日のことであり、これが最初の共有時に出てこなくて本当に助かった。

「まあまあ、先生。今は先に赤城を捕縛しないと、目を覚ましたら大変なことに――」

――ドゴオオオォオン！

俺の言葉を遮るように、轟音《ごうおん》が響き渡った。

音がした方を見て、俺たちは最悪の展開を想像してしまう。

「……おいおい、これは鑑定結果に反映されていなかったぞ？」

ユリアの一撃で意識を奪うことができれば、それで終わりだったはずだ。

まさか、あれを耐えたっていうのか？　りんごで筋力を倍にしていた一撃だぞ？

「……ふうううぅぅぅ……なかなかやるじゃないのよ～！」

あれは、なんだ？　赤城からどす黒いオーラのようなものが出ているんだが？

「これだけは使いたくなかったんだけどな～。でも、そっちがその気ならこっちもね～」

「くっ！　鑑定、赤城笑奈の状態！」

……なるほど、破壊者《クラッシャー》特有のスキルってことか！

「固有スキル、ヘイトウォーカー」

破壊者《クラッシャー》の名にふさわしいスキルだと思う。

その効果はヘイトを集めて自らに攻撃を集中させるもので、破壊者《クラッシャー》の実力ありきのスキルだ。

実際に俺は視線を赤城から剥《は》がすことができなくなっており、攻撃しなければという思いに駆られている。

さらにヘイトウォーカーのスキル効果はこれだけじゃない。

ヘイトを集めて攻撃させる代わりに、耐久力が大幅に増幅する。

おそらく赤城はヘイトウォーカーのスキル効果を十全に発揮させて、戦争では多くの敵兵を倒してきたのだろう。

「さあ、戦いましょう～？　まだまだ、これからよね～？」

頭から血を流しながらニヤリと笑った赤城を見て、俺は背筋がゾッとしてしまう。

「……どうしてだ……どうしてそこまでして戦おうとするんだよ、赤城！」

こうなったら最後、俺はなんとか赤城を説得できないかと必死に声を掛けた。

「お前は魔眼に操られていないんだろう？　何か事情があるなら、俺たちが協力して解決してやる！　だからこっちに来い、俺たちと一緒にマリアを倒そう！」

「……はは、簡単に言ってくれるじゃないのよ、真広～」

そう口にした赤城はふらついており、ユリアの一撃が間違いなく効いていることの証明にもなっている。

それに……なんだろう、その口調には先ほどまでの余裕もなければ、軽い感じの喋《しゃべ》り方でもない。

赤城の心の底からの言葉なんじゃないかと、俺の心がそう感じ取っている。

「私だってねぇ～――好きでマリアのもとにいるわけじゃないのよおおおぉぉっ!!」

赤城が怒声にも似た言葉を発した直後、彼女から噴き出していたオーラが勢いを増した。

まるで暴風のように吹き荒れるどす黒いオーラだったが、俺は見てしまった。

どす黒いオーラが気にならなくなってしまうほどの、赤城の苦しそうな表情を。

「赤城……お前、もしかして？」

「逃げられるものなら逃げたかった、でもねえ！　あの魔眼の力を見せつけられたら、一度でも経験させられたら、従う以外の選択肢が出てこなかったのよ！」

悲痛な叫びをあげるたび、どす黒いオーラが強烈に吹き荒れてくる。

それはまるで赤城の心を体現しているかのように、荒々しく俺たちの肌を叩《たた》いていく。

「私だって怖かったわよ！　不良だから意味のわからない世界で人を殺すのも大丈夫だと思ったわけ？　ふざけないでよ！　私だって普通の人間なの、女の子なんだよ！」

言葉になった感情は止まることなく、赤城の口から零《こぼ》れ落ちていく。

もしかすると赤城は、自分でも感情を抑えることができなくなっているのかもしれない。

「落ち着け、赤城！　俺が……俺たちが絶対にお前を助けてやる！」

「だから簡単に言ってんじゃないわよ！」

「俺たちにはできるんだよ！　信じてくれ、赤城！　魔の森で生き残った俺のことを！」

赤城はずっと俺のことを警戒していた。

それは魔の森に追放されてなお生き残っていたからだけではなく、その事実を知ってからもなぜか異常に警戒され続けていた。

俺を見てヤバい臭いがすると言っていたが、あれは赤城の直感のようなものではないかと思い、それに懸けてみた。

「……確かに真広からはヤバい臭いがプンプンするわ。そっちについてもいいんじゃないかってくらいにね～」

「だったら――」

「でもねぇ……このスキル、もう止められないのよね～」

すべてを諦めたかのような表情で、辛《つら》そうな声音で、瞳に涙を溜《た》めながら、赤城はそう口にした。

どす黒いオーラの暴風はすでに荒野を埋め尽くしている。まるで俺たちを決して逃がさないと主張しているかのようだ。

「このスキルを発動させたら、目の前の敵を倒さない限りは解除されないのよ～」

「諦めるなよ！」

「……はは、真広は本当に変わったよね～。なんだか、男らしくなってるわよ～」

「ふざけんな！　こんなラスト、俺は絶対に認めないぞ！　おい、鑑定スキル！　なんで終わらないんだ！　俺たちはお前の鑑定通りに結果を出しただろう！　早く赤城を助けろよ、この野郎！」

すでに鑑定スキルは赤城との戦闘に対して新しい鑑定結果を提示してこなくなっている。

「……ごめん、真広、みんな」

赤城の口から謝罪が零れ落ちると、直後にはどす黒いオーラが赤城へと収束していき、彼女の瞳が真っ赤に染まる。

「ぐぅ……がぁぁ……あああああああぁぁぁぁぁぁぁぁぁっ!!」

「赤城いいいいぃぃぃっ!!」

俺たちが何もできないまま、赤城の悲鳴が荒野に広がる。

そして、一番近くにいた俺を睨みつけると一直線に突っ込んできた——その時だ。

「——セイントウォール！」

聞き覚えのある声が響き渡り、俺の目の前に光の壁が顕現する。

——ドゴオオオォォン！

渾身の拳がセイントウォールに激突し、強烈な衝撃波が荒野へ広がっていく。

「——セイントパフューム！」

続けて魔法が放たれると、先ほどまでの緊張感がほぐれていくような心地よい香りが周囲を包み込んだ。

「ご無事ですか、皆様！」

そこへ後方から一人の人物が姿を見せると、俺たちは安堵の息を吐き出した。

「「「「ディートリヒ様！」」」」

颯爽《さっそう》と現れたディートリヒ様はすでにいくつもの魔法を展開させており、いつでも発動できる状態になっている。

円や先生も同じことをできたはずだが、そこは経験の差なのかもしれない。

「あの方が、アカギエナなのですね」

くいっと眼鏡を押し上げながらそう口にするディートリヒ様を見て、俺は慌てて声を掛けた。

「待ってください、ディートリヒ様！　赤城はスキルのせいで暴走しているだけです！　なんとかしてスキルの解除を——」

「ご安心ください、マヒロ様。先ほどのセイントパフュームは、あの方のスキルを解除させるための魔法です。展開している魔法も防御用のものですから」

俺たちの気持ちを汲《く》んでくれたのだろう、ディートリヒ様は最初から攻撃するつもりはなかったようだ。

「あぁぁぁぁぁ……ぁぁ……ぁ、あれ？　……元に、戻ってるのかしら～？」

悲鳴をあげていた赤城の意識が戻り、疲れた様子ではあるがゆっくりと顔を上げてこちらを見る。

その表情は何が起きたのか理解できていない様子だったが、視線がディートリヒ様へ向くと同時に大きな変化を見せた。

「……王子様だぁ」

「「「「……えっ？」」」」

「……わ、私がですか？」

「はい！」

…………あー、えっと……うん、よくわからん！

ひとまずこっそりと鑑定を入れてみようかな。

……えっ？　マジか。騙《だま》しているとかじゃなく、本当にディートリヒ様のことを王子様と思っているのか。

まあ、ぽおっとしながらディートリヒ様を見つめる赤城の表情は、ユリアを見ていたネイルのものと酷似していた。

「……では、剣を収めていただけますか？」

「はい！」

切り替え早いな、ディートリヒ様！

そして赤城も大剣を放り投げるのかよ！

「……ね、ねぇ、桃李。これ、どうなってるのよ！」

「……どうやら赤城は、マジでディートリヒ様に一目惚《ひとめぼ》れしちゃったみたい」

「……それはそれで大丈夫なのか？」

「……でもこれで、笑奈ちゃんを助けることができるんだよね？」

「……それなら万々歳ね！」

万々歳って、それはすべてをディートリヒ様に丸投げすることになるんだが……というか、こういう結果が存在しているならちゃんと教えてくれよ、俺の鑑定スキル！

「……マヒロ様、私はどうしたらいいのでしょうか？」

「あー……まあ、そうだよなぁ。俺に質問が来るよなぁ――!?」

……ちょっと待て、赤城！　ディートリヒ様が声を掛けてきただけでこっちを睨むな！

「と、とりあえず、赤城はこっち側に寝返ってくれる、でいいのか？」

「もちろんです！」

……け、敬語？　なんで俺に対してまで敬語？

だから睨むなっての！　しかもそれ、ディートリヒ様が見てないタイミングでやってるよな！

「というわけなので、ディートリヒ様。赤城のことを任せてもいいでしょうか？」

「わ、私がですか!?」

「よろしくお願いします！」

「……あと、先生も一緒にお願いします」

「わかったわ！　無事で本当によかったわ、赤城さん！」

「……はい！」

ちょっとだけ嫌な顔をしたな、赤城。だから睨むなって、ディートリヒ様と一緒にいるには先生も一緒じゃないとさすがに無理だから！　彼もきっと誰かの同行を願うからね！

赤城がディートリヒ様の腕に絡みついていくのを見て、俺は大きく息を吐き出す。

「……はあぁぁぁぁ〜。これで本当に終わったのかあぁぁぁぁぁ〜」

安堵感からか、その場に座り込んだ俺は目の前に表示されたウインドウの内容に目を通していく。

「……なるほどね。俺たちが一度ピンチになる、そしてディートリヒ様が駆けつけるまでの時間を稼ぐ、そこが重要だったってことか」

俺たちがピンチになり、そこへ駆けつけ助けてくれるディートリヒ様という展開が何より重要だったらしい。

何故《なにゆえ》にその展開が重要だったのかまではわからなかったが、終わり良ければすべて良しということで、これ以上は考えないようにしておこう。

まだ日も高い時間だが、精神的にものすごく疲れた。

「あぁー！　さっさと帰って休みたーい！」

というわけで、俺たちは赤城を伴ってシュリーデン国の王都へ戻ることにした。

これでひとまずはゆっくりできるはず……はぁ、マジで疲れたわぁ。

王都に戻った俺たちは、赤城の世話を円と先生に、オルヴィス王への報告をディートリヒ様に任せることにした。

赤城と直接相対したグウェインと新、それに耐えたとはいえ殴り飛ばされたユリアも部屋に戻って休んでおり、俺も鑑定を何度も使用したことで疲労感が強く休ませてもらっている。

赤城への対応がどうなるかだけは気になっていたが、どうやら道中でディートリヒ様の信用を得ていたようで、そのまま空いている部屋を割り当てられていた。

「情報を聞き出すのは明日になるだろうし、そのまま寝るかぁ」

戻ってきた時には日も沈んでおり、夕ご飯の時間ではあるが食べる気もしない。

今はとにかく寝たいのだ。

「……これ以上、大事《おおごと》にならないよなぁ」

そんなことを呟きながら、俺は深い眠りについたのだった。


翌日、俺たちはディートリヒ様に呼び出されてオルヴィス王に謁見《えっけん》することになった。

その場には赤城も呼ばれているようで、昨日まで敵だった相手と王様を対面させてもいいのかと思わなくもないが、そこはディートリヒ様の判断なのだろう。

……何せ、謁見の間に入って最初に視界に飛び込んできた光景が、ディートリヒ様に擦り寄っている赤城笑奈、という構図だったのだ。

「……さ、さて、それではロードグル国について教えていただけるだろうか、アカギ殿」

「んふふ～」

「……教えてくれますか、アカギ様？」

「はい！」

……お前、オルヴィス王の言葉は無視して、ディートリヒ様の言葉には従うのかよ。

「それじゃあお伝えしますね！」

……そして、その言葉遣いはマジでやめてもらいたい。気が散るんだが。

「ロードグル国では現在、シュリーデン国の情報を集めており、すでにアデルリード国がゴーゼフとアマンダを討ったという情報も伝わっています」

「そ、それは本当なのですか!?」

「はい！　ディートリヒ様！　なぜならその情報をお伝えしたのが私だからです！」

……それ、ディートリヒ様を目の前にどや顔しながら言う言葉ではないな。

「……どのようにしてその情報を得たのですか？」

「マリアに従うふりをして、私は私なりに情報源を作っていたので、そこからの情報です！」

「……これは一度、ウィンスター王にもお伝えしておくべき情報ですね」

「どうしてですか？」

「私は元々、アデルリード国の人間なのですよ」

「えっ！　……そうだったのですね」

赤城にとっては衝撃的な事実だったのか、ずいぶんとしおらしい顔になってしまった。

「……なら、私がロードグル国を半壊させてきましょうか！」

「「……えっ？」」

「半壊くらいなら余裕ですけど！」

いやいや、ちょっと待て！　半壊って、普通にヤバいからな！

「それはさすがに無理があるのではないですか？」

「いけます！　最短距離でロードグル国へ入れるルートとか、王城へ直結する秘密の抜け道とか、色々と知っていますから！」

そっちの情報の方が大事なんだが！

「……な、なるほど。そうなのですね」

「はい！　だからお任せください！」

「ちょっと待て、赤城」

……呼び掛けただけで睨むなって。新もちょっと引いてるじゃないか。

「……何かな、御剣君？」

「く、君って……まあ、いいさ。お前、半壊と言っていたが、ずいぶんと遠慮がちじゃないか？」

「あっ！　それは私も気になったかも。笑奈なら全壊させてやる！　くらい言うかと思ったわ」

新とユリアの言葉には俺も同意だ。

今は言葉遣いがだいぶ変わっているものの、強気な性格は変わっていないと思う。事実、半壊させてやるとか怖いことを口にしているからな。

しかし、そんな赤城が全壊とは言わなかった。

その理由がロードグル国にあるという事実に俺たちは気づいたのだ。

「……まあ、半壊させたところで私が殺されるって感じかしら〜」

おっと、突然いつもの赤城が戻ってきたな。

その表情は先ほどまでのキラキラしたものとは異なり、鋭いものに変わっている。

「殺されるって、赤城がか？」

「ロードグル国に残っている奴のことを思い出してごらんよ～」

そう言われた瞬間、三人の脳裏にも一人の男子生徒の顔が浮かんできたはずだ。

「……生徒会長か」

「そゆこと～。他の上級職たちはどうでもいいんだけど、生徒会長だけはどうにもね～」

「神貫《かみぬき》はそれほどまでに強くなっているのか？」

「間違いなく、私よりは強いわね～。ということは、私に負けちゃっていた御剣が勝てるわけないってことよ～」

赤城の言葉に俺たちはゴクリと唾を飲み、一瞬で場の空気が緊張に包まれる。

「……もしもロードグル国と戦争になった場合、私たちに勝ち目はあると思いますか？」

オルヴィス王が赤城に問い掛けると、今回は無視せずにそちらへ視線を向けた。

「こっちの戦力がどの程度なのかわからないけど、少なくとも私よりも強い人がいなかったら厳しいんじゃないかしらね～」

「そう、ですか……」

……はぁ。これはまだまだシュリーデン国に留《とど》まる必要が……というより、ロードグル国へ向かう必要がありそうだな。

「それなら、こちらも含めて総力戦になりそうですね」

「いや、トウリ殿。こうなるとおそらくは二度目の戦争となるでしょう。そこにアデルリード国のあなたたちを巻き込むわけにはまいりません」

「その通りです、マヒロ様」

「あなたもですよ、ディートリヒ殿」

オルヴィス王は戦争を覚悟しているようで、そうなる前にはアデルリード国組を全員帰すつもりのようだ。

しかし、ロードグル国には生徒会長をはじめ、あと五人のクラスメイトが残っている。

ここまで来ると全員を助け出してやりたいと思うのは、俺の勝手だろうか。

「どうだ、みんな?」

「私は参加するわ！　神貫君たちを放っておくことなんてできないもの！」

「俺もだ。神貫や他のみんなのことも助けたいしな」

「私もやってやるわよ！」

「私も力になれるなら頑張る！」

「ということですが、どうしますか?」

俺たちは決意を口にしたが、実際に判断するのはシュリーデン国の現国王であるオルヴィス王だ。

とはいえ、一国の王としてすでに答えは決まっているはず。

国のためを、民のためを思うなら、答えは一つなのだから。

「……本当に、力をお借りしてもよろしいのですか?」

「もちろんです。先生はクラスメイトのために。新たちも同じ気持ちですし、俺もここまで来て生徒会長や他の奴らを見殺しにするのは後味が悪いですからね」

「……ありがとうございます。このご恩は一生を掛けて返させていただきます！」

「そこまでしなくてもいいですよ。というわけでディートリヒ様、俺たちはここに残るので、グウェインと一緒に戻ってウィンスター王にはそのように報告してもらえますか？」

俺たちには残る理由があるものの、ディートリヒ様やグウェインにはそれがない。

特に今回は国がかかわるような重大案件だ。自己判断で戦争に参加するわけにはいかないだろう。

異世界人は自由なのだから、俺たちが参加してもアデルリード国に迷惑は掛からないはずだ。

「……いいえ、私も残り、力を貸しましょう」

「僕も残るよ、トウリ」

しかし二人は俺たちと共に残ると口にした。

「さすがにダメじゃないですか？　国と国がかかわること、しかも戦争に発展するかもしれないことなんですよ？」

「前回シュリーデン国へ攻め込んだ時の理由と同じです。ロードグル国の矛先がいずれアデルリード国に向くのであれば、叩ける時に叩いておきたいという話ですよ」

「僕はトウリの護衛だからね。何があろうと絶対に君を守ると、姉さんと約束したんだ」

「でも、それじゃあウィンスター王への報告はどうするんだ？」

「こちらにもアデルリード国の騎士が常駐しておりますので、その者に向かってもらいます。アリーシャ様にも報告しておきましょう」

「――その必要はありませんよ」

突然響いてきた聞き慣れた女性の声に、俺たちは全員が扉の方へ振り返った。

「……アリーシャ」

「帰りが遅いと思い迎えに来たのですが……どうやら、大事になっているようですね」

この場にアリーシャが現れるとは思っておらず、誰も口を開くことができないでいる。

「……あなた、誰なのかしら～？」

その中で唯一面識のない赤城が最初に口を開いた。

「そういうあなたこそどちら様でしょうか？　ディートリヒ様が困っているようですが？」

「……へぇ～？　あんた、私に喧嘩でも売ろうってのかしら～？」

そう口にした赤城はディートリヒ様から離れると、真っすぐにアリーシャへと歩み寄っていく。

「ちょっと待て、赤城！　彼女は関係ないだろう！」

「真広～？　私は今、喧嘩を売られたのよ～？」

「そうですよ、トウリさん。舌戦なら負ける気なんて毛頭ありませんから」

いやいや、赤城は舌戦なんてするつもりないんだって！　すぐに手が出ちゃうんだって！

「落ち着いてください、アカギ様」

「わかりました、ディートリヒ様！」

ズゴオオオオッ!!

……こいつ、マジでディートリヒ様一筋だなあっ!?

見ろよ、アリーシャの顔を！　完全にポカンとしちゃったじゃないか！

「……と、とにかく、陛下へのご報告は私がお引き受けいたします」

「……いいのか、アリーシャ？」

てっきり今回の問題に俺たちが首を突っ込むのを止めに入ると思っていたのだが、アリーシャは報告をするとだけ口にした。

驚きのまま彼女を見ていると、アリーシャは苦笑しながら口を開いた。

「どうせ止めても行ってしまうのでしょう?」

「……ごめん、アリーシャ。でも、俺は決して自分を犠牲にだなんて――」

「わかっています。だからこそ、止められないのです。本当は止めたい、隣にいてもらいたい。だけど、トウリさんが自らの意思で決めたことだから、止めないのですよ」

アリーシャも苦しいはずだ。

目の前にいる恋人が戦場へ向かうのを止められず、見送ることしかできない。俺だったら絶対に嫌だと抵抗するかもしれない。

それにもかかわらず、彼女は俺の決断を尊重し、背中を押す選択をしてくれたのだ。

「……本当にありがとう、アリーシャ」

「お礼は無事に戻ってきてからにしてください。そして、その時はしっかりと甘えさせてもらいますからね?」

「わかった」

今の俺にはそう返すことしかできない。

だからこそ、絶対に生きて帰ってこようと思えるし、生徒会長や他の奴らを助けられたら、これからはアリーシャのために生きようと心の底から誓うことができた。

「……あ~あ! そういうことなら、私も協力しようかしらね~」

「……いいのか、赤城？」

「こんなに可愛《かわい》い女の子が真広の帰りを待ってるわけでしょ～？　女の子を悲しませたらダメだって、習わなかったかしら～？」

まさか、赤城の口から女の子を悲しませたらダメとか、可愛い発言が飛び出すとは全く思わなかった。

「アカギさん、でいいのでしょうか？」

「そうよ～。赤城笑奈、よろしくね～、可愛いお嬢様～」

「お嬢様ではありません。私はアリーシャ・ヤマトです」

「ふ～ん……よろしくね、アリーシャ」

初対面で赤城の鋭い視線を真正面から受け止めているアリーシャの姿はとても凛《りん》としており、自分の決断を曲げないという決意が見て取れる。

……こんなの、惚れ直すに決まっているじゃないか。

「それじゃあ聞くが赤城、実際にどうやって協力してくれるんだ？」

「真広たちについていって、最短ルートや秘密の抜け道を案内してあげるわ～」

「だけど、そうするとお前が寝返ったことがマリアにバレるんじゃないのか？」

「戻ってこない時点で、殺されたか裏切ったか考えている頃じゃないかしらね～。それならもう、こっち側が勝つように協力するのが普通じゃないかしら～？」

赤城の本心がどこにあるのかはわからないが、嘘《うそ》をついているようには見えない。

しかし、事実確認は必要だろう。

「すまないけど、嘘をついていないか確認させてもらうぞ」

「確認～？　どうやってするつもりなのかしら～？」

「鑑定、赤城笑奈の発言の真偽」

……どうやら、嘘はついていないようだな。

「わかった、信じるよ」

「当然よね～。……それよりも真広、今のは何なのかしら～？」

「何って、鑑定……っと、そうか、赤城は知らないんだったな」

最近は俺の鑑定士【神眼】について知っている人としか一緒にいなかったから、知らない人もいるんだということをすっかり忘れていた。

「それって、真広が生き残っていることと関係しているのよね～？　あんたの秘密、そろそろ教えてほしいんだけど～？」

赤城に伝えるべきか一瞬だけ迷ったものの、彼女のことを信じると決めたのだからと、鑑定スキルについて説明することにした。

「俺は鑑定士だけど、ただの鑑定士じゃなかったんだ」

「へぇ～。それって真広も上級職だったってことかしら～？」

「いや、それ以上だな」

「……特級職の鑑定士～？」

「それも違う。俺の職業は鑑定士【神眼】で、神級職っていう特級職よりも上の職業だったんだ」

「ふ～ん、神級職ねぇ～。……はあっ!?」

うおっ！　な、なんだよ、急に！

「ね、ねぇ、真広。それって、神を冠する力ってことかしら～？」

「そ、そうだけど……ん？　なんでそれを赤城が知っているんだ？」

途中まで『へぇ～』とか『ふ～ん』と興味なさそうに聞いていた赤城だったが、俺が『神を冠する職業』だと知るや否《いな》や、急にその表情が険しいものになった。

「なるほどね～。だから生徒会長にはずっと発現しなかったのか～」

「ん？　生徒会長？」

ここでどうして生徒会長の名前が出てくるのだろうか。確かあいつの職業は特級職の勇者だったはずだろうに。

「……もしかすると、ロードグル国へ向かうのを急いだ方がいいかもしれないわね～」

そして、まさかの発言に俺たちは困惑してしまう。

「神を冠する職業ってだけで、どうして急がないといけないんだ？」

「神を冠するからよ～。マリアは……というか、シュリーデン王族は神を冠する力が目覚めるのをずっと待っていたのよ～」

「力に目覚めるったって、俺は最初から鑑定士【神眼】だったぞ？」

「それをどうして最初に言わないかな～」

「いやいや、言おうと思ったら言わせなかったんだろうが、ゴーゼフが」

召喚当時のことを思い出しているのか、赤城は何かを考えるそぶりを見せたものの、すぐに肩を竦《すく》めてしまった。

「……覚えてないわ～」

「だろうなぁ」

「とはいえ、真広が神を冠する力を得ていたということをマリアにだけは知られない方がいいでしょうね～」

「それをマリアが求めていたからか？」

「それもあるし～、下手をすると真広を手中に収めようと、すぐにでも戦争を仕掛けてくるかもしれないからね～」

そうなると、俺たちが考えるべきはロードグル国の動向ではなく、マリアの動向ということか。

俺の鑑定士【神眼】がバレることは今のところないと思うが、もしもバレてしまった時は相当な警戒を行わなければならない。

なぜならマリアは、転移魔法を使うことができるからだ。

「マリアがいきなりこっちに転移してくる可能性はあるのか？」

「どうだろうね～。実際に転移魔法を使っているところを見たわけじゃないし～」

ということは、そこまで乱発はできないとか、使うのに色々と条件が必要とか、制約がありそうだな。

まあ、転移魔法陣を設置していた点からも、それが条件だって可能性もゼロではないし。

「いきなり軍隊がこっちに現れる可能性は少ないか？」

「それが可能であればロードグル国へ攻め入った時に使っていたはずですが、わからないことの方が多そうですし、警戒するに越したことはありませんね」

「そうだね。トウリ、鑑定スキルで転移魔法陣が他にも近くに設置されているかどうかってわかったりしないかな？」

元々はここが帰るべき場所だったのだから、魔の森に繋《つな》がっていた転移魔法陣以外だってあるかもしれない。

今ある転移魔法陣の間でしか行き来できないのであれば多少は安心できるが、マリアが新しく転移魔法陣を作成し、それを近くにある転移魔法陣とリンクさせることができるとかであれば、危険度は一気に跳ね上がる。

「やってみよう。鑑定、シュリーデン国内にある転移魔法陣」

…………やはり、転移魔法陣が複数存在しているな。

ただ、どれもシュリーデン国内で繋がっており、他国へ繋がる転移魔法陣はないようだ。

脅威はなさそうだが、とりあえず共有はしておくとしよう。

「なるほど。場所的に、これらはゴーゼフたちの避難経路として用意されていたものでしょう」

「そうなんですか、オルヴィス王？」

「えぇ。転移先がどれも、王族が所有していた別荘地にありますからね」

……それ、避難経路じゃなくて、単に別荘に向かう時間を短縮するためじゃないのか？

「これらは利用される可能性も低いでしょうし、そのままにしておきましょう」

「いいんですか？」

「欲を言いますと、トウリ殿のお力を借りて改良し、私たちが視察などで利用できればありがたいなと思っておりますよ」

まさか、この状況で転移魔法陣の改良をお願いされるとは思わなかった。

さすがは一国の王様に指名された人というか、頭の回転が速いものだ。

「わかりました。今回の問題が解決したら、お手伝いしますよ」

「助かります」

そうなると、ロードグル国との国境線を注意しておき、出方を窺《うかが》いながら迎撃するという方針の方がいいのではないだろうか。

「そうそう、御剣～」

「……なんだ？」

そんなことを考えていると、赤城が新に声を掛けた。

「何よ～。ものすごく不満そうな顔だね～」

「普段からこんな顔だ。それで、なんだ？」

「あんた、生徒会長と仲良かったわよね～」

「まあ、それなりにな」

「もしも助けたいと思っているなら～、そっちも早い方がいいかもしれないよ～」

赤城から気になる発言が飛び出したことで全員の視線が彼女に向いた。

「赤城、それはどういうことだ？」

「言葉通りの意味よ～」

「どうして早くしなければならない！　神貫に何かあったのか！」

「お、落ち着けよ、新！　赤城も変に挑発するなって！」

珍しく熱くなっている新を、俺たちは慌てて止めに入る。

「何もないわ～。……むしろ、何もないからこそ危ないとも言えるけどね～」

「はっきり言えよ、赤城。マジでどういうことなんだ？」

「原因はあんただよ、真広～」

「俺が原因だと？　それはいったい……あー、なるほどな」

「どういうことなんだ、真広？」

赤城の発言の意図がようやく理解できた。

マリアは神を冠する力が生徒会長に発現するのを、今か今かと待ちわびている。

しかし、それがいつまで経《た》っても発現しないとなれば、見切りをつけられるかもしれないということだ。戦力としては十二分に活躍してくれるだろう。何せ特級職の勇者だからな。

マリアに恋心を抱いているので裏切るという心配はないが、彼女の期待が大きい分、発現しないとわかった時の失望は相当大きなものになるかもしれない。

「神を冠する力に目覚めないから、だな？」

「そゆこと～」

「しかし、神貫はマリアのことが……」

「そんなもの、マリアからしたらどうでもいいことなのよ～。発現しないとわかっても戦力としては保有するでしょうけど、そこに生徒会長の意思が残っているかどうかは……ねぇ～？」

マリアも生徒会長に対する態度を変えるかもしれない。

そこから生徒会長の気持ちだって離れていくかもしれない。

もしもその両方が現実になった時には、新たちが陥っていたような状態異常のオンパレードで操られる可能性が高くなる。

「最初に言っておいたけど、生徒会長は私よりも断然強いからね～？　そこに生徒会長の意思が全くなくなるとなったら……気をつけた方がいいわよ～」

赤城の言葉にこの場にいた全員がゴクリと唾を飲んだが、俺に一つの疑問が浮かび上がってきた。

「赤城は生徒会長が強いっていうけど、言うほど強いのか？」

「疑っているのかしら、真広～？」

「いや、疑っているわけじゃないんだけど、生徒会長も新たちと同じ特級職だろ？　同じ特級職でそんなに実力差が出るものなのかと思ってさ」

赤城や先生は上級職だから、職業差で実力差が出ることも納得なのだが、同じ特級職ならそこまでの実力差は感じないのではないかと思ったのだ。

単純なレベル差ということも考えられるが、どうなんだろうか。

「特級職の中でも特別なんじゃないの～？　勇者っていうくらいだからね～」

しかし、赤城の言葉に俺はハッとさせられた。

そう、生徒会長は勇者なのだ。

勇者といえばファンタジー世界で言うところの花形であり、主人公でもある。

たまに勇者が悪役みたいに扱われるラノベとかもあるけど、基本的には正義の味方のはずだ。

正義の味方が、主人公が弱いはずがない。

「同じ特級職でも、生徒会長とほか三人じゃあ、な～んか雰囲気が違っていたのよね～」

「……それは、わかるかも」

「私もあったかな、それ」

赤城の言葉に、円とユリアからも同様の意見があがってくる。

「新はどうなんだ？」

「……確かに、神貫にだけは特別な何かを感じたかもしれん」

「でしょ～？　もしも生徒会長が敵として現れたら、マジで全員が殺されるかもしれないよ～？」

「しかし、あいつが俺たちを殺すとは思えん！」

「操られていたとしてもかしら～？」

「そ、それは！」

歯噛《はが》みする新。

それもそうだろう、何せ新も操られたせいで俺を殺そうとしたんだからな。

そのことを悔やみ、状態異常から解放された直後はふさぎ込んでいたくらいだ。

自分の身で体感してしまったことだ、赤城の言葉に何も言い返せなくなるのは当然だろう。

「真広のことがバレなくても、マリアの堪忍袋の緒が切れる可能性だってあるんだから、気をつけることだね～」

ニヤリと笑った赤城を見て、俺たちはこれからどうするべきかを考えさせられてしまう。

「……受け身に回るのがマズいなら、こっちから仕掛けてやろうじゃないか」

俺がそう口にすると、全員の視線がこちらに集まった。

「……それは、本気で仰《おっしゃ》っているのですか、トウリさん？」

隣に立っていたアリーシャから驚きの声があがり、同時に涙目になっている様子が見て取れた。

「……ごめん、アリーシャ。でも、俺はみんなを守りたいし、何よりアリーシャを守りたいんだ」

「私を、ですか？」

「ロードグル国がシュリーデン国に戦争を仕掛けたなら、きっと生徒会長もやってくるだろう。そうなると、厳しいようだけど勝てる見込みはほとんどないはずだ」

上級職である赤城のレベルが70と聞いた時、オルヴィス王は愕然とした表情を浮かべていた。あれは現状、シュリーデン国に対抗できる騎士がいないと言っているようなものであり、そんな赤城よりも強い生徒会長がマリアと共に軍を率いてくるのであればどうしようもない。

「そしてゆくゆくはアデルリード国にも攻めてくるはずだ」

「ですが、それはだいぶ先の話になるのでは？」

「赤城が言っていただろう？　神を冠する職業をマリアは求めている。遅かれ早かれ、俺の情報は伝わるはず。なら、先手を打てる時に打っておくべきだ」

俺の言葉にアリーシャはグッと言葉を飲み込んだような表情を浮かべ、それ以上は何も言わなかった。

「……赤城、一緒に来てくれるんだろう？」

「もちろんよ～。女に二言はないわ～」

「俺も行くぞ、真広」

「僕も行くからね」

「私も行くわ！」

「私も！　神貫君もそうだけど、他のみんなも心配だもの！」

「もちろん、私も行くわ」

新に続いてグウェイン、ユリア、円、先生も声をあげてくれる。

「私も向かいましょう」

「本当にいいんですか、ディートリヒ様？　留まって対応するのと、こちらから攻め込むのでは話がだいぶ変わってきますよ？」

「先ほども申し上げましたが、いずれアデルリード国にも迫ってくる魔の手です。マヒロ様も仰いましたよね？」

「それはまあ、そうですけど……」

「私はディートリヒ様とご一緒できるならとても嬉しいです！」

……今さら話し方を変えても意味がないと思うんだが、赤城よ。

「アカギ様、普段通りに話されてください。その方が楽でしょう？」

「……わかりました～。ディートリヒ様は優しいのね～、惚れ直しました～」

いや、惚れ直されても嬉しくはないと思うんだが？

そんなことを口に出したらぶっ殺されそうなので何も言わないが、ディートリヒ様が苦笑いしている時点で気づいてほしい。……彼女は全く気にしていないようだが。

「こちらからも騎士を同行させられればよかったのですが、むしろそれは邪魔になってしまいそうですね」

話を聞くと、現状のシュリーデン国ではレベル30の上級職が騎士団長を務めており、俺を除いたメンバーよりも格段に弱いのだという。

「俺たちが攻め込んだからといって、あちらが攻めてこないわけじゃありません。シュリーデン国の騎士たちは自国の防衛に専念してください」

「このご恩は必ずやお返しいたします」

「よろしくお願いしますね」

そうなると、ロードグル国へ向かうメンバーは俺、新、円、ユリア、先生、赤城、それにグウェインとディートリヒ様ということになる。

少数精鋭と言えば聞こえはいいが、隠密で動ける人間が少ないというのが実際のところだ。

「……私は一度、グランザウォールに戻りたいと思います。陛下への報告もありますので」

そう口にしたアリーシャの表情は、ずっと硬いままだった。

声を掛けるべきだったのかもしれないが、俺がロードグル国へ向かう意思を変えることはないので、今はまだやめておくべきだと思い口をつぐんだ。

そのまま謁見の間を出ていったアリーシャを見送ったあと、グウェインが声を掛けてきた。

「……よかったのかい、トウリ？」

「あぁ。声を掛けると、気持ちが揺らいでしまいそうだからな。それに、アリーシャならわかってくれるって信じているんだ」

「それは男の勝手じゃないかしら～」

「……お前に何がわかるっていうんだ、赤城？」

まさか赤城が口を挟んでくるとは思わず、俺はキッと睨んでしまう。

「言葉通りの意味よ～。……待つことしかできない女心なんて、わかんないでしょうけどね～」

……俺は、自己犠牲に酔うような性格ではなくなった。

だけど、相手の気持ちを察するにはまだまだ経験が足りなかった。

アリーシャがどんな気持ちだったのか、彼女の立場になって考えることができなかったんだ。

「……ごめん、グウェイン！　やっぱり追いかける！」

「行っておいで、トウリ」

まさか赤城に諭されるとは思わなかったが、彼女の言っていることに間違いはなかった。

俺はアリーシャを追いかけて謁見の間を飛び出した。

短い距離なのだが、全力で駆けていき、息を切らせながら転移の部屋へと急ぐ。だが——

「アリーシャ！」

「トウリ様？　申し訳ありません、アリーシャ様はすでに転移で戻ってしまいました」

「あっ……そう、ですか」

「その、こちら側からは一日一度しか転移できませんので、明日にならないと次の転移は……」

「わかっています。驚かせてしまい、申し訳ありませんでした」

見張りの騎士が申し訳なさそうに教えてくれ、俺は謝罪を口にしながら部屋を出ると、とぼとぼと廊下を歩いて謁見の間に戻っていく。

このまま戻れば赤城に笑われる未来が見えていたのだが、話し合いをずっと止めるわけにはいかない。

「……俺、成長しているのかなぁ」

扉が閉まっている謁見の間を目の前に、俺はそんなことを呟きながら一度深呼吸をし、気持ちを整える。

……いや、あと二回、三回は深呼吸をしておくか。

すー……はー……すー……はー…………よし！

「小僧、何をしてんだ？」

「どわあっ!?」

気合いを入れて謁見の間に入ろうとした直後、背後から声を掛けられて俺は変な声をあげてしまった。

「……な、なんでここにいるんですか——ギルマス!!」

「私もいますよ、トウリ様」

「ら、ライアンさんまで!?」

いったい何が起きているのだろうか。

頭の整理ができないまま、二人の後方にもう一人の影を見つけて心臓が早鐘を打つ。

「……ま、また来たのか、アリーシャ？」

ギルマスとライアンさんと共に、再びアリーシャが転移でやってきていたのだ。

「はい。ライアンさんとゴラッゾさんの力も必要だと思いまして、連れてきたのです」

「ウィンスター王への報告は？」

「代理の者に早馬をお願いいたしました」

「そ、そっか」

……あれ？　俺、何を話そうと思ったんだろう。諦めていたところへアリーシャが急に現れたから、混乱してしまっている。

俺が呆《ほう》けていると、アリーシャが謁見の間の扉をノックしてから中へ入り、ライアンさんとギルマスも入っていく。

「……トウリさん、どうしましたか？」

「あー……その、アリーシャ。あとで話、いいかな？」

「はい、もちろんです」

ニコリと笑ったアリーシャに安堵し、俺は小さく息を吐きながら中へ入ったのだが、グウェインや赤城も含めて全員が残念そうな視線をこちらへ向けていた。

「皆さん、どうしたのですか？」

アリーシャは俺が謁見の間の外にいた理由を知らないのでコテンと首を横に倒しているが、元からいた他の面々は事情を知っているので大きくため息をついている。

……ええ、そうですよ！　まだアリーシャと二人で話ができていませんよ！　でも約束は取り付けられたんだから及第点だろうよ！

というか、今はもうそこは置いておくべき案件だろう！　せっかくライアンさんとギルマスが来てくれたんだからさ！

って、俺が悩んでいる間に二人はオルヴィス王に挨拶を済ませちゃったよ！　みんな淡々と話を進めていくじゃないか！

「オルヴィス王よ。私とこちらのゴラッゾも微力ながら力をお貸しできればと思っております」

「俺は冒険者だから堅苦しい話し方はできねぇが、絶対に力になるぜ！」

「頼もしい限りです。トウリ殿にもお話ししましたが、このご恩は必ずお返しいたします」

二人は共に上級職で、レベルも高い。

ライアンさんがレベル58で、ギルマスが56と先生よりも上だ。

能力値も四桁超えが二つ、三つと俺たちの中では最強の二人なので、思う存分暴れてもらいたい。

「それでは、お二人を加えた一〇人でロードグル国へ向かうということですね」

「アデルリード国の皆様に頼ることになってしまいますが、何卒《なにとぞ》よろしくお願いいたします」

ディートリヒ様の言葉にオルヴィス王が頭を下げる。

一国の王が安易に頭を下げるのは良しとはされないだろうに、おそらくこれがオルヴィス王なりの誠意の見せ方なのだろう。

出会って数日ではあるが俺たちはオルヴィス王の人となりを知ることができた。

「俺たちの目的はクラスメイトを助けることですが、ついでにマリアを倒してきますよ」

「一国を救うのがついでというのはどうかと思いますが、マヒロ様ならやってしまいそうですね」

俺の言葉にディートリヒ様が苦笑しながらそう付け足した。

「出発は明日、ということでいいのかしら～？」

「早い方がいいんだろう？　それなら明日だ」

「りょうか～い」

「……頼んだぞ、赤城」

軽い返事で謁見の間を出ていこうとした赤城に声を掛けると、彼女は背中越しに手を振りながら去っていった。

気づけばお昼を回っており、そのあとは各々《おのおの》で話し合いを行いながら一人、また一人と謁見の間をあとにしていく。

俺も食事をするために離れたのだが、その際にアリーシャに声を掛けた。

「アリーシャ、一緒に食事をしに行かないか？」

「実はお腹が空《す》いていたんです」

小さく笑みを浮かべながらそう口にしたことで、俺はアリーシャと共にお城の食堂へ向かう。

この時は謁見の間に新たち異世界人組も残っていたのだが、彼らはなぜかついてこなかった。

普段ならついてくるはずなのだが、気を遣ってくれたのかもしれない。

「……」

「……」

とはいえ、アリーシャに心配を掛けていることに変わりはなく、俺はどんな話題を振ればいいのかわからず無言のまま歩いていく。

気づけば食堂に到着しており、お互いにオススメランチを注文する。

ここ最近は料理職のクラスメイトも俺たちのためにと厨房《ちゅうぼう》に立っているようで、オススメに和食が並ぶことも少なくない。

今日のオススメも和食になっていたので注文したのだが、まさかアリーシャまで同じものを頼むとは思わなかった。

「和食だけどいいのか？」

「トウリさんの故郷の味、勉強しておきたいんです」

「そうなのか？」

「はい。これでも時間を見つけて、少しずつマドカさんから教えてもらっているんですよ？」

そういえば、以前に円とそんな会話をしていたっけ。

「私がグランザウォールで和食を作れるようになれば、嬉しいでしょう？」

和食が食べられるようになればそれは嬉しいのだが……うーん。

「……嬉しく、ありませんでしたか？」

「ん？　いや、嬉しいよ。でも、俺はアリーシャの手料理ならなんでも嬉しいからさ」

「――!?　……あ、ありがとう、ございます」

あれ？　急に顔を赤らめているが、どうしたんだろうか。

おかしなことは言っていないと思うんだけどなぁ。

「……その、トウリさん。私の作る料理は美味しいですか？」

恥ずかしさからか、やや下を向きながら少しだけ上目遣いでそう口にするアリーシャ。

「美味しいよ。今まで食べてきた料理の中で一番かな」

俺が素直な気持ちを伝えると、アリーシャは一瞬驚いた表情をしたものの、すぐにクスクスと笑い顔を上げた。

「……うふふ」

「どうしたんだ？」

「いえ、トウリさんのことを好きになってよかったなと思いまして」

「…………い、いきなり照れるようなことを言うなって！

「は、恥ずかしいじゃないか」

「私だって先ほどは恥ずかしかったんですから、おあいこですよ」

「そうか？　何が恥ずかしかったんだ？」

「言いませんよ。それじゃあ、いただきましょうか」

可愛らしい笑みを浮かべながらそう口にしたアリーシャとの食事は、とても有意義な時間になった。

緊張が続いていた俺の中に僅かな安らぎが生まれ、それが少しずつ大きくなっていく。

アリーシャと一緒にいる時だけはどんな状況であっても冷静になり、気持ちをリラックスさせることができるのだ。

彼女が持つ雰囲気なのか、はたまた別の何かなのか……これが、愛というものなのだろうか。

だが、ネガティブな俺が顔を覗《のぞ》かせており、これが二人で食べる最後の食事になるのではないかとの心配が頭の中をよぎってしまう。

「……美味しいな」

「とても美味しいです」

食堂での会話はこれが最後となり、俺たちは無言のままオススメランチを堪能したのだった。

その後、俺たちはお城を出るとそのまま城下町を散策した。

これは俺からアリーシャに提案したことだ。

グランザウォールへ無事に戻るつもりではいるが、何事にも絶対はない。

こう言ってはなんだが、一つの思い出づくりのようなものだった。

「こっちにはおしゃれな洋服のお店があるんだけど、無事に帰ってきたらアリーシャと一緒に買い物に出かけたいなって思っているんだ！」

「そうなんですね」

「それとあっちには宝飾店！　アリーシャってあまり贅沢《ぜいたく》をしないだろう？　戻ってきたら俺がプレゼントするからさ、ちょっとは贅沢してもいいんじゃないか？」

「ありがとうございます」

「その隣にあるカフェは冷えたデザートを出す珍しいお店なんだ！　今度落ち着いた時にでも一緒に——」

「トウリさん」

俺が色々とお店を紹介しながら歩いていると、アリーシャが真顔で呼び掛けてきた。

「……どうしたんだ、アリーシャ？」

「先ほどからどうして、帰ってきたらとか、戻ってきたらとか、今度とか口にされるのですか？」

「いや、どうしてって言われても……」

思い出づくりだと俺の中だけで思っていたことが、言葉になってしまっていた。

自分の感情を隠すのが苦手だと十分理解していたつもりなのに、どうして普段通りに話をしてしまっていたのだろうか。

「……その、戻ってくるつもりではいるけど、絶対はないわけだし」

「だからといってこんな思い出づくりみたいなこと……私が嬉しいと言うと思いますか？」

そうはっきりと口にしたアリーシャの瞳は、潤んでいた。

大通りには人の往来も激しく、周囲から『どうしたんだ』といった声が聞こえてくる。

いつもの俺であればすぐに恥ずかしいと思っていただろうけど、今はそんなことどうでもいい。

目の前でアリーシャが、大好きな人が涙を溜めている。

その事実だけが俺にとっては大事なことだった。

「私はまた必ず、トウリさんと城下町を散策したいです。教えてもらったお店にも足を運んで、笑顔で買い物をしたいですし、お食事も堪能したいです」

……俺だってそうだ。

「だから、そんな悲しいことはしないでください」

そして——頬《ほお》を涙が流れていった。

ネガティブだからというのは、情けない自分に対する言い訳のようなものだった。

不安で仕方ないのは俺以上にアリーシャだというのに、さらに不安をあおるようなことをしてしまった。

……自分が、情けない。

今この場でアリーシャを慰め、安心させるにはどうしたらいいのだろう。

そう考えた瞬間、俺の体は勝手に動いていた。

一歩ずつアリーシャへと歩み寄り、両腕を広げて、そのまま抱きしめる。

「——!?　あ、あの、トウリさん!!」

「……ごめん、アリーシャ」

体が硬直しているアリーシャに気づいたものの、俺は構わず力を込める。

「俺、どうかしてたよ。自分の不安を言い訳にして、アリーシャのことを考えられなかった」

「……その、私の方こそ自分の不安をトウリさんにぶつけてしまいました」

「アリーシャはそれでいいんだ。俺が、大好きなアリーシャの気持ちをしっかりと受け止めないといけなかったんだよ」

ロードグル国へ行くからこそ、俺はアリーシャを安心させなければいけなかった。

……でも、ここからどうしよう。勢いで抱きしめちゃったけど、周りからめっちゃ見られているんだが！

（か、鑑定！　二人になれる良いシチュエーションの場所！）

……さすが鑑定士【神眼】！　俺の気持ちにすぐ応えてくれるぜ！

「よし！　ちょっと王都の外まで行こう、アリーシャ！」

「えっ！　あの、トウリさん!?」

さすがにこのまま往来のど真ん中で抱き合っているのは恥ずかしすぎる。

というわけで、俺はアリーシャの手を取りそのまま駆け出すと、王都を出て街道を進んでいく。

「あ、あの、トウリさん？　どちらに向かうのですか？」

「いいからついてきてくれ」

鑑定スキルのウインドウによる案内通りに歩いていく。

街道から少し外れ、そのまま高台へと進み、一番上に到着すると――

「……うわあっ！」

グランザウォールで見た麦畑に勝るとも劣らないほどの美しい花畑が広がっていた。

赤、青、黄など色鮮やかな花が咲き乱れ、風が吹くと花びらが舞い踊る。

俺たちが立っている高台にまで花びらが舞い上がってくると、それらがアリーシャの髪についた。

「美しい花畑ですね！」

「あぁ、そうだな」

アリーシャが花畑に視線を向けている中、俺はアリーシャの髪を飾るような花びらと、彼女の横顔を見つめている。

麦畑の時と似たシチュエーションだが、今回は俺も覚悟を決めていた。

「……アリーシャ」

「どうしたんですか、トウリさ——!?」

笑顔で振り返ったアリーシャの頬に、俺は緊張しながらキスをした。

ソフトタッチのキスではあったが、今の俺にはこれが精いっぱいだ。

「……いきなりごめん、アリーシャ。でも、これは思い出づくりのキスなんかじゃないんだ」

俺が目を見て語りだすと、アリーシャは真っすぐに見つめながら聞いてくれている。

「俺はアリーシャのことが好きだ。誰よりも好きで、人生で初めて好きになった人でもあるんだ。だからずっと大切にしたいし、これからの一生を一緒に隣で歩んでいきたい」

「私も同じ気持ちです」

「……だから、その……絶対に帰ってくるから、えっと……」

お、俺はいったい、何を言おうとしているのだろうか！　帰ってきたらちゃんとしたキスをしようって言うのか？　どの口が？　この口がか？

「……待っています」

「……えっ？」

「トウリさんが帰ってくるのを、いつまでも待っています。だから、その時は……ね？」

最後の一言を呟いたアリーシャは上目遣いで、とても恥ずかしそうにしている。

その姿を見ただけでも俺はキスをしたい気持ちに駆られたのだが、心の中で勢いよく首を横に振り自分を律した。

「……帰ってくるための活力にしなきゃな」

そう口にしながらアリーシャの髪についた花びらに手を伸ばして取って見せると、彼女はニコリと笑っておでこを俺の胸に押し当ててきた。

そっと腕を背中に回し抱きしめると、俺は視線を美しい花畑へ向けて決意する。

花畑だけじゃない。アリーシャと共にもう一度、夕日を浴びる麦畑の美しい光景を眺めるのだと。

第一四章　ロードグル国

「――準備はよろしいですか？」

翌日となり、俺たちは早朝から南門に集まっている。

ディートリヒ様が確認を取ると、俺を含めた全員が大きく頷《うなず》いた。

「私からは馬をご用意することしかできませんが、長距離を一気に走ることのできる体格の良い馬から選んでおります」

馬……そうか、馬かぁ。

「……俺、馬に乗れないんだけど、大丈夫かな？」

「そうなのかい、トウリ？」

「日本じゃあ乗馬なんて基本しないからさ。新《あらた》もそうだろう？」

……あれ？　なんで返事がないんだ？

「……まさか、乗れるのか？」

「……二人も乗れるのか？」

「召喚されてからしばらくして、練習させられたからな」

マジかよ。……えっ？　まさか、円《まどか》やユリアも乗れるのか？

「あー……うん、乗れる、かな」

「私も乗れるわよー」

「せ、先生は！」

「……真広《まひろ》君、ごめんね」

乗れるのかあああぁぁっ！　乗れないのは俺だけかああああぁぁっ!!

「うぅう、俺だけ二人乗りかぁ」

「僕が乗せてあげるよ、トウリ」

「ありがとう、グウェイン」

俺が落ち込んでいると、クスクスとアリーシャの可愛《かわい》い笑い声が聞こえてきたので顔を上げる。

「トウリさん。グランザウォールに戻ってきたら、一緒に乗馬の練習もしましょうね」

「……そういうことならもちろんだ！」

「トウリも現金だなぁ」

グウェインには現金だと言われたが、それが悪いこととは思わないので気にしない。

楽しみがあれば乗馬の練習も頑張れるというものだ。

全員がそれぞれの馬に跨《また》がり、俺はグウェインに引っ張り上げられる。

「トウリさん、皆さん、必ず全員で無事に帰ってきてくださいね」

アリーシャが両手を胸の前で合わせてそう告げると、全員が力強く頷いた。

「先頭は私とアカギ様で進み、その後ろにミツルギ様とコンドウ様、続いてマヒロ様とグウェイン様、アキガセ様とヤチヨ様、殿《しんがり》をライアン様とゴラッゾ様でお願いいたします」

「道案内は任せてちょうだ〜い」

馬に跨りながらニヤリと笑い、先頭のディートリヒ様と赤城が先に進んでいく。

「行くぞ、近藤《こんどう》」

「ちょっと新、命令しないでよねー」

軽いやり取りをしながら新とユリアが続く。

「桃李《とうり》君。アリーシャさんに挨拶してから来たらいいよ」

「行きましょうか、八千代《やちよ》さん」

微笑《ほほえ》みながら円がそう口にすると、先生が促して馬を歩かせた。

「領主殿を泣かすんじゃねえぞ！」

「行ってまいります、アリーシャ様」

ギルマスは俺に、ライアンさんはアリーシャに声を掛けて進みだした。

「……行ってくるよ、姉さん」

「グウェイン。私の分もトウリさんのことを、よろしくお願いね」

「任せてよ。命に代えても……はトウリに禁止されているから、みんな無事に帰ってこられるよう、トウリのことも守るからね」

はは、よくわかっているじゃないか、グウェインは。

誰かの命を犠牲にして助かるだなんて、俺は死んでもごめんだ。

しかもそれがグウェインだというのであれば、なおさら許せない。

自分に何度も言い聞かせているが、絶対に全員で無事に帰ってくるのだ。

「安心して待っていてくれ、アリーシャ。俺の鑑定スキルを使って、みんなで帰ってくるからさ」

「信じています、トウリさん。いってらっしゃい」

「いってきます、アリーシャ」

俺たちは普段通りの挨拶を交わし、笑顔のままで別れた。

何も特別なことではない。

ただアリーシャが待っている場所へ、いつも通りに帰ればいいだけの話なのだから。

ロードグル国との国境までには四つの街を経由して向かうことになる。

最初こそ街道を道なりに進んでいたのだが、二つ目の街を過ぎたところで赤城《あかぎ》が口を開いた。

「ここからは道を外れて山に入るわよ～」

「山？　街道を進まないのか？」

俺の疑問に赤城はニヤリと笑って答えた。

「いいからついてきなさ～い。私は案内人なんだからね～」

そう口にした赤城が馬を歩かせていき、それに俺たちが続いていく。

山の中も途中までは整備された山道を進んでいたが、途中から道を逸《そ》れて獣道を通り、最終的には雑草が生い茂った道なき道を進んでいく。

本当に大丈夫なのかと思っていると、だんだんと岸壁が近づいてきた。

「ここよ～」

「……こいつは、上手《うま》く隠されているなぁ」

岸壁に到着して行き止まり——かと思いきや、現れたのは大木の裏、さらに岸壁から垂れ下がっている大量のツタに隠された洞窟の入り口だった。

「こんな洞窟、よく見つけられたなぁ」

「ロードグル国側の洞窟の場所を教えられていたからね～」

「……ん？　ということは、この洞窟は直接ロードグル国に繋《つな》がっているのか？」

「そゆこと〜」

……これ、マズくないか？

赤城ははっきりと言った、教えられていたと。

ということは、ロードグル国側が洞窟を使って攻め込んでくる可能性だってあったということだ。

ここから先の二つの街や防壁を無視してここまで入り込まれたとなれば、シュリーデン国は一気に滅ぼされていたことだろう。

「目的を達成して戻ってきたら、この洞窟は崩しておいた方がいいかもしれないな」

「そうですね」

いつもならオルヴィス王に相談してとか言いそうなディートリヒ様も、今回ばかりは即答してくれた。

俺たちが戻ったあと、敗残兵がこの洞窟を使って報復しに来たら堪《たま》ったものではないからな。

「ここを抜けたらもうロードグル国に入っちゃうけど……それでも行くかしら〜？」

「当然だろう」

赤城の問い掛けに俺が答え、全員が大きく頷く。

「それじゃあ、ここからは馬を置いて歩きね〜。大きな段差も多いし、進めなくなるからね〜」

洞窟の中で放してしまうとエサがなくなってしまうし、仕方がないか。

俺たちは馬を放し、軽く食事をしてから進むことにした。

「こういう時、魔法鞄《かばん》があると便利だよなぁ」

俺はアリーシャから借りている魔法鞄《かばん》から弁当を取り出して配っていく。

ディートリヒ様も持っているのだが、あちらには戦闘時に役立ちそうな道具を色々と入れてもらっている。

その中にはオルヴィス王からの特別な道具……というか、国宝を預かってきているらしい。

国宝って何よ、国宝って。

「ここに入れればいつ戦闘が起きてもおかしくはありません。ですので、こちらをどなたかに使ってもらいたいです」

そう口にしたディートリヒ様は、自分の魔法鞄から一本の剣……ではなく、日本刀を取り出した。

「……これは、なんですか？」

日本刀を見て一番に反応を示したのは新だった。

「こちらはシュリーデン国に伝わる国宝であり銘刀、ムラサメです」

「む、村雨？」

それ、本物か？　いや、まさかなぁ。

だが、素人目にも素晴らしいし、視線が不思議と向いてしまう力があるように思う。

「過去にシュリーデン国に召喚された異世界人の中に鍛冶《かじ》師の特級職の方がいたようで、その方の最高傑作だそうですよ」

「なるほど、それなら日本刀を作りたいと思うのも納得だな」

「なんで？　こっちの世界なら普通に剣を作った方がいいじゃないのよ」

「だって……なあ？」

「まあな」

俺は新を見ながら声を掛けると、彼も大きく頷いてくれる。

「どゆことよ？」

「そこは日本男子の夢でしょうよ！　日本刀を手にして振り回すっていうさあ！」

「でも、新はもう達成してるじゃん。武器、日本刀だよ？」

「それはそうだけど、村雨だよ？　絶対に作った人も俺たちと同じ気持ちだったって！」

必死の説明に新も横で大きく頷いている。

しかし、女性陣には伝わらないのか首を傾《かし》げながら不満顔だ。

「ディートリヒ様！　村雨は新に使わせてください！」

「私はよいのですが、ミツルギ様もそれでよいですか？」

「真広、いいのか？」

「俺が使うよりも絶対にいいからさ。もし気が引けるなら、そっちの日本刀を使わせてくれよ」

「……わかった。ありがとう、真広」

俺は新が使っていた日本刀を受け取り、彼はディートリヒ様から村雨を受け取る。

鞘《さや》に収まった状態でも視線を集める不思議な魅力があったのだが、新が抜き放つとその輝きはさらに増した。

俺だけではなく、この場にいる全員の視線を集め、村雨は薄《う》っすらと青白い光を放っている。

「……これは、いったい？」

「魔法刀ムラサメは、強烈な水の魔力を秘めております」

まさかの魔法剣ならぬ、魔法刀ときたか。……夢があるなあ！

「一つ、試し斬りをしてもいいですか？」

「もちろんです」

ディートリヒ様の許可が下りたことで、新は近くに生えている大木へ近づいていく。

抜き身の村雨を両手で構え、目を閉じてから小さく息を吐く。

精神集中を終えたタイミングで目を見開き、そして――

「ふっ！」

鋭い横薙《よこな》ぎを大木めがけて放った。

「……ん？　どうなったんだ？」

新が村雨を振り抜いてからしばらく、何も起きなかった。

疑問に思ったのは俺だけではなく、後ろにいた他の面々もざわつき始めている。

「……これは、素晴らしい日本刀だな」

だが、新だけは違う反応を見せていた。

「新、いったいどういうこと……えっ？」

俺が問い掛けたその時、新は斬っただろう大木に右手を添えて、一気に押し込んだ。

すると、刀身が触れただろう部分にはすでに切れ目が入っており、そこからスパッと一刀両断されていたのだ。

「全く抵抗なく、あっさりと斬れてしまった」

新に押された大木の上部はそのまま傾いていき、他の木々に引っ掛かってようやく止まった。

「……村雨、本当に俺が使ってもいいんですか？」

「もちろんです。あと、魔法も使えるのですがそちらも試してみますか？」

「お、お願いします！」

珍しく新が興奮したまま答えている。

その後、新がディートリヒ様から水魔法の手ほどきを受け、自分で何度か練習を繰り返している。

「それと、こちらはマヒロ様にお渡ししておきます」

「俺にも何かくれるんですか？」

新の練習を見守りながら、ディートリヒ様は俺にも一つの道具を手渡してきた。

「こちらも国宝の一つなのですが、相手を拘束するのに使用する魔導具です」

「魔導具！　魔導具って言いましたか、魔導具って！」

この世界には魔導具もあるのか！

今まで見たことがなかったけど、あるなら自分でも作ってみたい！

あぁー、どんな魔導具を作ろうかなー？　やっぱり魔法が出せる魔導具とかあったら、俺でも魔獣と戦えるのかなー。

「……あの、マヒロ様？　聞いておられますか？」

「はっ！　……す、すみませんでした、あははー」

おっと、興奮しすぎて話をしていることを忘れていたよ。

「もしもマリア・シュリーデンが転移魔法で逃げようとしたら、この捕縛用魔導具を投げつけてください」

「……これをですか？」

パッと見はただの縄なのだが、どうやって捕縛するのだろうか。

それに、捕縛するにも投げつけるだけでどうにかなるものなのか？

「うーん、どうやって捕まえるんですか？　それに、捕まえたとしてもそのまま転移されたら意味がないんじゃ？」

「ご安心を。この魔導具は投げつけた相手を自動的に縛り上げる効果があります。また、縛られた相手はスキルが使えなくなるので、転移で逃げられる心配もございません」

……これ、そんなにすごい魔導具だったのか。

「ですが、万が一の時には迷わずマリア・シュリーデンを殺してください」

「……えっ？」

ディートリヒ様からの突然の言葉に、俺は驚きの声を漏らしてしまう。

「捕縛用魔導具があるからといって、それで万全というわけではありません。それにこちらはシュリーデン国の魔導具です。ということは、彼女も魔導具の存在を知っているでしょう」

「……まさか、対策がされていると？」

「その可能性がある、ということです」

だからこそ、万が一の時は迷わず殺せ、か。

それが最善なのだと理解はしているが……俺にできるだろうか、人を殺すことが。

「……そうですね。いきなり人を殺せなどと、難しいことを言いました、申し訳ございません」

「あっ、いえ、その……」

俺が即答できなかったのを見てか、気を利かせてか、ディートリヒ様は微笑みながら謝罪を口にした。

「その時が来たら私が手を下します。ご安心ください」

……これで、いいのだろうか。

この世界で生きていくのであれば、魔獣だけではなく人と戦うことにも慣れなければならない。

事実、新もユリアも、円だってすでに対人戦を経験している。

一方で、俺はシュリーデン国との戦争の時はほとんどの戦闘を周りに任せっきりで、戦ったのは操られていた新とだけ。

それも殺すつもりはなく、無力化するという目的のもとで戦っていた。

このままではいずれ、俺のせいで誰かが危険に晒《さら》されるかもしれない。

……それだけは、絶対にダメだ。

「俺にしかできないタイミングであれば、俺がこの手でマリアを倒します。殺すことになっても、躊躇《ためら》いません」

「……いえ、ディートリヒ様」

「……無理をされていませんか？」

そう思われても仕方がないだろう。

だが、無理をしてでもやらなければならない時がきっとある。

そして、それがマリアとの戦闘の時だということだ。

「無理はしています。でも、やらなければならない。そうでしょう？」

「……失礼いたしました。どうやら私は、マヒロ様の覚悟を甘く見ていたようですね」

「いや、俺もディートリヒ様に言われて初めて気づかされました。ありがとうございます」

「この戦い、必ず勝利いたしましょう」

改めての決意を固めた俺は、ディートリヒ様から渡された捕縛用魔導具を魔法鞄に入れる。

そして、ついに洞窟へ足を踏み入れる時がやってきた。

「中には魔獣もいるから注意してよね～」

「それなら、私が先行して倒しておこうか？」

「ユリアちゃんだけじゃ危ないよ。私も行く」

「えぇ～？　それなら私も行こうかしら～」

「生徒だけで危険な場所には向かわせられないわ！」

……えっと、女性陣、血の気が多すぎないか？

いや、円と先生は心配して同行すると言っているのだが、ユリアと赤城は絶対に戦いたいだけだよな。

「マヒロ様、念のために生息している魔獣を鑑定していただけませんか？」

「それもそうですね」

何かの間違いで誰かが怪我《けが》でもしたら大変だし、戦力ダウンにも繋がってしまうからな。

「鑑定、洞窟に生息している魔獣」

……ん？　なんだろう、おかしな反応があるぞ？

「魔獣の鑑定をしたのに、魔獣じゃない反応まで鑑定に出てきたぞ」

「まさか、ロードグル国からのスパイでしょうか？」

「……あー、そうみたいです。おそらく、今までのスパイもここから入ってきてたんでしょうね」

人間の反応はまだ洞窟の奥、出口に近いところにいるが、そのまま進んでくれば間違いなくこちらとぶつかってしまう。

数が四人と少ないのは不幸中の幸いかな。

「おっ！　魔獣とついでに対人戦の練習もできるってこと？」

「ユリアちゃん、練習じゃなくて本番なんだけど」

「私だけでもぶっ飛ばせるけど〜？」

「赤城さん、手加減してあげてね？」

そこは暴力反対ではないのか、先生よ。

とはいえ、いずれぶつかることが確定しているならこちらから仕掛けるのもありだよな。

「ぶつかった時の勝率は……うん、問題なさそうだ」

ユリアと赤城の近接戦でも、円と先生の魔法戦でも、勝率は99パーセント。

残りの1パーセントは、俺たちが先に見つかって相手が逃げた場合だけ。

しかも、そうなるとこちらの情報がロードグル国に伝わってしまうおまけ付きなので、絶対に阻止しなければならないようだ。

これ、鑑定しておいて大正解だったな。

「知らずにユリアたちが中で暴れて相手に気づかれてたら、ロードグル国への潜入が大変になるところだったよ」

「ちょっと！　なんで私のせいなのよ！」

「真広～？　一発ぶん殴ってもいいかしら～？」

「死ぬからやめろ！　ってか、すぐに殴ろうとするのもやめてくれ！」

なんで二言目には殴っていい？　って聞いてくるんだよ！　マジで怖いからな！

「とにかく！　魔獣との戦闘はできる限り静かに終わらせて、相手との距離が近づいてきたら隠れて、奇襲で仕留めよう！」

「えぇ～？　それって、卑怯《ひきょう》じゃないかしら～？」

「そうよ、真広！　真正面から叩《たた》きつぶしましょう！」

「逃げられるリスクを負うのが最悪なの！　真正面からやりたいなら挟み込んでから声でも掛けたらいいじゃないか！」

なんで真正面からやりたがるんだよ！　そんなことしなくても勝てるんだから……って、あれ？　どうしたんだ、二人とも？

「……それ、いいわね～」

「……はい？」

「それじゃあ私と円が隠れて後ろから、笑奈《えな》と先生は正面からね！」

「……いや、あの、そのー？」

……やる気満々かよ！　ってか円と先生、こっちにジト目を向けるなって！　まさか二人が乗り気になるなんて思わないじゃんよ！

「……ど、どうしましょうか、ディートリヒ様？」

「……まあ、倒さなければならない相手ではありますし、いいのではないですか？」

確かに、このままやり過ごしてしまってはシュリーデン国にスパイが入り込むわけで、それならここで処理しておいた方がいいのか。

「わかった。絶対に無理だけはするんじゃないぞ。ヤバいと思ったらすぐに下がるんだぞ？」

「わかってるわよー。まったく、桃李は心配性だなー」

「っていうか、私たちの心配じゃなくて自分の心配をしたらどうかしら～？」

うぐっ!?　……確かに、赤城に言われると何も言い返せないな。

こいつに勝てるのは生徒会長くらいだろうし、スパイの中にいるはずもない。

もしもいたなら鑑定スキルが無反応なわけがないしな。

「それじゃあ、とりあえず進みますか。戦闘はなるべく静かに、よろしく頼むぞ、二人とも」

俺がそう告げると二人は頷き、俺たちはついに洞窟へと足を踏み入れた。


最初に告げた通り、初日は静かに戦闘を繰り返しながら止まることなく進んでいく。

倒した魔獣は可能な限り魔法鞄へ突っ込んでいく。

シュリーデン国の魔獣ということで、アデルリード国では見たことのない個体も多くいたのだ。

まあ、品質や価値でいえば魔の森に生息している魔獣の方が高いのでいつ使うのかと聞かれれば答えに困るのだが、必要がないとわかれば売り払えばいいので不良在庫にはならないはずだ。

そして、洞窟へ入ってから三日目となり——鑑定のウインドウがついに指示を出してきた。

「そろそろ身を隠しておこう」

今から一時間後、スパイたちがこの場所にやってくる。

幸いなことに周囲に魔獣の姿はない。鑑定スキルが待ち伏せする最適な場所を見つけておいてくれたのだろう。

当初の予定通り、ユリアと円がやや奥で身を隠し、俺たちはその手前で気配を消した。

じっとしながらの一時間は結構長く感じられたのだが、奥の方から足音が実際に聞こえてくると一気に緊張感が高まってくる。

……数は変わらず四人だな。

息を殺して身を隠していると、スパイたちはユリアと円が隠れている場所を通過する。

そこからちょうど俺たちとの間まで歩いてきたタイミングで、赤城が声をあげた。

「あなたたち～？　悪いけど、ぶん殴られてくれるかしら～？」

「ちょっと、笑奈！　いきなりすぎよ！」

赤城が姿を見せると、ユリアが少しだけ怒ったように立ち上がる。

大丈夫だよ、ユリア。赤城がこれくらいでやられるわけがないしな。

……だが、おかしなものだ。

自分たちしか知らないはずの洞窟に敵が現れたというのに、スパイたちは全く反応を示さない。

それどころか何も言わずに武器を手に取り臨戦態勢に入っている。

「……まさか、これがマリアの魔眼の力なのか？」

「その通りです。ほとんどのスパイたちが彼らと同じような状態でした」

シュリーデン国でのスパイ撲滅作戦では指示出しだけをしていたため、実際のスパイを目の当たりにするのはこれが初めてだった俺にとって、彼らの状態は衝撃的だった。

スパイたちの姿を見た新の拳には力が入っており、自分もああだったのかと想像しているのかもしれない。

「赤城、気絶程度にとどめておけよ」

「えぇ～？　面倒くさいんですけど～、怪我くらいよくな～い？」

「この人たちも操られているだけかもしれないじゃないか」

「それなら、助けたあとはどうするの～？　こいつらも連れていくってわけ～？」

「それはない。どこか安全そうな場所に隠して置いていくよ」

魔獣の大半は倒してきているし、この人たちも戦える格好をしているから多分大丈夫だろう。

まあ、目を覚ましたら全く知らない洞窟の中なわけで、恐怖以外の何ものでもないだろうけど。

「……はぁ～。わかったわよ～」

「ユリアもいいかー？」

「了解よー！」

もしも二人がやりすぎるようであれば、円や先生がどうにかしてくれるだろう。

というわけで、俺たち男性陣は観戦だ。

この時点で勝率一〇割というか、負けることはなくなったようで安心して見ていられる。

「それじゃあ、私からやっていいかしら～？」

「なんでよ！　私からよ！」

「それなら～」

「いっそのこと」

「「早い者勝ち！」」

特別血の気の多い二人が一目散に飛び出していくと、四人のスパイたちが二人ずつに分かれて迎撃の構えを見せる。

「円は――」

「先生は～――」

「「手を出さないで！」」

魔法で援護しようとしていた円と先生を制してまで戦いたいのかよ！

最初にぶつかったのは赤城である。

とはいえ、上級職のレベル70に勝てるような実力が相手にあるわけもなく、大剣を抜くまでもなく振り抜いた拳が一人の剣と鎧《よろい》をまとめて粉砕し、そのまま殴り飛ばして壁に激突させた。

直後には二人目が一切のためらいなく赤城の首めがけて横薙ぎを放ったが、赤城は振り返ることもなくしゃがみ込み回避。すると髪の先が僅《わず》かに切れる。

「女性の髪の毛を切るなんて、最低な男ね～！」

地面に両手をつき、そのまま足を振り上げ、顎《あご》を踵《かかと》で蹴り上げて勝負あり。

二人目は一撃で意識を失い、膝からガクンと崩れ落ちた。

「これでディートリヒ様に嫌われたらどうしてくれるのかしら～？」

気絶している二人目の奴を見下ろしながらそう口にした赤城が、怖い。

しかも、横目でチラチラとディートリヒ様を見ているあたり、反応してほしそうだ。

「……私は気にしておりませんよ、アカギ様」

「ありがとうございま～す！」

……い、命拾いしたな、そこの気絶しているあんた。

さて、もう一方の戦いだが、すでに一人目は倒しており、二人目との戦闘に入っている。

特級職とはいえレベルがまだ低めのユリアは多少時間が掛かってしまっているが、おおむね優勢で戦いを進めている。

「はあああっ！」

「ごふっ!?」

渾身《こんしん》の突きがみぞおちに深くめり込み、魔眼で操られているだろうに呻《うめ》き声を漏らしている。

そのまま崩れ落ちた二人目を見下ろし、ユリアは快活な笑みを浮かべた。

「よっし！　問題なく体を動かせそうね！」

「だけどまだまだね～。私の方が早く終わらせちゃったわよ～」

「くっ！　……ま、まあ、すぐにレベルも追いつくし、絶対に笑奈をぎゃふんと言わせてやるんだからね！」

「やれるものならやってみなさ～い」

この二人、息が合うのか合わないのかわからないな。

二人が言い合っている間に俺たちはスパイたちを担ぎ上げ、そのまま身を隠していた場所に放り投げる。運が良ければ生き残れるだろう。

「ねえ、桃李。ここからは誰もいないから一気に進んでいいんだよね？」

「そうだな。いるのは魔獣だけだし、それもこいつらが倒してくれているから数も少ないはずだ」

「よーし！　ねえ、笑奈！　だったらどっちが先に出口まで行けるか勝負しない？」

「いいわよ～。だけど、私は道を知っているけど、近藤は知っているのかしら～？」

「あっ！　……と、桃李～！」

いや、そこで俺に助けを求められても困るんだが。

「……洞窟の地図、覚えられるか？」

「むーりー！」

「だったら諦めろ」

「えぇー！」

「私の不戦勝ね～」

「ぐ、ぐぬぬぅぅ～！」

はいはい、煽《あお》るな赤城。

「マリアを倒すことができたらグランザウォールでいつでも勝負ができるだろう。今はとにかく進もうぜ」

俺がそう口にすると、したり顔の赤城と睨《にら》み合っていたユリアが顔を横に向けた。

……あれ？　ってか、赤城ってマリアを倒したらこれからどうするんだろう。

グランザウォールでと言ったが、ディートリヒ様についていくなら王都だよなぁ？

……まあ、どっちでもいいか。勝負については二人でどうにか話をつけるだろう。

こうしてスパイたちを退けた俺たちは、順調に洞窟を進んでいく。

そして——トータル五日を掛けて洞窟を踏破し、ついにロードグル国へ足を踏み入れた。

「寒っ！」

洞窟の外はシュリーデン国とは完全に異なった光景になっており、まさかの雪景色だった。

俺が自分で体を抱きながらブルブル震えていると、事前に把握していたのかディートリヒ様が魔法鞄から全員分の暖かそうな上着を取り出した。

「皆様、どうぞこちらを」

俺たちは上着を受け取りすぐに羽織ると、その暖かさにホッと胸を撫《な》で下ろす。

「私は大丈夫で〜す」

「いいえ、アカギ様もどうぞ。体を冷やすのは健康に悪いですから」

「……そ、そこまで心配してくれるなら、受け取ろうかしら〜」

ディートリヒ様、赤城の扱いが上手くなっている気がするぞ。

「ここから山を下ればロードグル国の三大都市の一つ、花の都レイトグースよ〜」

「花の都？」

赤城の言葉に円が反応する。

そういえば円はきれいなものが好きだったっけ。

確かに名前だけを聞けば美しい都市を想像するけど、実際はどうなんだろうか。

「きれいな都市だったわよ〜。……まあ、今では花の『は』の字も見当たらないけどね〜」

「えっ？」

……戦争が、そうさせたんだろう。

マリア軍とロードグル軍が衝突した時に、もしかすると焼け野原になったのかもしれない。

グランザウォールの麦畑、シュリーデン国の花畑も美しかったが、花の都と都市の代名詞にもなるくらいの景色を作り上げるのに、どれだけの時間を要したことだろう。

円ではないが、それほどの花の都を俺も見てみたかったな。

「……まあ、私たちは戦争をしていたからね～。勝手だけど、仕方がないわよね～」

「……そっか、そうだよね」

悲しそうな表情の円を見て、先生がその肩に両手を置く。

ユリアも隣に立って彼女を励まそうと笑みを見せている。

「……その戦争を終わらせようとしているんだ、俺たちの手でな」

「……うん、そうだね」

マリアを倒すという決意を新たにした俺たちは、赤城の案内でレイトグースへ向かった。


……花の都は、悲しいことにその名の影も形も残してはいなかった。

黒く焦げて崩れた外壁に、捲《めく》れ上がった土肌。

大木だったであろう木々も根元まで焼けてしまっており、再び芽吹くことは叶《かな》わないだろう。

ほとんどの人たちが下を向きながら歩いており、暗い雰囲気が都市全体を包み込んでいた。

「……これは、酷《ひど》いな」

ない。

「……本当だね」

「……できるだけ早く終わらせないといけないね」

新、円、ユリアがそれぞれ言葉を口にする。

「なあ、赤城。お前は普通にレイトグースで出歩いてもいいのか？」

赤城も戦争では最前線で戦ったはずで、民の中には彼女の顔を覚えている人だっているかもしれない。

「そうなのか？」

ここまで来て騒動に巻き込まれては面倒なのだが、どうやら問題はなかったようだ。

「ここでの戦闘で私は何もしていなかったからね〜。顔を見られている心配もないわ〜」

「私たちは秘密兵器的な立ち位置だったからね〜。ここでは他の上級職が働いてたわ〜」

えっと、確か赤城以外の上級職だと……。

「土門鉄也《どもんてつや》、渡辺忍《わたなべしのぶ》、小田春樹《おだはるき》、貫田火倫《ぬきたかりん》の四人だったか」

「そうね〜。あの四人がここにいたら、暴動が起きていたと思うわよ〜」

「いや、それは勘弁だな」

ということは、赤城と生徒会長がマリアの懐刀というか、本当に秘密兵器なんだろう。

だが、その秘密兵器の一人がこっち側に寝返ったのだから、マリアとしては相当な戦力ダウンになっていると思われる。

しかもまだ寝返りに気づいていないはずだし、こっちの優位に事が運んでいるのは間違いない。

「まあ、そういうことならよかったよ」

「……真広ってさ～、たま～に残酷だよね～」

「んっ？　あー、まあ、俺自身でどうこうできる範囲なんて限られているからな。すべてを助けようとか無理だってわかっているし、それならやれることをやるだけだろう」

「ふ～ん……ちょっとだけ、見直したわ～」

見直したのか？　いったい何を聞いて見直したんだろうか。

「まあ、ディートリヒ様には全く及ばないけどね～」

「そりゃそうだ」

ディートリヒ様に勝っている部分なんて、鑑定スキルしかないんだから争うつもりなんて毛頭ない。というか、赤城を見返すために争うわけないし。

「それはそうと、私ほどじゃないけど残りの四人もまあまあ強いから気をつけることね～」

上級職の戦闘職で、戦争経験者。

マリアの魔眼で操られているだけなら動きも単調になるだろうしやりようはあるが、そうでなければ難しい戦いになるかもしれない。

考えて動ける人間ほど、厄介な相手はいないのだ。

「特級職の三人ならレベル差をひっくり返せるだろうけど、上級職の先生はどうかしらね～」

「あっ、それはたぶん大丈夫」

「……どゆこと～？」

俺の即答に驚いたのか、赤城はきょとんとした顔で聞き返してきた。

「上級職だけど、先生のレベルは俺たちの中では一番高い。それに現地人だとライアンさんとギルマスはさらに高いときている。そう簡単に負けるとは思えないな」

「でも、あんたも気づいているんでしょ～？　異世界人のステータスが、現地人よりも高いってことにさ～」

「それじゃあ聞くけど、四人のレベルがどれくらいかわかるか？」

同レベル帯であればステータス差が出てくるかもしれないし、赤城のレベルが異常に高かったから絶対ではないが、レベル70台がゴロゴロいるとは思えない。

もしもそうであれば、現地人でそれだけ強い人間が現れていても不思議ではないし、どこかの国が統一国家を築いていたはずだ。

「私がロードグル国を出る前なら、全員がレベル40台だったはずよ～」

「あっ、それならマジで余裕だわ」

先生はレベル45だし、ライアンさんとギルマスはレベル55を超えている。

ステータス差以上にレベル差があるし、先生は魔獣との戦闘だが結構な修羅場をくぐり抜けてきている。

生徒に対して殺し合いの戦いはできないが、意識を奪う戦いであればどうにかなるはず。

というか、生徒を助けるということに関して言えば先生は恐ろしいほどの執着を持っているので、その方が実力を発揮してくれるだろう。

「……あんたたち、どうやってレベル上げしてたのよ～」

「いや、それはこっちのセリフ。赤城はレベル70だろ？　どうやってそこまで上げたんだ？」

「私、レベルが70だって言ったことないんだけどね～」

「それは俺の職業が鑑定士【神眼】だからとしか言えないな」

「本当にインチキだよね〜、そのスキルさ〜」

そう口にした赤城はジト目を向けてきたものの、すぐにいつもの興味なさげな表情に戻り、俺の質問に答えてくれた。

「……これも、戦争だったからとしか言えないかな〜」

「どういうことだ？」

「……経験値ってね〜、魔獣からだけじゃないのよ〜」

その言葉を受けて、俺は赤城のレベルが高い理由を察してしまった。

マリアの秘密兵器として、最後の最後に戦場へ投入されたのだろう。

そこで多くの敵兵と戦い、倒してきたに違いない。

言葉や態度は粗暴だが、俺たちはすでに知っている。赤城笑奈という人物は心根が優しく、どこにでもいる女の子となんら変わらないのだということを。

魔眼で操られているわけでもなく、マリアを騙《だま》すために、そして生き残るために、赤城は自分の心を疲弊させながら戦ってきたのだ。

もしも同じことをやれと言われたら、俺にはできる自信がない。

「……赤城はすごいな」

「な〜んでそこでそうなるのかな〜？」

「自分の心を押し殺して、最善と思える選択をしてきたんだろう？　俺にはできないことをしてきたんだなと考えたら、単純にすごいと思ったんだよ」

「それって、褒《ほ》めてるのかしら～？」

「褒めてるよ。……うん、本当にすごいと思う」

「……まったく、真広って本当に変わったわね～」

「そうかな？」

「そうよ～」

そう口にした赤城の歩幅が大きくなり、俺との距離が離れていく。

……まあ、一人で考えたいと思うこともあるよな。

それ以上は俺は声を掛けず、赤城も無言のまま前を進んでいたのだった。


それからすぐに一軒の宿に到着したのだが、女将《おかみ》さんからは開口一番で愚痴が零《こぼ》れてきた。

「……はぁ。あんたたち、冒険者かい？」

「そんなところです」

「まったく。新しい女王様は何を考えているんだか」

「何かあったんですか？」

女将さんの言葉に俺が聞き返すと、首を傾げながら口を開いた。

「ん？　あんたたち、戦争に参加するためにこっちへ来たんじゃないのかい？」

「戦争？　いや、初耳ですね。詳しく聞かせてくれませんか？」

話を聞くと、どうやらマリアが新たな戦力を集めているらしい。

戦争というのも国民が噂《うわさ》で口にしているだけのようだが、こちらからすると今のタイミングで戦力を集めていると聞けば、間違いなく狙いはシュリーデン国であることは想像に難《かた》くなく、さらにその先にはアデルリード国を攻め落とそうという企みもあるのだろう。

「冒険者もそうだけど、働き盛りの若い衆まで掻《か》き集めているみたいだし、本当にとんでもない女王様だよ」

「そうなんですね……これ、よければ受け取ってください」

そう口にしながら、俺は宿泊料とは別でお金を多めに受付カウンターへ差し出した。

「いやいや、こんなもの受け取れないわよ！」

「情報料だと思ってください。今はまだ厳しいかもしれませんが、状況はきっと好転しますから」

返されそうになったお金をそのまま女将さんの手に握らせて、俺たちはそそくさとカギを受け取ってカウンターをあとにした。

ひとまず俺の部屋に集まりこれからについてを話し合うことにしたが、戦力を集めているとなればなるべく急ぎで王都に向かう必要が出てきた。

「マヒロ様、マリア軍の動きについて鑑定をお願いできますか？」

「わかりました」

俺は魔力を倍にするためバナナを頬張《ほおば》り始めたのだが、その姿を見て赤城が首を傾げた。

「真広は何をやっているのかな〜？」

そういえば、赤城の前で能力を一時的に上げる果物を食べたことはなかったっけ。

いや、正確には戦闘中には食べていたけど気づかれていなかったんだったか。

「この果物には能力値を一時的に倍にする効果があるんだ。ちなみにバナナは魔力な」

「…………はい～？」

他にも運以外の能力値を倍にする各種果物があると伝えると、赤城は何度も瞬《まばた》きを繰り返しながら呆《あき》れ顔になっていた。

「……それ、卑怯じゃな～い？」

「その卑怯な果物を使っても俺たちは赤城に勝てなかったんだけどな」

「あ～……まあ、それは私が強いからね～。ってか、私が果物を食べて戦ったら最強じゃない？」

ふむ、確かにそうかもしれない。

どうせなら生徒会長とはやらないからね～」

「でも、生徒会長とはやらないからね～」

「……お前、俺の心でも読んだのか？」

「顔に出てたわよ～。それに、誰でも思いつきそうなことだからね～」

「それなら、どうしてやらないんだ？　赤城が戦う方が勝率は高そうなんだけど？」

ディートリヒ様のことを王子様と口にしたくらいだ、生徒会長に惚《ほ》れているとかではないだろう。

「……理由はわからないけど、攻撃できないんだよね～」

「どういうことだ？」

「言葉通りの意味よ～。不思議なことに、生徒会長を攻撃しようとすると、体が動かなくなっちゃうのよね～」

……何かしらの状態異常か？　だが、赤城を鑑定した時にそのような表示は出てこなかった。

ならば、別の何かが存在しているはず。

「……お前、生徒会長に攻撃しようとしたことがあるのか？」

「一回だけね～。戦ってみたかったんだけど、本当に不思議よね～」

「うーん、何かしらの勇者の特性ってことか？」

「かもしれないわね～。だから、真広は生徒会長を見つけたらすぐに鑑定をするのよ～」

「それは、倒し方を鑑定するってことか？」

「そゆこと～」

バナナを食べ終わった俺は、ひとまずマリア軍の動きについて鑑定してみる。

すると、女将さんが言っていたように戦争の準備をしており、俺たちの予想通りシュリーデン国への出陣を目論《もくろ》んでいるようだった。

「やっぱり戦争みたいだな」

「マリアは何を考えているのでしょうか」

「そこは本人に聞かないとわかりませんよ、ディートリヒ様」

そう口にしながら、追加で鑑定されていた内容を伝えていく。

「それと、俺たちはここから二手に分かれて行動した方がよさそうですね」

「そうなのですか？」

俺の言葉にディートリヒ様が問い掛けてくる。

「はい。隠密行動で王都に侵入する組と、あえて注意を引きながら行動する組ですね。一応、誰がどこに向かうっていう振り分けもあるんですが……」

これ、全員が納得してくれるだろうか。

「どうしたのですか、マヒロ様？」

「あー、いえ。とりあえず、共有しますね」

俺は鑑定結果についてみんなに見てもらうことにした。すると――

「……私は真広君たちと別行動なのね」

これまで一番クラスメイトのことを心配してきた先生だけが、生徒たちとは別行動を取るべきだと表示された。

一組目が俺、新、円、ユリア、グウェイン。

二組目が先生、赤城、ディートリヒ様、ライアンさん、ギルマス。

戦力が二組目に偏っているようにも見えるが、これには理由がある。

「王城へ潜入するのが俺たち、先生たちは真正面から戦いを挑んで多くのマリア軍を引きつける役目みたいですね」

個々の実力は高くとも、数で押されれば圧倒される恐れもある。

故に、二組目に実力者を固めてマリア軍の主力を引きつけてもらい、その隙《すき》をついて一組目が潜入しマリアを倒す。

とはいえ、赤城を鑑定した時から感じ始めていたのだが、鑑定スキルも万能というわけではなくなってきていた。

「あれ？　これ、光也《こうや》たちがどこにいるのかまではわからなくない？」

「本当だね。桃李君、王城と軍のどっちに神貫《かみぬき》君たちがいるのかわからないの？」

「赤城の時もそうだったけど、人間の場合はその時々の感情で行動が変わることもあるから、絶対にこっていう鑑定結果が出てこないんだ。それに到着まで日もあるし、未来のことは鑑定スキルも読み切ることができないんだと思う」

「とはいえ、神貫の場合は高い確率でマリアのそばにいるだろうけどな」

そうなると、重要なのは残り四人のクラスメイトがどこにいるかだな。

「レベル的にはライアンさんたちの方が高いし、新たちは特級職だから大丈夫だと思うけど、異世界人のステータス差がどう出てくるかわからない。細心の注意を払っておいて損はないはずだ」

まあ、果物を食べての戦闘であれば全く問題はないだろうけどな。

「……わかったわ。頑張りましょうね、赤城さん！」

「えぇ～？　面倒なんだけど～」

「頼りにしていますね、アカギ様」

「わかりました～！　ディートリヒ様～！」

……この変わり身、マジで素晴らしいわ。

だが、これで赤城の参戦も決定したと言っていいだろう。

問題は、王城に潜入する一組目の俺たちだ。

「生徒会長は間違いなくこっちに現れると思うけど、問題はクラスメイト四人が現れた時だな」

ただでさえ戦力を分けているところにクラスメイトまで現れたら、さらに分散させられてしまう。

赤城の助言により生徒会長が何か特別な力を持っている可能性も高まっている。

可能であれば一組目の五人全員で生徒会長だけと戦いたいところだ。

「一気に無力化できれば楽なんだが、さすがにそれは楽観しすぎか」

「だが、それが一番勝率の高い方法ではあるし、助けられる可能性も高くなるだろうな」

「ぶん殴ればいいのよね！」

「わ、私は気絶させる程度で魔法を使うね！」

「僕はサポートするよ。中級職じゃあ足を引っ張るかもしれないからね」

「いや、中級職でもレベルが60もあれば十分な戦力になるからな？」

能力値も筋力と速さが四桁なのだから、ライアンさんとギルマスに次ぐ実力を持っていると言っても過言ではない。

今のグウェインは、職業差をひっくり返せるほどレベルが高く、能力値も高いのだ。

「俺が支援職でしっかりと戦えない分、頼りにしているんだからな、グウェイン」

「……そうだね。護衛として、しっかりと守らせてもらうよ」

俺は戦力として頼りにしていると言いたかったんだが……まあ、やる気になってくれたしいいか。

「よし。それじゃあ次は生徒会長の特別な力について鑑定してみるか」

「連続で鑑定をしているけど大丈夫なの、真広君？」

「今回はそこまで魔力消費もなかったんで、いけると思います」

魔力枯渇になって倒れることだけはないよう祈りながら、俺はもう一度鑑定を行った。

「鑑定、神貫光也の人物鑑定」

これで生徒会長の能力値が見られて、特別な力があれば鑑定結果に出てくるはず……あれ？

「……文字化けしている？」

「どういうことなの？」

何が起きているのか理解できず、俺はそのまま鑑定結果を共有してみんなに見せる。

「……本当に文字化けしているわね」

「……神貫君に何かあったのかな？」

「……わからん。真広の鑑定が何かしらに妨害されたということは考えられないか？」

「妨害？　でも、何に妨害されるんだ？」

「いや、それは俺にもわからないが、文字化けはしているけど鑑定ができていないわけじゃないんだろう？　なら、一部のステータスだけが妨害されたと考えることもできるんじゃないのか？」

新の言葉に俺は思案する。

もしも鑑定スキルを妨害できる何かがあるのであれば、どうしてマリア軍の動きについては問題なく鑑定できたのだろうか。

そこにも妨害工作を施しておけば情報が漏れることもなかったはず。

軍の動きが鑑定されるなんて大掛かりなことを想定していなかったのか、それとも情報が漏れても問題ないと思っていたのか。

もしくは、大規模な妨害は難しく、秘密兵器である生徒会長の情報漏洩《ろうえい》だけは防ぎたいからと何かしら手を打ったということかもしれない。

逆に考えれば、マリアにとって生徒会長の能力はそれだけのことをしてでも漏洩させたくないものだということだ。

生徒会長を倒す、これが今回の戦いを決定づけるかもしれないな。

「どうするわけ～、真広～？」

「どうするも何も、行くしかないだろう。ここまで来て引き返すなんて選択肢はないんだから」

俺の言葉に全員が頷き、赤城だけが肩を軽く竦《すく》めた。

「まあ、私もやれることはやってあげるわよ～」

「先生たちのこと、頼んだからな」

「私が赤城さんを守るんだからね！」

「はいは～い。先生は後ろの方で適当に魔法をぶっ放してくれればいいですよ～」

「ちょっと、赤城さん！」

呆れたような赤城の言葉に、先生は少し怒ったように返す。

それを見たディートリヒ様やライアンさん、ギルマスが苦笑を浮かべる。

先ほどまでのやや張り詰めていた空気が、僅かに弛緩《しかん》した。

「……それじゃあ今日はここで休んで、出発は明日にしよう」

「あぁー！　久しぶりに柔らかいベッドで寝られるのねー！」

「ずっと硬い地面の上で寝ていたから、楽しみだねー！」

「そこまで期待しない方がいいと思うわよ～」

「「……えっ？」」

ユリアと円の期待をぶち壊すような赤城の言葉に、二人は驚きの声を漏らす。

その声に答えることなく、赤城はさっさと俺の部屋を出て自分の部屋に戻ってしまった。

「……い、行こう、ユリアちゃん！」

「……そ、そうね、円！」

同じ部屋の円とユリアも飛び出して自分たちの部屋へ向かう。

俺は自分の部屋のベッドに軽く手を置いてみたのだが……あぁ、なるほど。

「これ、薄いなぁ」

「そうなのか？」

「うわっ！　本当だね」

一度寝転がってみたのだが、地面よりは多少マシくらいの寝心地に少しだけ残念な気持ちになってしまう。

柔らかいベッドを期待していた円とユリアにとっては、相当なショックになるかもしれない。

「……今後は羽毛布団セットを作って、魔法鞄に入れて持ち歩くのもありかもしれないなぁ」

「作れるものなのか、羽毛布団？」

「魔の森には色々な魔獣がいるわけだし、羽毛に似たものを見つけられれば作れそうじゃないか？　作り方は鑑定すればいいわけだし」

「いいねぇ、それ。作ったら陛下に献上するのもありかもしれないね」

いや、グウェイン。そんな面倒なことはしたくないんだが。

「もし完成しましたら、私にも売っていただけるとありがたいです」

「俺も欲しいな！」

「なんで作ることが確定しちゃってるんですかね！」

まさかライアンさんとギルマスからも欲しいと言われるとは思わなかった。

だが、それだけ羽毛布団を欲しいと思っている人が多いということだ。

……というか、グランザウォールに戻ってからのことを考えられるようになるなんてな。

これも赤城のおかげなのか、俺の心の中にも多少の余裕が生まれてきたのかもしれない。

「最初はアリーシャにだよ」

「「「……ほほ～？」」」

「な、なんだよ？」

新たちがジト目を向けてきたので、俺は怪訝《けげん》な表情で体を引く。

「いや、上手くやってくれているみたいでよかったなと思ってね」

「あぁ。幸せになってくれよ、真広」

「ついにアリーシャ様にも春が！」

「これでグランザウォールも安泰だな！　冒険者ギルドも稼がせてもらうか！」

……これはあれか？　祝福されていると見ていいのか？

「……マヒロ様」

「どうしたんですか、ディートリヒ様？」

俺たちが何気ない会話をしていると、ディートリヒ様が真剣な面持ちで声を掛けてきた。

なんだろう、何かを見落としていただろうか。

「……その羽毛布団、私も欲しいです」

「……そっちですか!?」

まさかの展開に突っ込みを入れると、その場は大きな笑い声に包まれた。

その後、すぐに解散となったのだが、俺は同部屋の新とグウェインとグランザウォールに戻ってからのことを軽く話し合うことにした。

「新は何をしたいんだ？」

「何をと聞かれると答えに困るが、ひとまずは真広やグウェインに恩返しだな」

「恩返しだって？　むしろ僕の方がアラタやトウリに恩返しをしなきゃだよ」

「それは違うな。俺も新も、グウェインやアリーシャに助けてもらってばかりなんだから、俺たちが恩を返すんだよ」

「それを言うなら十分に返してもらっているって。むしろ、貰《もら》いすぎてこっちが返すの大変なんだからね」

これはあれだ、不毛な言い合いになりそうだ。

「だからさ。トウリもアラタも、やりたいことが決まったら自由にグランザウォールを出ていってもいいんだよ」

そう思っていた直後、グウェインから予想外の言葉が飛び出した。

「異世界人は自由なんだ。恩返しという言葉に縛られる必要はないんだからね」

「いや、俺たちは別に縛られているわけじゃないんだが？」

「そうだぞ、グウェイン。それに真広はまだしも、俺はグランザウォールに来て間もないし、本当に恩返しがまだ終わっていないんだ」

「それならアラタは、恩返しが終わったらどうするつもりなんだい？」

「……なあ、グウェイン。本当にどうしたんだ？　いきなりそんなことを言うなんて、お前らしくないぞ？」

グウェインは周りのことがよく見える奴で、俺もそんな彼に何度も助けられてきた。

自分でも気づかずに自己犠牲という楽な思考へ考えが向かおうとしていた時も、彼の言葉があって気づかされ、考え方を変えることができた。

また、アリーシャに関することでもそうだ。

彼女が俺の考え方を心配していた時も、グウェインが教えてくれて話し合い、関係を繋ぎ止めて、一歩近くへ歩み寄ることができた。

新たちに比べるとまだまだ短い時間しか一緒に過ごしていないが、その内容はとても濃いものであり、単純に時間で換算できないものだ。

だからこそ、グウェインの今の態度には疑問しか浮かんでこない。

彼は意図的に俺たちを突き離そうとしているように見える。

そんな態度、俺は今まで一度として見たことがなかった。

「……トウリたちは、グランザウォールだけに留《とど》まっていい人間じゃないと思うんだ。実力もあれば、規格外の能力も持っている。なら、その力をもっと大きな場所で使うべきなんじゃないかって、ずっと思っていたんだ」

グウェインは俺たちの力をグランザウォールだけではなく、もっと別の場所でも使ってほしいと思っていたようだ。

それはアデルリード国であり、国に留まらないのであれば冒険者として広い範囲で力を使い、多くの人を助けてほしいと思っているのかもしれない。

……だが、それこそ俺の自由なんじゃないかとも考えてしまう。

「異世界人が自由なら、グランザウォールに留まることを選択するのも俺の自由だよな？」

「トウリ……でも、本当にいいのかい？　僕たちはトウリやアラタの働きに見合ったものを返せるとは思えないんだ」

「見返りを求めているわけじゃないんだから、別にいいんじゃないか？　なあ、新」

「その通りだ。俺たちは自ら選択をしてここにいる。シュリーデン国でもなく、他の国でもなく、グランザウォールに残るという選択をな」

「アラタまで……うん、確かにそうだね。僕が間違っていたよ」

俺たちの言葉を受けて考えを改めたのか、グウェインはそう口にしてニコリと笑う。

「でも、グランザウォールを出たい時がきたらいつでも言ってよね」

「いや、グウェイン。真広に限ってそれはないんじゃないか？」

「どうしてそう思うんだ、新？」

俺とグウェインの視線が新に向く。

「グランザウォールにはアリーシャさんがいるからな」

「あっ！　確かにそうだね！」

……ここで俺がそうだと答えれば、こいつらはどういった反応をするんだろうか。

「そうだろう、真広？」

「……まあ、そうだな」

「姉さんも嬉《うれ》しいと思うよ。……正直、僕も嬉しいしね」

「でも、その理屈だと新はどうするんだ？　俺には残る理由があるけど、お前は今のところないだろう？」

俺個人としては新にも残ってほしいと思う反面、彼がラノベ好きというのも知っているので、俺と同じでこの異世界を楽しみたいと考えているかもしれない。

どんな選択をしたとしても応援するつもりではいるが、果たしてどう考えているのか。

「当然、残るに決まっているだろう」

「……何か理由でもあるのか？」

「真広といた方が、この世界をもっと楽しめそうだからな」

「変なことに巻き込まれるかもしれないよ？」

「それも込みで楽しめるってことさ」

なんで俺が巻き込む側なんだよ。

どちらかというといつも巻き込まれている側だと思うんだが。

「だからさ、グウェイン。お前はお前のやるべきことをやればいいんだ」

「そうそう。俺たちはいなくならないし、ずっと友達だからな」

「友達か……うん、ありがとう。トウリ、アラタ」

戦場に向かう中でのひと時の休み。

グウェインも俺たちがグランザウォールを離れないと知り、気持ちを落ち着けることもできただろう。

俺たちは肉体的にも、精神的にも充実した休憩を取り、明日に備えるのだった。

翌日、俺は先生たちの組のメンバーに王都までのルートを叩き込ませた。

昨日の話し合い通り二手に分かれて王都を目指すので、道中で注意すべきこともすべて伝えている。

「それじゃあ、王都でまた会おうぜ」

「無茶だけはしないでね、みんな」

俺たちは先生たち全員と握手を交わし、花の都レイトグースをあとにした。


さて、俺たちの組は別ルートから王都を目指さなければならない。

先生たちは真正面からマリア軍の主力を引きつけるので、ルートも基本的には街道を進むのだが、俺たちは秘《ひそ》かに王城へ潜入しなければならない。

つまり、隠密行動が必要となってくる。

道なき道を進む必要があり、そのぶん先生たちと違って移動速度を上げていかなければならない。

今回の作戦はタイミングを合わせることが重要であり、絶対に遅れるわけにはいかないのだ。

「合流は一週間後の夜中だったたっけ？」

「あぁ。だけど合流とは少し違うな」

「決めた時間に先生たちがお城を襲撃するから、それに乗じて潜入するんだったよね」

「当日に一度も合流せずにタイミングを合わせるのか……難しそうだな」

「だけど、これがトウリの鑑定が導き出した最高の確率なら、やるしかないよね」

それぞれが意見を言い合いながら、俺たちは王都までの道のりを進んでいく。

道なき道を、ということもあり夜は毎回のように野営を行うことになったものの、この時点ではすでに慣れたものであり、魔法鞄の助けもあって食料も潤沢だったので、比較的苦もなく過ごすことができた。

時には魔獣との戦闘もあったりしたが、完全にオーバーキル気味にユリアが拳を叩き込み、魔獣が弾《はじ》けて衣服が汚れてしまうというハプニングがあり、その時だけは最寄りの村に立ち寄って新しい洋服を買ったりもした。

これが戦時中という危機的状況でなければ楽しい旅の一幕になったことだろう。

しかし、今は違う。これから激しい戦いが、命懸けの死闘が待っている。

……こんな戦い、さっさと終わらせてしまおう。

「――……着いたな」

俺たちは五日掛けて、ロードグル国の王都ロルフェストを見下ろせる高台に到着した。

「外壁が高いな」

「これ、どこから潜入するの？」

「桃李君、どうかな？」

……うーん、これは女性陣にはつらい経験になるかもしれないなぁ。

「どうしたんだい、トウリ？」

「えっと……潜入経路は、下水道、だな」

「「……えっ？」」

そうだよねー。そういう反応になるよ――

「まあ、予想通りっちゃあ、予想通りだけど……」

「そういうところほど警備が堅いイメージもあったから、逆に予想外かも……」

「あれ？　そういう反応なの？」

下水道なんて絶対に汚かったり、臭かったり、不潔なイメージの方が強いはずで、女性が一番嫌う場所だとばかり思っていたんだが……すんなりと受け入れてくれたよ。

「だって、潜入と聞いて最初に想像するのって、大体が下水道とか地下じゃないかな？」

「うんうん！　あとは空の上から！　とかだけど、それはさすがに無理っしょ？」

「まあ、空は確かに無理だけど」

「頼もしい限りだな、こちらの女性陣は」

「アキガセさんもアカギさんもだけど、本当に頼もしいよね」

確かにその通りだ。

先生は魔の森に一人で転移させられても諦めずに戦ってくれていたし、円とユリアもシュリーデン国との戦争で力を貸してくれたし、赤城に至っては俺たちの中で最強だし。

……あれ？　男性陣、大丈夫か？

「先生たちはもう着いているのかな？」

「いや、たぶんまだだと思う」

「なんで？　街道を真っすぐ進んでいるんじゃないの？」

円たちの疑問も当然だが、実は先生たちには別のこともお願いしている。

「街道沿いに面していた都市はマリア軍が攻め込んだ時の被害が大きいんだ。だから、そこに物資を届けてもらっているんだよ」

「それで遅くなっているということか」

「でも、そんな物資をいつの間に準備していたんだい？」

納得の声を漏らす新だが、グウェインが疑問を口にした。

「いや、最初に準備をしていたのはディートリヒ様だったみたい。俺はそれを鑑定した時に知ったって感じかな」

ディートリヒ様はロードグル国へ向かうと決まった当初から街道沿いの都市への支援を計画していたようで、彼が持つ魔法鞄には大量の物資が準備されている。

それを配りながらの旅路になっているはずなので、俺たちよりも到着が遅れている可能性は高い。

「ただ進むだけならいいんだけど、たぶん感謝されすぎて足止めを食らっているはずだよ」

「私、そっちじゃなくてよかったわ」

「近藤は血の気が多いからな」

「ちょっと、どういうことよ！」

「言葉通りだろう」

「あんたねえ！」

「あはは。まあ、落ち着いてよ、ユリアちゃん」

「私は血の気が多いんじゃなくて、ただ戦闘が好きなだけよ！」

いや、それを世間では血の気の多い奴というのではないか？

「ちょっと、桃李！　あんたも私が血の気が多いと思っていたでしょ！」

「その通りだけど？」

「もう！　みんなして！」

頰を膨らませて怒ってしまったユリアだが……すまん、フォローしきれんわ。

ユリアのフォローは円に任せて、俺たちは王城へ潜入する明後日のことを話し合うことにした。

「実際のところ、タイミングは合わせられそうなのかい？」

「俺たちは決行日までに到着できたから問題なし。魔法での戦闘が始まれば音でわかるからな」

「なら、魔法での戦闘が起きなかったらどうするんだ？」

それはつまり、先生たちが明後日までにロルフェストに到着できなかったということだ。

「その時は作戦中止。一度合流して立て直すことになるかな」

「だけど、そうなると確率はどうなるんだい？」

「……だいぶ下がるかな。むしろ、その時は引いた方がいいかもしれない」

「となれば、一発勝負だと考えるべきだな」

……そうだ、これは一発勝負。引けば立て直せると思う方が間違っている。

「そうだな。うん、もしも魔法での戦闘が起きなくても、しばらく待っておこう」

「大丈夫なのか？」

「大丈夫ではないけど、合流して立て直すよりは確率は高い。まあ、どちらにしてもその日に間に合わなければ意味はないんだけどな」

「……信じて待つことしか、できないんだね」

「あっちにはディートリヒ様がいるし、ライアンさんもいる。先生も落ち着いて対応できるだろうし大丈夫だろう」

「……ギルマスは？」

「えっ？　今の会話の中に必要か？」

「「……」」

……えっ？　なんでそこで黙り込むんだよ。だって、ギルマスだよ？　冷静に対応とか、絶対にできないでしょうよ。あの人、脳筋だよ？　ユリアと同じで戦闘大好き人間だよ？

「対外的な対応には絶対に必要ないでしょうよ」

「いや、それはそうなんだけど……」

「一応、大人枠だからなぁ」

「むしろ子供枠が赤城しかいないじゃん」

「「……確かにそうだ」」

こっちには大人枠が一人もいないわけで、大人は全員が二組目に割り振られている。

もしかすると、他の都市へ向かうことも加味してのメンバー分けだったのかもしれないな。

「ちょっと！　そっちだけで勝手に話を進めないでよね！」

「……それとユリアも絶対に対外的な対応は無理そうだよな」

「「……確かにそうだ」」

「あんたたち、聞こえていたんだからね！」

「あはは、ユリアちゃん……」

「円もフォローしなさいよおおおっ！」

俺たちはこの日から決行日の明後日まで、森の中でひっそりと身を潜めることにした。

そして——ついに決行の日が訪れたのだった。

第一五章 神貫光也

明かりのないロルフェストの外壁沿いを進む俺たちは、王城の真後ろに当たる場所で立ち止まる。

パッと見では石が積み上げられた大きな外壁しか目に入らず、こんな場所から潜入なんて無理だろうと思うだろうが、実のところそうではない。

鑑定スキルが潜入経路を示しており、それによるとここにあるのは——

「……あった、これだ」

地面に接している外壁部分、そこには周囲の地面と比べて明らかに異質な、取っ手のようなものが突き出している。

「グウェイン、これを魔法での戦闘音が聞こえたと同時に引っ張ってくれないか？」

「わかった」

グウェインと場所を入れ替わり、彼が両手で取っ手を掴《つか》み、その時を待つ。

予定ではあと一分ほどで約束の時間が訪れるはずなのだが、果たして……。

「……聞こえないぞ、真広《まひろ》」

「……先生たち、大丈夫なのかな？」

「……信じるしかないわよ、円《まどか》」

「……トウリ」

全員が心配そうに声を漏らし、こちらに視線を向ける。

先生たちの居場所を鑑定するべきか？　だが、鑑定スキルが示した以外のことをして、確率に変化が起きるのも怖い。

しかし、時間が過ぎた今、成功確率は徐々に下がっている。

元々の成功確率も流動的ではあったものの、高くても30パーセントだった。

それが1パーセントずつ、ゆっくりとではあるが下がっている。

どこかで区切りをつける必要はあるかもしれないが、これは一発勝負。引くことは許されない！


――ドゴオオオオオオオォォォォォン！


「今だ！　グウェイン！」

「ぐおおおぉぉおおぉぉっ！」

遠くから聞こえてきた轟音《ごうおん》を耳にして、俺は大声をあげる。

それに合わせてグウェインが取っ手を渾身《こんしん》の力で引っ張った。

――ギギ……ギギギギギギィィイ。

取っ手は地面に埋まった扉のものであり、それが鈍い音を立てながら、降り積もった土埃《つちぼこり》を舞わせると、地下へと続く階段が姿を現した。

「……ここから、王城に潜入できるんだな」

「あぁ。どうやらここは王族が危機に瀕《ひん》した時にだけ開かれる、秘密通路みたいなんだ」

「そんな通路があったなんて……本当に規格外よね、桃李《とうり》の鑑定スキル」

「でも、そのおかげで私たちは敵にバレることなく潜入できるんだもんね」

「と、トウリ。これ、ものすごい音が鳴ったけど、大丈夫なのかい？」

確かに鈍い大きな音が鳴った。もしかすると、通路を通じて王城まで響いていたかもしれない。

「だからこそ、魔法による轟音に乗じて開ける必要があったんだよ」

「魔法の轟音でカモフラージュしたってことか」

納得顔のグウェインに頷《うなず》くと、俺はその場にいた全員を見渡して口を開く。

「さあ、ここからが本番だ」

俺の言葉にグウェインの、新《あらた》の、円の、ユリアの表情が一気に引き締まる。

「先生たちはやってくれた。そして、今もなお戦い続けてくれている」

最初の轟音のあともずっと、戦闘音は鳴り響いている。

「あちらに戦力が集中している間に、俺たちは俺たちの役目を果たすぞ！」

「「「「おう！」」」」

俺の掛け声に合わせて気合いのこもった声を響かせた新たち。

そして、俺たちは地下通路へ足を踏み入れた。

酷《ひど》く湿った床に、カビのような異臭が鼻を突く。

外と比べて僅《わず》かに暖かいものの、それが着込んだ体には不快でしかなく、動きにくさもあって上着を脱ぎ捨てる。

時折、魔法による攻撃だろうか、地面が大きく揺れることがあり、先生たちが無事であることを祈るばかりだ。

地下通路を進んでいると、鑑定スキルがもう少しで終点だと告げてくる。

「ここからは慎重に進もう」

俺の言葉に先頭から新、ユリア、円、俺を挟んで最後尾のグウェインが無言で頷く。

そう告げて間もなく、一直線に続いていた地下通路の先に上へと向かう階段が現れた。

一段、また一段と階段を上がっていき、しばらく進むと再び前へと進む通路が延びている。

しかし、そこは岩肌がむき出しだった先ほどまでの通路とは異なっていた。派手ではないにしても明らかに人の手が入れられた壁や床が視界に飛び込んでくる。

「……奥の扉の向こう、人がたくさん行き来している」

地下通路を抜けた先には扉が一つ存在している。

この扉を抜ければそこはもう王城の真っただ中になるのだが、扉の向こうから多くの人が行き来している足音が聞こえている。

この扉、実は向こう側からは存在がわからないようになっていた。

「どうしてこっちには誰も来ないのかしら」

「でっかい家具の裏に扉が隠されているみたいだな」

確かシュリーデン城のゴーゼフの部屋でも同じような場所に隠し通路が作られていたし、どこのお城も似たり寄ったりってことかも。

「中に入ったら俺たちは右に曲がる。一〇〇メトルほど進んだら二階に上がる階段が現れる」

俺は新たちにルートの説明を始めた。

二階に上がると正面の廊下の先に三階へ上がる階段が見えるので、そこへ向かう。

三階から四階へ向かうには少し複雑な経路になってしまうので、そこは俺が指示を出す予定だ。

「四階に上がってしまえば、あとは王の間へ向かう一直線の廊下だけになる」

「なるほど。なら、四階まで辿《たど》り着ければ、あとは神貫《かみぬき》との戦いに勝利するだけということだな」

「その前に扉の向こうにいる敵を倒さないといけないいんじゃないの？」

「ずっと騒々しい音が聞こえているんだけど、入れるのかな？」

「何か策はあるのかい、トウリ？」

策というか、これは完全に人任せな方法だ。

鑑定スキル、お前はどうしてこうも俺たちを待たせる方法を提示してくるんだ。

「……もう少ししたら、ひときわ大きな爆発音が先生たちの方から聞こえてくる。その時はマリア軍の主力のほとんどが城門に集まっているはずだから、俺たちは飛び出して四階まで最短ルートを駆け抜ける」

俺の説明を受けて、ゆっくりと口を開いたのは新だ。

「……なあ、真広。それはつまり、先生たちがピンチの時、ということになるのか？」

「あぁ、おそらくな」

「ねえ、それって大丈夫なわけ？」

「私たちの中から誰かが応援に向かってもいいんじゃないのかな？」

新たちが心配する気持ちはわかる。俺だってできれば駆けつけて助けてやりたい。

だが、それをすると勝利の確率がゼロになってしまうのだ。

「……先生たちを信じよう。俺たちは、俺たちのやるべきことを成すだけだ」

「僕もそれがいいと思う。アキガセさんだけじゃない。兵士長も一緒だし、ギルマスやディートリヒ様、アカギさんだっているんだからね」

「……そっか、そうだよね」

「……ごめん、桃李。私も信じるわ！」

「ありがとう、円、ユリア」

「動けないのはだいぶ歯痒《はがゆ》いが、それしかないか」

こうして俺たちは、扉の前で束の間《つかま》の休息を取ることしかできなくなった。

……頼む、先生、みんな。死なないでくれよ！

——時を僅かに遡《さかのぼ》り、決行日の深夜。

春香《はるか》たちは息を切らせながら、閉門時間ギリギリでロードグル国の王都であるロルフェストの門をくぐった。

「はぁ、はぁ、はぁ、はぁ……ギリギリでしたね」

春香の後ろにはディートリヒ、ライアン、ゴラッゾ、最後にフード付きの外套《がいとう》を目深に被《かぶ》った笑《え》奈《な》がいる。

「先生が前の都市で子供たちをさっさと引き剥《は》がさないからでしょ〜」

「そんなこと言われても……か、かわいそうじゃないのよ！」

ロルフェストへの到着が遅れた理由を笑奈に指摘され、春香は頬《ほお》を僅かに赤くしながらそう口にする。

街道沿いの都市に物資を届けていく中で、春香は最後の都市の子供たちとも僅かな時間ではあったが交流を深めていた。

そのおかげもあって子供たちからの信頼を掴み取ったのだが、今回はそれが裏目に出てしまった。

子供たちから都市を離れることを悲しまれ、出発時間が大きく後ろ倒しになってしまったのだ。

「いえ、あれは私の判断ミスです。間に合うはずだったのですが、まさか天候に邪魔されてしまうとは」

「ディートリヒ様のせいじゃないですよ〜！　誰のせいでもないかな〜！」

春香を庇《かば》うように口を挟んだのはディートリヒだったが、直後には笑奈が手のひらを返して誰のせいでもないと反論した。

彼が言う通り、春香たちは悪天候によって前日の移動で足止めを食らってしまったのだ。

「いえ、アカギ様。マヒロ様の指示通りに動いていればこうはならなかった。余裕があると判断した私の責任です」

「ディートリヒ様、誰の責任だとかを追及するのはあとにいたしましょう」

「そうだぜ！　俺たちがやるべきことはもう決まっているんだ。なら、さっさとおっぱじめた方がいいだろうよ！」

責任を感じていたディートリヒの肩を軽く叩《たた》きながらライアンがそう口にすると、ゴラッゾも豪快な笑みを浮かべながら力こぶを作ってみせる。

「ライアン様、ゴラッゾ様……はい、その通りです。きっと挽回してみせます！」

ディートリヒを先頭に、彼らは休む間もなく王都の中心にそびえたつ王城を目指して通りを進んでいく。

すでに約束の時間を過ぎており、自然と彼らの足取りは早くなる。

そして、目の前に城門が見えてくると、夜中ということもあり住民の姿はなく、見張りの兵士しか立っていない。

「私からやらせていただきます」

ディートリヒはそう口にしながらバナナを頬張り魔力を倍にすると——立ち止まることなく彼を中心として突風を吹き荒れさせた。

「な、なんだあれは！」

「街中で魔法だと!?」

慌てふためく兵士の声を耳にしながらも、ディートリヒは気にすることなく魔法を解き放つ。

「吹き飛ばしてしまいなさい――ウインドブレス！」

両手を城門へ突き出したのと同時に風がディートリヒに収束し、そのまま前方めがけて渦を巻きながら突っ込んでいく。

驚愕《きょうがく》の表情を浮かべた兵士が敵襲を知らせる鐘を鳴らそうとしたのだが時すでに遅く――


――ドゴオオオオオオオオォォォォォン！


ウインドブレスが城門を一撃で破壊してしまった。

その余波で兵士たちは城門の内側へ吹き飛ばされてしまったものの、鐘を鳴らす手間はなくなっていた。

「さあ、ここからが私たちの正念場となります！」

「真広君たちが神貫君たちを助けるまで耐えるんですね！」

「私は来る敵をぶっ飛ばすだけだけどね～」

「私たちもやるぞ、ゴラッゾ！」

「てめぇに言われなくてもやってやるよ！」

城門の破壊から間もなく、王城から大量の兵士や騎士が押し寄せてきた。

数十、数百はいるだろう敵を前にして、ディートリヒたちはたったの五人。

傍《はた》から見れば勝敗は明確であり、圧倒的不利な立場の人間は逃げてしまうのが当然だろう。

だが、彼らに逃げるという選択肢はもとより存在していない。

「次は私が――サンダーレイン！」

破壊された城門へ殺到する敵めがけて、今度は春香の魔法が降り注ぐ。

「ぐばばばばっ!?」

「ぴぎゃっ!?」

細く、無数に展開された稲妻が敵兵を一人、また一人と打ち抜いていく。

「くっ！　魔導師がいるぞ、上空と正面に防御魔法を展開しろ！」

そう指示を出したのは、敵兵の中にあって純白の鎧《よろい》を身にまとった壮年の騎士だった。

城門を破壊した魔法と、空から降り注ぐ魔法を警戒しての指示だったのだろうが、すでに春香の仕込みは終わっていた。

「エリアブレイク！」

「絶対に防げよ――よよおごごごがっ!?」

悲鳴をあげたのは壮年の騎士だけではなく、彼の周りにいた敵兵からも似たような声が響き渡っている。

続けざまに発動させたエリアブレイクは正面ではなく、上空でもなく、サンダーレインが突き刺さっている地面から彼らに襲い掛かっていた。

突き刺さったサンダーレインが囲っている場所に強力な電流が放出され、打たれなかった者たちをまとめて攻撃していく。

初動で飛び出してきただろう敵兵たちが完全に無力化されたのを見て足を止めた後続の者たちは、

破壊された城門の前に立つ五人に対して恐怖の感情を湧き上がらせていた。

「――何をしているの！」

このまま誰も動かないのかと思っていた矢先、敵兵の中から女性の声が響き渡ってきた。

その声に笑奈はため息を漏らし、春香はハッとした表情を浮かべる。

「つたく、こんなところまで出てくるなっての～」

「今の声は、まさか！」

敵兵が左右に割れていき、その先から姿を見せたのは、二人がよく知る人物だった。

「まったく。どうして赤城《あかぎ》さんがそっちにいるのかしら？　それに先生まで」

「色々あったのよ～、ぬ～き～た～」

「貫田《ぬきた》さん、無事だったのね！」

姿を見せたのは一緒に勇者召喚されたクラスメイトの一人、貫田火倫《かりん》だった。

「先生たちは戦いに来たんじゃないわ、あなたたちを助けに来たのよ！」

「助けにですって？　……この状況で？」

火倫は呆《あき》れたように呟《つぶや》きながら、目の前に広がる倒れた者たちに視線を向けた。

「これは仕方がなかったのよ。貫田さんは、マリア・シュリーデンに騙《だま》されているのよ！」

「騙されている、ねぇ。赤城さんもそう思ったからそっち側に寝返ったわけ？」

春香との会話を途中で終わらせた火倫は、その視線を笑奈に向ける。

「さぁね～。私がどっちにつこうと、私の勝手でしょ～」

「確かにその通りね。でも、その理屈なら私がどっちにつこうとも、私の勝手ってことですよね、先生？」

そう口にした火倫が右手に持っていた真紅《しんく》の杖《つえ》を振り上げると、彼女の周囲に無数の火の玉が顕現した。

「貫田さん！」

「私はねえ、先生！　家と学校の行き来しかしない毎日に飽き飽きしていたのよ！　そんな時にあり得ないことが起きて、こうして力を手に入れた！　なら、力を試さない手はないですよねえ！」

そう口にした火倫が再び手に持つ杖を掲げると、先端の紅玉が強烈な光を放つと共に、真っ赤に燃える炎が顕現した。

「紅蓮《ぐれん》の業火——インフェルノ！」

鉄を一瞬で溶かしてしまう紅蓮の業火が放たれると、周囲の温度が一気に上昇する。

「セイントウォール！」

インフェルノが放たれたと同時にディートリヒがセイントウォールを発動させる。

業火と光の壁がぶつかり合い、衝撃で周囲の外壁が破壊されると、そのままの勢いで石材の塊が吹き飛ばされていく。

周りにいた敵兵は巻き込まれないようにと物陰に隠れていたが、それすらも破壊してしまうものだから相手には大きな被害が出てしまう。

「貫田さん！　やめて、犠牲が増えるだけだわ！」

「こいつらなんてただの数合わせなのよ！　私が、私たちがいれば何も問題はないわ！　先生たちだって、私がぶち殺してやるんだから！」

春香の制止には耳を貸さず、火倫は魔法を行使し続ける。——貫田火倫という女性生徒は、比較的おとなしい性格の女の子だと周りから勝手に思われていた。

趣味は読書で、桃李や新とは違い文学小説を好んで読んでいる。

声を掛けられれば会話をするが、自分から積極的に誰かへ話し掛けることはしない。

窓際の一番後ろの席で一人黙々と本を読む、彼女はそんな生徒だった。

「あはははっ！　燃えろ！　燃えろ、燃えろ！　燃えろ燃えろ燃えろ燃えろおおおおっ‼」

だが、彼女は変わってしまっていた。

今までの自分を忘れてしまったかのように、もしくはこれが本来の自分だと主張するかのように、火倫は獰猛《どうもう》な笑みを浮かべながら鉄をも溶かす業火を放つ。

「……な～んか、おかしいのよね～」

ディートリヒと火倫の魔法による攻防を眺めながら、笑奈は思案顔だった。

「どうしたの、赤城さん？」

「私も貫田のことを知っているって言える立場じゃないけどさ～……日本にいた頃とあまりに変わりすぎてないかな～、って思ってね～」

「まさか、魔眼で操られていると言いたいの？」

「でも、魔眼で操られている奴の態度じゃないんだよね～。ほら、普通に会話してたでしょ～？」

魔眼で操られている人間は、自分の意思など持たない人形に変わり果ててしまう。

それを笑奈は嫌というほど見せつけられており、春香もシュリーデン国との戦争で操られていたクラスメイトを目の当たりにしている。

「……まさか、魔眼の力が進化しているとか？」

「そんな！」

笑奈の言葉に春香が驚愕し、その視線を火倫へ向ける。

「いや、あくまで私の予想だからね〜？　本当かどうかはわからないよ〜？」

そう口にしながら、笑奈だけでなく春香もこの場に桃李がいないことに歯噛《はが》みしてしまう。

桃李がいれば鑑定スキルで火倫の状態を確認できた、そう思えてならない。

「……ライアン様、ゴラッゾ様、後方の敵をお願いできますか？」

さらにこのタイミングで火倫の魔法に巻き込まれないよう移動していた敵兵の別動隊が、春香たちの背後に回り込んでおり、それに気づいたディートリヒが指示を出す。

「ようやく俺たちの出番か！」

「なるべく殺すなよ、ゴラッゾ」

「知らねえなあ！　こちとら命の取り合いをしてるんだ、相手のことなんざあ考えていられるかっての！」

「こちらはお任せします、アキガセ様、アカギ様！」

ゴラッゾが大剣を構えて飛び出していき、続いてライアンも追いかけていく。

残された春香はどうするべきか悩んでおり、それを見た笑奈は小さくため息をついた。

「私がぶっ飛ばしてこようか〜？」

「それはダメ！」

「ならどうするつもりなのかしら〜？　私はディートリヒ様がピンチになるようなら、貫田のことなんてど〜でもいいんだけど〜？」

後頭部に両手を回してそう口にした笑奈は、早く決めろと言わんばかりに春香を睨《にら》みつける。

彼女なら本当に殺してしまいかねないと思っていた春香は、手にしていた杖をギュッと握りしめ、覚悟を決めた。

「……それなら、私が貫田さんと戦うわ！」

「アキガセ様、殺さずに制圧する策が、あるのですか？」

「……いいえ、ありません。でも、なんとかしてみせます！」

「なんとかなるのかしらね〜」

セイントウォールを展開し続けているディートリヒの問い掛けに首を横に振った春香を見て、笑奈は呆れたように肩を竦《すく》める。

その様子を見てディートリヒは、正面を見たまま一つの提案を口にした。

「……私に、一つの策がございます」

「本当ですか、ディートリヒ様？」

「はい。ですが、確実なものではございません。もしかすると、彼女が大怪我《おおけが》を負う可能性もございます。それでもお聞きになりますか？」

春香が生徒たちを助けたいと強く思っていることを、ディートリヒも知っている。

しかし、桃李がこの場にいない現状ですべてを完璧にこなすことはできないことも理解しており、さらに言えばディートリヒにとっての絶対に成さなければならないことと、春香が絶対に成したいと思っていることは異なっている。

それぞれの想いを天秤《てんびん》にかけ、そのうえでディートリヒは一つの提案を用意したのだ。

「……聞かせてください！」

「わかりました、作戦はこうです――」

そうしてディートリヒから口にされた作戦を受けて、春香は大きく頷いた。

「……本当に、この方法でいいんですか？」

「構いません。これが、私の成すべきことですから」

「ディートリヒ様のためなら～、私も頑張っちゃいますね～！」

「頼りにしていますよ、アカギ様」

「まっかせってくっださ～い！」

ディートリヒの言葉に満面の笑みを浮かべた笑奈は、肩をぐるぐる回しながら前に出ていく。

「あ、あの赤城が、笑ってる？　あの人、何者なの？」

笑奈の笑みは単純にディートリヒに惚《ほ》れているだけなのだが、そうとは知らない火倫は驚きを通り越して恐怖を覚えていた。

「……絶対に、負けられない！」

「あぁ～……あんたの相手は私じゃないから安心しなさ～い」

火倫に聞こえたかどうかはわからないほどの小声で呟くと、笑奈は地面を蹴りつけてその場から一瞬にして姿を消してしまう。

直後、火倫の背後に集まり始めていた敵兵が大きく弾《はじ》け飛んだ。

「んなあっ!?」

「あっはは〜！　やっぱりぶっ飛ばすのは楽しいわね〜！」

何十人も集まっていた敵兵のど真ん中に突っ込んでいった笑奈は、恍惚《こうこつ》の表情を浮かべながら殴りつけ、蹴り飛ばし、ぶん投げる。

敵兵からすれば悪魔に見えただろう笑奈の姿に、火倫は焦りを覚えてしまう。

（どっちからやるべきなの？　目の前の魔導師？　それとも赤城？　でも、私に赤城が倒せる？）

この一瞬の焦りが、拮抗《きっこう》していたインフェルノとセイントウォールの攻防に決着をつけた。

「――――！　一気に押し返しますよ、アキガセ様！」

「しまった!?」

インフェルノの押し込みが弱まったと見るや、倍になった膨大な魔力を注ぎ込んで一気に押し返し始める。

異世界に来て初めて魔法勝負で押し返された火倫はさらに焦り、どうするべきか判断を誤ってしまう。

「ま、魔力を注ぎ込めば、まだ！」

魔力を注げば確かに威力は大きくなる。

しかし、魔力を注げば注ぐほど魔力操作は繊細になり、注ぎ方を間違えれば魔法が消滅、最悪の場合には暴発する危険性をはらんでいた。

「……ダメ、押し込まれ――えっ？」

そして、火倫は注ぎ方を間違えた。

自分では御しきれなくなったインフェルノの火力が突如として一気に膨れ上がる。

熱気が自分にも吹き荒れ、汗が止まらない。

「くっ！　ダメ、お願い、止まってよ！」

火倫の願いもむなしく、インフェルノの火力は際限なく増幅を続けていき、ついには彼女の視界を真っ赤に染めてしまうほどに膨れ上がってしまった。

「……あっ、ダメだ。私、死んだ」

絶望が彼女の心を飲み込み、死を覚悟させた。

「――セイントウォール最大出力！」

その時、火倫の目の前に美しい純白の光の壁が顕現した。そして――

――ドゴオオオオオオオォォォォン！

無理やりに魔力を注ぎ込まれ続けたインフェルノが暴発し、周囲を巻き込んだ大爆発が起きてしまった。

当然、目の前に立っていた火倫も巻き添えの例外ではない。

しかし、ディートリヒのセイントウォールが大爆発を完全に防ぎ切り、彼女は口を開けたまま呆《ぼう》然《ぜん》と立ち尽くしていた。

「……なんで、どうして？」

火倫の呟きは当然のものだろう。

彼女は彼らを殺そうとしていた。先ほどまで魔法と魔法で拮抗した戦いを繰り広げていた。

それにもかかわらず、ディートリヒは自らの魔力を総動員し、すぐには立ち上がれないほどのダメージを負ってまで火倫を助けたのだ。

「はぁ、はぁ、はぁ、はぁ……くっ！」

膝を折り両手を地面についていたディートリヒへと駆け寄る春香。

「ディートリヒ様！」

「……はは……あなた、バカじゃないの？　敵に塩を送って、自分が苦境に立つなんてね！」

呆然としていた火倫は徐々に笑みを刻み、苦しんでいるディートリヒを見下ろしながら、残り少ない魔力を総動員して止《とど》めの魔法を発動しようとした。

この時の火倫は焦りと、絶望と、呆然と、あらゆる感情が短い間に立て続けに湧いていたことで精神が大きく疲弊していた。

直後――火倫の体が震え始めた。

「……あ……あぁぁ……嫌だ……戦いたく、ないのに……」

「ぬ、貫田さん？」

火倫の呻《うめ》きが聞こえた春香が問い掛けると、彼女は焦点の合わない瞳を向けた。

「せ、先生……嫌だ……助け、て！」

「貫田さん！」

火倫は魔眼の影響下にあった。それも、マリアがロードグル国を手中に収める以前から。

長期にわたり魔眼の影響を受けていた火倫は、単なる操り人形から感情を与えられた人形に変わり果てていた。

それも、火倫の性格を模倣し、戦闘を楽しむという感情を持った操り人形に。

「い、嫌ああああああぁぁぁぁぁあああぁぁぁ!!」

精神を酷く疲弊させ、さらに感情を大きく揺さぶられた結果、魔眼による支配が弱まった。

しかし、支配が弱まったことが契機となり、魔眼による支配が暴走してしまった。

戦闘を楽しむ感情が前面に押し出され、火倫の魔力を限界まで使い魔法が展開されていく。

「ま、マズいです！　限界まで魔力を絞り出した魔力枯渇は、命にかかわりますよ！」

火倫が展開した魔法の数を見て、ディートリヒが叫ぶ。

すでに火倫の意識はない。

このままでは確実に火倫は命を落とすことになるだろう。

「……そんなこと、絶対にさせないわ！」

立ち上がった春香がそう口にすると、暴走する火倫を見据えながら魔法を展開させていく。

「意識を強く持ちなさい、貫田さん！　本来の自分を思い出すんです！」

言葉が届いている保証はどこにもない。もしかすると無意味だったかもしれない。

それでも春香が言葉にしたのは、火倫の助けを求める声が届いたからだ。

「あなたの魔法を、私の魔法で上書きします！　トール・フレイム・ハンマー、展開！」

展開されたのは、春香が扱える最強の攻撃力を誇る魔法だった。

自らの雷魔法だけでなく、火魔法を融合させて放つことができるトール・フレイム・ハンマー。

しかし春香には、この魔法を使うには一つ欠点がある。

それは——春香の火魔法のスキルレベルが足りていないということ。

扱うことはできても自分一人では放てない魔法を、春香は火倫が展開している魔法の主導権を奪い取って発動させようとしていた。

「ぐあっ！　……が、頑張って、貫田さん……あなたならきっと、自分を取り戻せるから！」

比較的おとなしい女の子で、毎朝花瓶の水を人知れず替えてくれる優しい心根の持ち主だった。

春香が本の話題を振ると、笑顔で好きな本の内容を語ってくれる読書家だった。

自分から話し掛けることは少ないが、大事なことははっきりと口にしてくれる気持ちの強い人物だった。

「私はあなたを知っているわ！　優しくて、読書家で、強い心を持つ女の子だって！」

春香が諦めず声を掛け続けていると、火倫の震えが止まった。

「……せ、先生」

「貫田さん！」

「……怖い、怖いよぉ、先生」

「私が必ず助けるわ！　だから貫田さん、魔眼の力になんか負けちゃダメよ！」

涙を流しながら助けを求める火倫を見て、春香はさらに魔法の主導権を奪っていく。

「あああああぁぁあああぁぁっ!?」

「もう少し……もう少しよ、貫田さん！」

「……う、うん……頑張るよ、先生！」

春香は魔法の主導権を奪い、火倫は自分を取り戻そうと心を強く持ち続ける。

徐々に火倫が展開している魔法の数が減っていく。

魔力が枯渇したわけではない、彼女が自分の意思を取り戻しつつあるのだ。

「……よし。いくわよ、貫田さん！」

「信じてます、先生！」

「吹き飛びなさい――トール・フレイム・ハンマー発動!!」

春香がトール・フレイム・ハンマーを解放した直後、彼女の頭上に巨大な魔法陣が展開される。

バチバチと雷が弾けるだけでなく、灼熱の炎が魔法陣の周囲に浮かんでは消えていく。

魔法を行使している春香への負荷も多大なものになっているが、それでも生徒を助けるために歯を食いしばり、噴き出す汗を体に張り付かせながら――解き放った。


――ドゴオオオオオオオォォォォォオオオオォォォンッ!!


放たれたトール・フレイム・ハンマーは太く、長大な雷光の周りに紅蓮の業火を這《は》わせながら、天高く昇っていく。

まるで一匹の光り輝く龍が空へと昇っていくような光景に、その場にいる全員の視線がトール・フレイム・ハンマーに向いていた。

「貫田さん！」

魔法の規模も、美しい光景も、春香には関係なかった。

彼女が見ていたのはよろめき、そのまま倒れていく火倫の姿だけだ。

自分も苦しいはずだが、春香は構わず駆け出して火倫を受け止めた。

「大丈夫？　貫田さん！」

「……大丈夫、です。先生」

春香の腕の中で目を開けた火倫は、自然な笑みを浮かべながらそう答えた。

「あとは私たちに任せて、あなたはゆっくりと休んでいなさい」

「……はい。助けてくれて、ありがとうございます、先生」

そう口にした火倫は再び目を閉じた。

その表情は晴れやかであり、彼女が魔眼に打ち勝ったことを物語っていた。

「お疲れ様です、アキガセ様」

火倫を抱き支えている春香へディートリヒが声を掛けた。

「ディートリヒ様のおかげです、本当にありがとうございました」

「私は何もしていませんよ。アキガセ様と、ヌキタ様の心の強さが手繰り寄せた結果です」

ディートリヒがそう口にしながら周りに視線を向けると、ほとんどの敵兵が戦意を喪失している。

火倫の敗北はそれだけ衝撃的であり、笑奈の無双っぷりも戦意喪失に拍車を掛けていた。

「もうひと踏ん張りです。頑張りましょう、アキガセ様！」

「はい！」

春香とディートリヒは背中合わせになると、お互いに支え合いながら魔法を展開し始めた。

「……私のライバルは先生ってこと～？　よ～し、もっと活躍する姿をディートリヒ様に見せつけなきゃね～！」

何を勘違いしたのか、笑奈はさらに加速して敵兵をぶっ飛ばしていく。ライアンやゴラッゾも思う存分に剣を振るい敵兵を斬り捨て、城門前は完全に彼らが制圧することとなった。

――こうして、城門前の攻防は春香たちに軍配が上がり、幕を閉じていくのだった。

――ドゴオオオオオオオォォォォン！

「今だ！」

地面を揺るがすほどの轟音が遠くの方から鳴り響いてきた。

俺たちはその音に合わせて扉をぶち破り、人が行き来していただろう廊下へ出る。

だが、すでにそこには誰もおらず、全員が鑑定の通りに右に曲がって駆け出した。

「あの階段だ！」

先頭を進む新に指示を出しながら、俺たちは二階に続く階段を駆け上がる。

上がった先の廊下を一直線に突き進むと、曲がり角から飛び出してきた数名の敵兵と遭遇してしまった。

「な、何者だ！」

「やっちまえ、あら――」

「私が行くわね！」

「ちょっ！　ユリア!?」

敵兵と距離の近い新に指示を出そうとしたのだが、その後ろを走っていたユリアが前に出る。

数は五人、全員がすでに抜剣しており臨戦態勢に入っていた。

「敵だ！」

「はあああっ！」

一人が構えた盾の上から拳を振り抜いたユリア。

敵兵は攻撃を防いだあとのカウンターを想定していたのか、拳がぶつかる間際に剣を持つ右腕を振り上げていた。

相手は女性であり、子供だ。力負けするなど微塵《みじん》も思っていなかっただろう。だが――

「ぬおおおおぉぉっ!?」

拳を受け止めた敵兵の両足は床から離れ、一直線に後方へ吹き飛んでいく。

「「「はあっ!?」」」

驚愕したのは残る四人の敵兵も同じだった。

驚きの声をあげ、完全に隙《すき》を見せている。

「終わりだ！」

そこへ村雨を抜き放った新が間合いを詰めていく。

その鋭い太刀筋を見極められた者がこの場にいただろうか。

「……峰打ちだ」

新がそう口にすると同時に、四人の敵兵が同時にバタリと倒れてしまった。

「……ま、全く見えなかった」

「すごいね、アラタは。あの一瞬で四太刀も入れたのか」

「ぐ、グウェインは見えたのか!?」

「ギリギリね。まあ、目で追うのがやっとだったけどさ」

いやいや、俺からしたら目で追えているだけでもすごいんだが。

「ちょっと、新！　私の相手を取らないでよね！」

「今はそんなことを言っている場合じゃないだろう」

「そうだよ、ユリアちゃん。急ごう、桃李君」

「あぁ、そうだな」

「……ぶー」

不満なのか、ユリアは頬を膨らませながら抗議の意を示している。

……いやマジで、ユリアは血の気が多すぎだろう。

そんなことを考えながら俺は廊下を走り抜け、突き当たりにある三階へと続く階段を駆け上がっていく。

「うわっ！　なんだい、この廊下は」

驚きの声を漏らしたのはグウェインで、他の面々も三階の造りに唖然《あぜん》としている様子だ。

「三階は敵を欺くために作られたようなものだからな。曲がりくねっていて、なかなか面倒くさい階層だよ」

「私たちみたいにこっそり忍び込んだ奴からしたら、最悪の階層ってことね」

間違った経路を進んでしまうと行き止まりや、ばったり敵兵と鉢合わせなんてこともあり得る。

そんなの、潜入した側からすると最悪の展開だ。

今回は多くの敵兵が城門の方へ向かっているものの、万が一に備えて三階に留《とど》まっている者も少なくない。

「まあ、俺には全く関係ないことだけどな。こっちだ、ついてきてくれ」

俺には鑑定士【神眼】による道案内が備わっている。

新に代わって先頭に立ち、複雑な経路を間違うことなく右へ、左へ進んでいく。

時折立ち止まっては隠れて敵兵をやり過ごし、再び走り出す。

そうして三階では一度も敵兵に見つかることなく、さらに行き止まりにぶつかることもなく、あっという間に四階へ上がる階段を見つけることができた。

しかし、ここで鑑定には表示されなかった、まさかの事態と遭遇することになってしまう。

「――なんだ、真広じゃねえかあ！」

「……なんでお前たちがここにいるんだ、土門《どもん》？」

現状、一番会いたくない奴らに遭遇してしまった。

生徒会長以外でマリア軍に従軍していたクラスメイトの四人中、三人。

逞《たくま》しい二の腕を晒《さら》してニヤついている男子、土門鉄也《てつや》。

前髪で目元が隠れている小柄な女子、渡辺忍《わたなべしのぶ》。

シュッとした見た目に大量の武器を腰にさげた男子、小田春樹《おだはるき》。

まさか三人も一緒になって行動しているとは思わなかった。

不幸中の幸いは、四人目の貫田火倫がいないことだろうか。

「なんと、真広殿ですと？」

「生きていたとは驚きですね」

土門に続いて渡辺、小田が口を開く。

……なんだろう、渡辺の言葉遣いがどことなくおかしいように感じるんだが、気のせいだろうか。

「それに、追放された奴らのオンパレードじゃねえか！」

「だけど、先生はいないようですな」

「その代わりにいるのが新なんだろう。それに、知らない顔もいるようだ」

ここでも渡辺だけがおかしな言葉遣いで、土門と小田は普段通りに話している。

「……渡辺。お前、なんかおかしくないか？」

「むっ、何を言うでござるか」

……ご、ござる？

「拙者はいたって普通でござるよ、真広殿」

「いや、殿ってなんだよ、殿って」

「気にしない方がいいぜ。こいつのこれは、職業柄だ」

「おい、鉄也。敵にむやみに情報を与えるものじゃないぞ」

職業柄って、どういうことだ？　与えられた職業で人格まで変わるってことか？

「新たちも何か人格に変化ってあったのか？」

「いや、俺はそんな覚えはないな」

「私もなーい」

「私もないかな」

渡辺だけが職業に強い影響を受けているということだろうか。

「鑑定、三人のステータス」

俺は即座に三人のステータスを確認してみた。

すると、渡辺の職業を見て先ほどの変な言葉遣いの理由がわかった気がした。

「職業、隠密頭《シャドウ》か」

ちょっと昔の時代っぽい喋《しゃべ》り方だけでなく、あとから出てきた語尾の『ござる』はそういうことかと勝手に納得してしまう。

とはいえ、土門が鋼鉄人《メタルマン》で、小田が多彩武器《ウェポンマスター》ということで、隠密頭《シャドウ》よりは人格に変化は出そうもないなと思ってしまう。

「ほほう？　拙者の職業を言い当てるとは、何をしたでござるか？」

「真広は確か鑑定士だったよな？」

「あぁ、初級職のな」

「それなら単純に、俺たちを鑑定したってだけの話だろう？」

「上級職の僕たちを鑑定？　……どうやら、スキルレベルだけは高いみたいですね」

高いというか、カンストしているというか。そもそも初級職ではないというか。

訂正したいことは山ほどあるが、あえて情報を与える必要もないので黙っておくか。

「そこを通してもらおうか、小田」

そう口にしながら前に出たのは新だった。

「僕たちがそう簡単にここを通すとでも思っているのですか？」

「通してくれれば痛い目に遭わずに済むということだ」

「あぁん？　てめぇ、俺たちが負けるとでも言いたげじゃねぇか。自分たちが特級職だからって舐《な》めてんのかぁ？」

「くくく、拙者どもの実力を知らないからそんなことが言えるでござるよ」

三人の能力値はステータスを鑑定した時に確認できている。

事前に赤城から聞いていたように、土門たちのレベルは全員が40台だった。

土門がレベル45、渡辺が43、小田が48と最も高い。

職業を見ての勝手なイメージだが、土門は防御型、渡辺は諜報《ちょうほう》型、小田は攻撃型ではないかと思っている。

だからこそレベルも攻撃型の小田が最も高く、次いで防御型の土門、諜報型の渡辺と続いているのではないだろうか。

俺の推測が正しければ、最も警戒すべきは——こっそりと行動できる渡辺かもしれない。

「みんな、渡辺の動きには要注意で頼む」

「あぁん？　てめぇ、マジで俺たちを舐めてやがるな？」

「それも初級職の桃李がとはね、驚きですよ」

俺の言葉に土門と小田が明らかな敵意をむき出しにする。

殺気を隠すこともなく俺に向けており、背中にじっとりと汗をかいてしまう。

「くくく、拙者を警戒するでござるか？　まあ、良い選択でござるよ」

「……ねえ、忍。その言葉遣い、全く似合ってないけど大丈夫なの？」

「な、なんですと!?」

「私もそう思うな。忍ちゃん、せっかく可愛《かわい》いのに勿体《もったい》ないよ」

「か、かわっ！　かわわわわ、可愛いですって!?」

俺が警戒するよう伝えたからなのか、急にユリアと円から渡辺に対しての口撃が始まった。

ユリアが貶《けな》したかと思えば、一転して円は褒《ほ》め殺す。

下げて上げられた結果なのか、渡辺は顔を真っ赤にしてテンパってしまった。

「しっかりしろ、忍！」

「んだよ、てめぇ。褒められ慣れてねぇのか？」

「そ、そんなことはない！　ただ……可愛いは、言われたことが、ない」

おや？　先ほどまでの忍者風な話し方ではなく、俺が記憶に残っている渡辺の話し方に戻っているな。

「なんだ、普通に喋れるじゃないか」

「はっ！　……い、言われたことがないでござる！」

何故《なにゆえ》にわざわざ言い直す必要がある！

「……お前もしかして、キャラを作っているのか？」

「ギクッ!?」

「そんなはっきり口に出して言うことかな、ギクッて」

こいつ、もしかして隠れラノベ好きなんじゃないだろうか。

だから異世界にやってきて自分の職業が隠密頭《シャドウ》だとわかった時点で、そのキャラになり切ろうと思ったに違いない。

「なんだ、そうだったのか？」

「んだよ、面倒くせぇなぁ」

「う、ううう、うるさいなあ！　い、いいじゃない、のよ！」

そうそう、少しつっかえた感じの話し方、これが渡辺だよな。

「うんうん、やっぱり忍はこの話し方だわ！」

「可愛いよ、忍ちゃん！」

「ふひっ！　……か、可愛く、ないもん」

「『もうそれが可愛い！』」

「ぶぎゃあああっ!?」

なんだろう。戦いが始まる前に、何かが決着したような気がする。

「ったく、面倒くせぇなあ！」

「惑わさないでもらおうか！」

「やらせないよ！」

「はあっ！」

そんなことを考えていると、いきなり土門と小田が突っ込んできた。

迎撃に出たのはグウェインと新だ。

「俺様の相手はてめぇか、現地人！」

「悪いけど、トウリを守るのが僕の仕事なんでね！」

鋭い横薙《よこな》ぎからの連撃を土門に浴びせたグウェイン。

「――くっ！　硬い！」

しかし、確かに捉えたはずのグウェインの直剣からは、金属同士がぶつかったような甲高い音が響いてきた。

「はっ！　効かねえなあ！」

そう口にした土門の体はいつの間にか鉛色に変化しており、職業名の通りに体を鋼鉄へと変化させていた。

「オラオラ！　どうした現地人！」

土門は鉄壁の防御を活かしてノーガードの殴り合いを決行した。

だが、グウェインも直剣を巧みに操り真正面から受けるのではなく拳を受け流し、能力値の中で最も高い速さを活かして一撃も貰《もら》わず回避する。

「てめえ！　逃げてんじゃねえぞ！」

「そう言うなら、君も鋼鉄化を解いて僕と正々堂々戦ったらどうだい？」

「これが俺様の正々堂々だ、コラア！」

「なら、僕の正々堂々は今のスタイルだよ」

上級職と中級職の戦闘ではあるが、余裕をもって戦えているのはグウェインの方だろうか。

攻撃が当たらない土門は頭に血が上っており、冷静さを欠いているように見える。

どちらも決め手を欠いているのは間違いないが、負けることはなさそうだ。

職業のクラス差がある中でここまで優位に戦いを運べているのであれば、とりあえずは一安心だな。

そのまま視線を新と小田の方へ向けると、そこでは予想外の光景が広がっていた。

「いくら特級職とはいっても、僕に勝てると思っているのかい？　僕は、多彩武器《ウェポンマスター》なんだよ！」

小田は両手に剣と短槍《たんそう》を持っている。それだけならまだいい、片手に一つの武器を持っているだけだからな。

だが、その周りの光景が予想外なのだ。

「僕はこの世に存在するありとあらゆる武器を操ることができる！　そう、こんな風にね！」

「ちっ！　なんて面倒な相手なんだ！」

「ほらほらほらほら！　無数の武器に切り刻まれるぞ、新！」

「なんで、武器が勝手に、動き回るんだ！」

彼の言葉通り、剣やらナイフやら、武器と呼ばれるありとあらゆるものが小田の周囲を旋回しており、タイミングを見て新へ襲い掛かっていく。

無数の武器の攻撃は止《や》むことがなく、その隙間を抜けて小田に接近することも容易ではない。

現状、新は防戦一方となっており、小田へ一撃を与えることすらできない状況になっていた。

「このまま終わりにしてしまおうか、新！」

「くそっ、時間がないというのに！」

城門の方では先生たちが今もなお戦闘を続けているはずだ。

俺たちが遅くなればなるほど、あちらの戦況は劣勢になるに違いない。

何せ俺たちは敵国のど真ん中にいるのだ。増援の期待ができないのに、相手はそれが容易に可能なのだから。

「――セイントアロー！」

そんなことを考えていると、聞き慣れた声が廊下に響き渡り、光り輝く無数の光の矢が小田の武器へと襲い掛かった。

「この声は――円！」

円の魔法は新を包囲せんと旋回していた小田の武器を次々に撃ち抜き、あっという間に後方へ押し戻してしまう。

「助かった、八千代《やちよ》」

「小田君の相手は私に任せて、新君」

「女子をいたぶるのは好きじゃないんだ。引いてくれないか、円？」

新と入れ替わるようにして前に出てきた円に対して、小田は余裕の笑みを浮かべながらそう口にする。

「引くわけにはいかないわ。小田君たちこそ、戦うのをやめてくれないかな？」

「それは無理ですね。僕たちはマリア様を守るため、ここにいるんだよ」

「どうして？　その人は私たちをバラバラにした張本人なんだよ？　他のみんなは今のシュリーデン国や、アデルリード国で仲良く暮らしているわ。小田君たちも仲直りして、みんなで一緒に仲良く暮らそう――」

「その人だって？」

小田を説得しようと円が言葉を尽くしていたが、それを遮るようにして彼の低く重い声が廊下に響いた。

「訂正しろよ、円。お前、マリア様のことを、その人なんて言い方したのか？」

「……ど、どうしたの、小田君？」

「答えろよ、円！　マリア様のことをその人だなんて、どの口が言ったんだ？　その口かあっ！」

先ほどまで冷静そうに見えていた小田が、突如として鬼の形相となり怒鳴り声をあげた。

こいつ、どうしたんだ？　鑑定では状態異常に罹《かか》っていなかったはずなんだが。

「おっと、桃李。言っておくが、鑑定なんてしなくてもいいぞ。僕は状態異常になんて罹っていないからね」

「なら、いったいどうして――」

「どうしてだって？　君、わからないのか？　マリア様の素晴らしさが！　美しさが！」

……なるほど。単純に心酔しているってことか。

だが、さすがに不憫《ふびん》というかなんというか。

言ってしまえば小田は単なる上級職だ。

マリアの隣には常に特級職の生徒会長がいて、小田が彼女と並び立つことはないだろう。

それにもかかわらずマリアに心酔し、届くことのない敬愛を注ぎ続けているということなんだからな。

「で、でも、マリアさんの隣には神貫君が――」

「光也《こうや》ああああ！　そうだ、マリア様の隣にはいつも光也が立っているうううう！　あの場所には僕がふさわしいというのにいいいいい！」

うおっ!?　い、いきなり髪をかきむしるのはやめてくれ、驚くから！

「はあ、はあ、はあ、はあ……ふぅ、取り乱してしまったな」

冷静になるの早いな！

「とにかく、僕はお前たちを倒してマリア様へ報告しなければならない。そう、光也なんかよりも僕の方が役に立つと証明しなければならないんだ！」

これだけ心酔しているというのに、立ち位置が生徒会長だけじゃなく、赤城にまで負けていたとはなぁ。……小田の想い、一生報われないような気がしてきたな。

「八千代、ここは二人で小田を倒すぞ」

小田の異常な態度を見た新が円にそう告げたが、彼女は首を横に振り口を開いた。

「ううん、新君。あなたは桃李君と一緒に先へ行って」

「だが、今の小田は異常だぞ？　何をしてくるかもわからんぞ」

「そうだけど、城門で戦っている先生たちもいるし、何より神貫君を助けたいと一番思っているのは新君でしょ？」

シュリーデン城で新と再会した時、こいつは生徒会長ではなく俺を選んでくれた。

だが、それは生徒会長と縁を切ったわけではない。

今でも新と生徒会長は友達であり、心配していないわけではないのだ。

だからこそ赤城が協力を約束してくれたあの日、生徒会長を助けるなら早くした方がいいと言った時も、最初に口を開いたのは新だった。

「……行こう、新」

「真広、だが……」

「新君は私のことが信用できない？」

俺の言葉にも迷っていた新を見て、円がそう口にしながら魔法を発動させた。

それは小田への攻撃ではなく、新に自分の今の力を見せつけるための魔法だった。

「……な、なんだ、これは？」

「……円、お前、こんなことまでできるようになっていたのか？」

円が発動した魔法は、単に自分の周りに魔法を展開しているだけのもので、それだけなら下級の魔導師職でもできただろう。

しかし、俺たちが驚いたのはそこではなく、その数だった。

一つの魔法だけではなく、一度に一〇の魔法を展開してその場に留めていたのだ。

「私なら小田君の攻撃に対処できるし、押し切ることもできる。信じて、新君」

「……これだけの力を見せつけられたら、信じないわけにはいかないか」

「頼んだぞ、円」

「任せて、桃李君！」

「行かせると思っているのか？　新、桃李！」

どうやら小田は俺たちをまとめて始末したあと、マリアに認めてもらうという筋書きのようだ。

だが、そうはならなかった。

先ほど展開していた円の魔法が、俺たちを狙っていた小田の武器をすべて撃ち落としたのだ。

「円、貴様あああ！」

「行って、二人とも！」

小田の視線は完全に円に固定されている。

俺と新は彼の視界に入らないよう、戦闘によって生じた煙に紛れて通路の奥へ抜けていこうとした。しかし──

「行かせないでござる！」

「うおっ!?」

褒め殺しを食らっていたはずの渡辺が煙で視界が悪い中、こちらを攻撃してきた。

目の前を何かが通り過ぎたのだが……これ、あと一歩踏み込んでいたらこめかみグサリだったんじゃないだろうか。

「渡辺、お前なあ！」

「むむ、視界が悪いのでござるよ」

「視界が悪いからって殺そうとするな！　やるなら気絶だろ、気絶！」

「おい、真広！　今はそんなことを言っている場合じゃないだろう！」

慌てたように声を荒らげた新だったが、その理由はすぐにわかった。

「……渡辺が、五人いる？」

「「「「「忍法、分身の術でござる！」」」」」

これまた面妖な魔法……じゃなくて、忍法を使ってきたものだ。

「分身の術っていっても、本体は一人なわけだろ？　そいつを見つけ出せば──」

「危ないわよ！」

「どわあっ!?」

鑑定スキルで本物を見つけようとしたところで、俺は腕をグイッと強く引っ張られた。

「いててて……何をするんだよ、ユリア！」

「それはこっちのセリフ！　あんた、やられるところだったのよ！」

「やられるって、それじゃああいつが本体ってことか？」

「違う！　忍の分身の術は、全部が本物なのよ！」

「……はい？」

いや、だって、分身ってだいたいは残像みたいなやつで、実体はないのが普通じゃないのか？

まさか、実体のある分身を作り出せるとでも？

「……くくく、よく見抜いたでござるなぁ、近藤殿《こんどう》！」

「その話し方やめなって、忍ー。可愛くないよー」

「か、可愛い言うな！　も、もう騙されないでござるよ！」

五人の渡辺が両手にクナイを構え、俺たちを取り囲もうと動き始める。

直後――一人の渡辺の首が弾け飛び、体は白い靄《もや》になって消えてしまった。

「あれ？　違ったかー」

「こ、こここ、近藤殿おおおっ⁉」

驚きの声は渡辺のものだ。

いやまあ、そんな声をあげたくなる気持ちは十分に理解できる。

何せユリアの拳が一切の迷いなく、分身だったとはいえ渡辺の首を弾き飛ばしたのだ。

もしも分身ではなく本物だったならと考えたら、当の本人は気が気じゃないだろう。

「うーん……よし！　次こそは本物の首を──」

「は、弾けさせちゃダメえええええっ！」

本物を弾けさせるつもりだったんかい！

「まあまあ、本物だったら弾けはしないでしょう？」

「わ、わかんないから！　はじ、弾けちゃうかも、しれないでしょう！」

「せいぜい首が曲がる程度じゃ──」

「それも死んじゃうから！　も、もう怒った！　……でござる！」

あっ、そこはキャラを演じるんだ。

「本気の拙者を見るでござるよ、近藤殿！」

そう口にした渡辺が左手の人差し指を右手で掴み、忍者がやりそうなポーズを取る。

すると、俺たちの目の前にどでかい緑と黒の縞《しま》模様が特徴的なカエルが現れた。

『……ゲロ？』

「くくく、どうでござるか？　でかいカエルでござるよ？　気持ち悪いのではないか──」

「おぉーっ！　カエルだー！」

「……あれ？　き、気持ち悪く、ないの？」

「えっ？　何が？　可愛いじゃないのよ！」

『……ゲロ？』

おや？　どうやらユリアはカエルが可愛く見えるみたいだ。

そして、渡辺にはそれが完全に予想外だったのかも？

「えっ？　もしかして、こいつをぶん殴ってもいいの！」

『ゲロ!?　ゲ、ゲロゲロ！　ゲロゲーロ！』

「だ、ダメでござる、ケロリン！　帰ってはダメでござるー！」

……ケロリン。なんて緊張感のない名前なんだ。

「殴り甲斐《がい》がありそうだし、私が忍とケロリンの相手をするわ！」

「や、やめるでござる！　ま、真広殿、御剣殿～！」

『ゲ、ゲロゲーロー！』

いや、こっちに助けを求められても。特にケロリン、お前は全く関係ないだろうよ。

「……さ、先に行こうか、新」

「……そうだな」

「えっ！　ちょっと、助けてよ～！」

『ゲロゲーロー！』

「さあ！　やりましょう！」

俺と新は助けを求める渡辺とケロリンを置いて、背中でやる気満々なユリアの声を聞きながら、さっさと通路を抜けていったのだった。


鉄也の相手をしながら、グウェインは自分を情けなく思っていた。

(くそっ！　僕はトウリの護衛なのに、その責務を果たせていないじゃないか！)

本来であれば自分が桃李の隣に立っているべきなのだが、その役目を今は新が担っている。

否《いな》、二人は目的のために行動を共にしているだけなのだが、グウェインからすれば自分が桃李の隣にいないという事実だけがすべてだった。

「んだてめえ！　よそ見をしている場合かコラア！」

「そんな余裕、あるわけないだろう！」

「ははっ！　そりゃそうだよなあ！　何せ俺様の相手をしているんだからよ！」

鉄也の相手をしているから余裕がない、わけではない。

グウェインはさっさと鉄也を倒して桃李たちを追いかけたいとすら思っている。

しかし、それをするには鉄也の職業、鋼鉄人《メタルマン》は最も面倒な相手であった。

(いくら職業が鋼鉄人《メタルマン》だからといって、ずっと鋼鉄化が続くわけじゃないはずだ！　鋼鉄化が解けた瞬間を見逃さず、一撃で仕留めてみせる！)

一切の油断なく、グウェインは直剣を振るいながら鋼鉄化が解けるのを待ち続ける。

「はっはー！　どうだ、現地人！　俺様は強いだろう！」

「確かに強いよ！　だが、それだけだ！」

今まで戦ってきた人間の中でも上位に位置する強さを持っていると、グウェインは鉄也の実力を認めている。

しかし、言葉通りただ強いだけで、恐怖を感じることはない。

自分を殺そうとしている相手にもかかわらず、グウェインは鉄也に負けるとは爪の先ほども思っていなかった。

（……これも、魔の森で強い魔獣たちと戦い続けてきた成果なのかな）

「オラオラオラオラアアアアッ！　そのイケメン面、ボコボコにしてやるぜえええええっ！」

連打に次ぐ連打を浴びせてくる鉄也。

鋼鉄化した拳なのだから当たれば意識が飛ぶほどの威力を持っているはずだが、グウェインには一発も当たることがない。

とはいえ攻撃をしてもダメージは通らないと理解しており、グウェインは回避に専念しながら鉄也の動きを観察している。

「オラオラアアアアッ！　反撃してこいよコラアアアアッ！」

一方で鉄也の目線からは、グウェインが必死に回避しているように見えており、自分が優勢だと完全に勘違いしている。

マリア軍について動き始めてから今日まで、鉄也は格上との戦闘を経験していない。

故に相手の実力を的確に把握する能力に劣っており、逃げ回っている相手は自分より弱いと決めつけてしまっていた。

「クソがっ！　いい加減に殴られろよコラア！」

「そう言うなら斬られてくれないかな！」

「はっ！　なら斬ってみろよ！　斬れるものならなあ！」

自分には相手の攻撃が効かないと信じてやまない鉄也はニヤリと笑いながら前へ、前へと突っ込んでくる。

場数という意味で言えばグウェインに分があり、彼は鉄也がどのように考えながら戦っているのかを冷静に読み解き、隙があるならそのままにしておこうと考えた。

とはいえやることは変わらない。

鉄也の拳を回避し、観察する。

直線的な鉄也の攻撃は回避するのも容易であり、最初は誘っているのではないかと警戒したグウェインだったが、今ではこういう戦い方しかできないのだと判断するに至っている。

とはいえ、鉄也の方も最初こそ攻撃が当たらないことに苛立《いらだ》ちを覚えていたが、今ではグウェインを警戒し始めていた。

（くそっ！　どうなっていやがる！　まさか、こいつが俺より強いとでもいうのか？）

初めての苦戦に、鉄也の攻撃には迷いが生じており、その隙をグウェインは見逃さなかった。

だが——彼は攻撃を繰り出さない。ただ回避に専念している。

（ここで攻撃を加えたら、やっぱりダメージは受けないのだと冷静さを取り戻させるかもしれない。それだけは絶対にダメだ！）

戦いながら観察を続け、思考も止めない。

これが今のグウェインの強みであり、魔の森で戦い続けるために鍛えられた能力でもあった。

「ちっ！　てめぇ、俺様の能力が切れるのを待っていやがるな？」

「なんだ、気づいたんだね」

しかし、鉄也も優勢に立っているはずがなかなか好転しない状況を見て、様子見をされていると気がついた。

「僕は体力に自信があってね、まだまだ何時間でも君に付き合うことができるんだよ」

「そうか、そうか。……くくく。だがなぁ、それは無意味ってもんだぜ？」

「……なんだと？」

気づかれたのならいくらでも付き合うぞとあえて口にしたグウェインだったが、その言葉を受けて鉄也は自信満々に笑いながらこう告げた。

「俺様の能力に制限時間なんてもんはないんだよ！」

「まさか！　そんな能力、あり得ない！」

「あり得ないだぁ？　んなもん、誰が決めたんだ？　実際にあり得るんだからよお！」

驚愕するグウェインを見て愉悦に浸りながら、鉄也は新たなスキルを発動させた。

「これで終わりだ——スパイクアーマー！」

鉛色をしていた鉄也の肌を覆うように、同色の全身甲冑《かっちゅう》——スパイクアーマーが顕現する。

鉄壁の防御である鋼鉄化に加えてのスパイクアーマーだが、そもそもが鉄壁にもかかわらずこのタイミングで全身甲冑を身に纏《まと》うことの意図がグウェインにはわからない。

しかし、一度の邂逅《かいこう》を得てその意図に気づかされることになった。

「死ねやコラア！」

「僕のやることは変わらない——ぐあっ!?」

真っすぐに突っ込んできた鉄也の拳を受け止めようと直剣を構えたグウェイン。

拳と直剣が接触したと同時に、スパイクアーマーから鋭い針が伸びてきた。

直剣で受けることも、回避も間に合わなかったグウェインは、左脇腹の肉を抉《えぐ》り取られてしまう。

「がははは！　どうだ、現地人！　これが俺様の本当の戦闘スタイル！　鉄壁と貫通の二段構えだあ！」

呵々大笑《かかたいしょう》する鉄也とは異なり、グウェインは苦悶《くもん》の表情で傷口を押さえる。

流れ出る血が足を伝い、床を赤く染めていく。

長期戦を予想していたグウェインにとって、この負傷は致命的なものになってしまった。

（……相手は上級職で、おそらく耐久力に秀でた職業の持ち主。さらに鋼鉄化とスパイクアーマーで鉄壁と化している。僕がこいつに勝つには……次の一撃で、鉄壁を崩さないといけない！）

時間が経《た》てば経つほど、血を流して力を失ってしまうだろう。

そう考えたグウェインは、今の自分に出せる全力を次の一撃に込める決意を固めた。

（安全に勝とうとして、大博打《おおばくち》をする羽目になるなんてね。これじゃあ、トウリの護衛をしていても危なかったかな）

そう思ったグウェインは、自然と苦笑を浮かべていた。

自分はまだまだ弱いのだと改めて自覚した彼は、せめて目の前の鉄也だけは無力化してやろうと彼に鋭い視線を向ける。

「君の鋼鉄化、そしてスパイクアーマーを、破壊する！」

「あぁん？　てめぇ、マジで言ってんのか？　笑わせてくれるぜ！　いいぜ、やってみろよ！　このままぶっ殺すだけじゃあ、つまらねぇからなあ！」

自信満々な鉄也の態度を見て、グウェインは内心で安堵《あんど》する。

これは命懸けの戦いであり、どんな手段を使ってでも勝たなければならない戦いでもある。

目の前の敵が異世界人の鉄也ではなく、現地人の実力者であれば、否応《いやおう》なく斬り捨てられていただろう。

鉄也に限ったことではないが、争いの少ない日本という国で生きてきた彼らに、生き死にを左右する場面で的確な判断をしろという方が無理な話である。

実際に鉄也の考え方はゲーム感覚に近いものがあり、自分は無敵だから力を見せつけて徹底的に心を折ってから叩きつぶしてやる、という思考に陥っていた。

(快速スキルと剣気スキルを同時に発動。勝負は一瞬、僕の全力を込めて打ち砕く!)

「さあ、いいぜ! ドンとこい、ドンとなあ!」

「合わせ技――ライトニングエッジ!」

爆発的な加速により、直剣から放たれる強烈な光が軌跡を作り出す。

グウェインの剣筋に合わせて光が揺れ動き、流れる動作で鉄也の左肩へ吸い込まれていく。

直剣とスパイクアーマーが激突した刹那《せつな》、接触を感知して鋭い針が伸びてきた。

しかし、針はグウェインに届く前にスパイクアーマーと共に粉々に砕けてしまう。

「なんだと!?」

「うおおおおおおぉぉおっ!!」

驚愕の声を漏らした鉄也と、雄叫《おたけ》びをあげるグウェイン。

「あり得ねえ! この俺様が、負けるなんてええええっ!!」

鋼鉄化をも打ち砕いたグウェイン渾身の一撃によって、鉄也は深手を負わされた。

初めての強敵、初めての激痛、そして初めての敗北。

これらが重なったことで、鉄也は肉体的にも精神的にも大きなダメージを受けた。

「……そんな……あり得……ねぇ………」

「あり得ないなんて、誰が決めたんだい？」

グウェインが彼の言葉をそっくりそのまま返したのが聞こえたかどうかは定かではない。

間違いないのは、鉄也が白目をむいて床に倒れ伏したという事実だ。

「……がはっ!?」

しかし、グウェインも軽傷というわけではない。

左脇腹の肉を抉り取られながらも動き続けたことで、傷口が大きくなっていた。

「……はぁ、はぁ、はぁ、はぁ……これは、加勢に行くのは無理だなぁ」

傷口を押さえながら壁にもたれ、そのままずるずると下がり尻もちをつく。

彼の視界にはいまだ戦闘中の円とユリアの姿が映し出されていた。

「……僕が勝てたんだ。二人もきっと……だいじょう……ぶ……」

勝利を手にしたグウェインの意識は、そこで途切れたのだった。


グウェインと鉄也の戦いが終わる少し前、円と春樹の戦いも始まっていた。

「僕の多彩武器《ウェポンマスター》は最強だ！　たとえ相手が特級職であってもね！」

「そんなもの、やってみなければわからないわ！」

撃ち落とされては動き出し、また撃ち落とされては動き出す。

春樹が操る無数の武器と、円が展開する数々の魔法が、お互いを相殺し合い戦況は拮抗している。

レベルでは春樹に軍配が上がり、職業では円が勝っている。

能力値ではやや春樹の方が高くはなっているが、それも微々たる差だった。

しばらくは拮抗した状態が続いていた――が、突如として流れに変化が訪れる。

「なんだ、円！　人間を相手にするのは苦手なのか？」

「そ、そんなもの、当然でしょう！」

グウェインと鉄也で比較すれば、現地人と異世界人ということで場数では魔獣との戦闘が日常茶飯事のグウェインに軍配が上がる。

しかし、お互いに異世界人である円と春樹の場合、何日も続いた大きな戦争を経験している春樹に軍配が上がった。

故に、徐々にではあるものの拮抗は崩れていき、戦況は春樹に傾き始めていた。

「女性に傷を負わせるのは好きじゃない。円、降参しろ」

だが、ここで春樹が攻撃の手を緩めると、円に降参を促してきた。

「ふざけないで！　これくらいで降参するくらいなら、最初からここまで来ていないわ！」

「なら、こっち側についたらどうだ？」

「……なんですって？」

続けてまさかの寝返りを提案され、円はキッと春樹を睨みつける。

「お前たちに勝ち目はない。何せ俺たちがマリア様を守っているんだからな」

「だから、それはやってみなければわからない――」

「わかるんだよ、それがね！」

春樹は両手を広げ、天を仰ぐような仕草で自信満々にそう告げる。

あまりに堂々とした姿に、円は春樹たちの背後にはもっと大きな何者かがいるのではないかと疑い始めた。

「……何を根拠にそんなことを言っているの？」

「わからないかなぁ……まあ、君にわかるはずもないか。僕たちには女神がついている！」

「女神？　……えっ、それってもしかして」

しかし、円の心配は全くの杞憂《きゆう》なのだとすぐに気づかされてしまった。

「そう！　僕の女神、マリア様だ！　彼女が僕たちを率いている限り、負けるはずはない！」

「……こ、根拠でもなんでもないじゃないのよ！」

「何を言っているんだ！　マリア様は勝利の女神！　僕だけではなく、彼女を敬愛するすべての者の女神なんだぞ！」

めちゃくちゃな理屈だと呆れ顔を向けている円だが、春樹がその表情に気づくことはない。

何せ彼は純粋にマリアという女性に心酔し、一方的な愛情を注いでいる。

それは光也が抱く恋心以上の感情であり、悪く言えばストーカー的な強烈な想いでもあった。

「小田君……あなた、何を言っているの？」

「どうして理解できないんだ？　マリア様は最高にして至高の存在だというのに！」

「……そんなの、おかしいよ。いつもの小田君じゃないわ！」

「僕はいつも通りだよ？　君こそおかしいんじゃないか、円？」

自分が正しいと思い込み話をしている春樹だが——実際は火倫と同じで感情を与えられた操り人形と化していた。

それは鉄也や忍も同様であり、その中でも春樹は影響が色濃く出ていた。

その理由は単純明快で、マリアのことが本気で好きだからだ。

しかし、その想いをマリアに利用されてしまい、異常な好意を抱くように感情を植え付けられていた。

「……まったく、話は平行線のままのようだね。せっかく仲間に誘ってやったというのに」

首を横に振りながらそう口にした春樹は、再び大量の武器を操り円に照準を合わせた。

「悪いが死んでもらうよ、円！」

「私だって、負けられないんだよ！」

一度は止まっていたお互いの攻撃が再開される。

春樹は今回も自分の優勢となり、一気に片をつけることができると考えていた。

しかし、彼の予想を覆して戦況は拮抗を保ち、春樹は内心で困惑していた。

（な、なんだ？　どうして押し切れない？　まさか、先ほどまでは全力じゃなかったとでも？）

春樹の考えは間違っていた。

円は最初から戦闘が中断されるまで常に全力を尽くし、その中で劣勢に立たされていた。

ならばなぜ、今回は拮抗を保ち続けていられるのか。

（……やっぱり何かがおかしい。小田君、こんな性格の男子じゃなかったはずなのに）

円の力の源になっているものは、クラスメイトを助けたいという想いである。

そして、春樹に対して抱いている疑問について、彼が何かしらの影響を受けて性格に変化が生じているのではないかと考え始めていた。

「……まさか、マリアの魔眼なの？」

思わず声が漏れた円だったが、その言葉を受けて激怒したのは春樹だった。

「……貴様、マリア様を呼び捨てにしたのか？　女神であるマリア様を、呼び捨てにしたのかああああっ!!」

春樹に植え付けられたマリアに対する異常な好意が、円の発言を許すことはなかった。

「目を覚まして、小田君！」

「殺す……殺してやるぞ、八千代円ああああぁぁっ!!」

すると、突如として鬼の形相へと変わり、攻撃に苛烈《かれつ》さが加わっていく。

「小田君！」

ここまで怒りを露《あら》わにした春樹を見たことがなかった円が名前を呼ぶが、何も聞こえていないのか返事もなく、ただ攻撃だけが彼女へと迫っていく。

（こんなの、絶対におかしいよ！　……もしかしてマリアは、小田君の感情を利用して、魔眼を使い彼を心酔させているっていうの？）

彼の目を覚まさせてあげたい。

しかし、自分がいくら言葉を重ねても彼は聞く耳を持ってくれないだろう。

そう思った円は、春樹に現実を突きつける必要があると考えた。そして――

「まずはあなたを倒すわ、小田君！」

「やれるものならやってみるがいい、円あああっ！」

お互いが自分に出せる最高の火力を惜しみなく発揮し、なお拮抗を保っている。

だが、突如としてこの拮抗が崩れる出来事が起きた。


——バキンッ！


「な、なんだと!?」

驚きの声をあげたのは春樹だった。

攻撃手段に武器と魔法という違いがある二人にとって、そのものが持つ耐久力が決定的な違いになっていた。

破壊されると同時に新しく顕現させられる魔法とは違い、武器は同じ物質のまま何度も攻撃を仕掛けている。

故に、耐久力は徐々に低下しており、ついに武器が破壊されるという現象に繋《つな》がってしまったのだ。

「くそっ！　やめろ、壊すな！　僕の大事な武器たちがあああああ！」

一つ、また一つと武器が破壊されていき、悲鳴にも似た声をあげる春樹。

その姿を見た円は、ここが勝負どころだと確信した。

「セイントフィールド！」

円と春樹が立つ床に、円状の光り輝く魔法陣が展開される。

「な、なんだ、これは！」

「これで終わりよ、小田君！」

光魔法の威力を増幅させてくれるセイントフィールド。

その中で円が放ったのは、自分が習得している光魔法の最高ランクの魔法――

「シューティングスター！」

円の周囲に無数の光の粒子が顕現し、激しく明滅を繰り返す。

そして、最も輝きを増したタイミングで高速の光が春樹めがけて射出される。

「くそっ！　この程度の魔法でやられる僕じゃないぞ！」

残された武器で防御に回った春樹だが、今回は射出される光の数が桁違いだった。

一つの武器に対して二桁に迫る光が殺到し、セイントフィールドの効果も相まって一瞬のうちに粉々に砕け散っていく。

「の、残りの武器は……だ、ダメだ……これだけ、なのか？」

数えるのも面倒になりそうな数の武器を操っていた春樹だったが、今では五つしか残っておらず、そのすべてがボロボロになっている。

対して円が展開しているシューティングスターは輝きをさらに増しており、これまでの最大出力を記録していた。

「これで――おしまいよ！」

「や、やめろ、やめてくれえええええっ！　マリア様！　ぎゃあああぁぁあああぁぁあっ!!」

無数の光が残された春樹の武器を破壊し、一斉に彼へと襲い掛かる。

春樹の視界が光で埋め尽くされ、着弾間近となった――その時である。

「……なんてね」

シューティングスターは春樹に命中する直前、一斉に消滅した。

「さすがにあれだけの魔法が直撃したら死んじゃうかもしれないし……って、小田君？　小田くーん？　……だ、大丈夫かな？」

光が消えたことで円の視界が開けたのだが、そこに飛び込んできたのは、立ったまま白目をむき、涎《よだれ》を垂らしながら口をパクパクさせて気絶している春樹の姿だった。

「……ま、まあ、死んでないわけだし、大丈夫だよね！　うん、きっと大丈夫！」

激戦となった円と春樹の戦いは、円の圧勝で終わりを告げた。


「く、来るなでござるうううう！」

『ゲーローゲーロー！』

「殴らせろー！」

一方でユリアと忍の戦いは、混沌《こんとん》を極めていた。

戦いを挑んできた忍がケロリンに乗って逃げ回っており、それをユリアが追いかけ回している。

それだけならまだよかったのだが、ユリアは殴り甲斐がありそうだと僅かに微笑《ほほえ》みながら追いかけており、緊迫していたほか二人の戦闘とは違い少しばかり気の抜けた雰囲気が漂っていた。

「こ、こうなったら――ケロリン！」

『ゲ、ゲロ？』

「近藤殿を飲み込むでござるよ！」

『……ゲロ～？』

「嫌がるなでござる！　大丈夫、ケロリンの舌はとっても長いでござるよ！」

逃げながら忍にジト目を向けたケロリンだったが、このままでは何も状況が変わらないと思ったのか、大きく飛び上がりながら体を捻《ひね》り、上空でユリアを正面に捉えた。

「おっ！　ついにやる気になったのね！」

『ゲロゲーロ！』

ケロリンと目が合い満面の笑みを浮かべたユリアだったが、直後には長い舌が伸びて彼女へと襲い掛かる。

波を打つようにして迫ってくる舌を見たユリアは――

「どっせえええええい！」

まさかの殴り飛ばすという方法で迎撃した。

『ゲロゲロオオオォォッ!?』

「け、ケロリ～ン！」

「あれ？　うーん、あんまり殴り心地が良くないなぁ」

「そ、そんなことを言っている場合じゃないわよ！」

『ゲ、ゲロ〜』

涙目になったケロリンを見て話し方が元に戻ったことに気づかない忍。

しかし、そんなことはユリアにとっては関係のないことだった。

「……よし！　やっぱりあのふっくらした体よね！」

『ゲロゲロオオオ!?』

「ま、まだ殴っちゃうのおおお!?」

「だって、忍は敵でしょ？　なら、ケロリンも敵じゃないのよ！」

「そ、そんな顔をキラキラさせながら、言わないでよ！」

満面の笑みを浮かべながらそう口にしたユリアを見て、忍もついに意を決した。

「そ、それなら、拙者が相手でござる！」

「えぇー？　忍は殴っても面白くなさそうなんだけどー？」

「言っておくでござるが、拙者を殴るのは容易ではないでござるよ？」

そう口にしながらケロリンから下りた忍だが、着地の瞬間を見たユリアはさらに興奮し始めた。

「すごい！　足音、立てないのね！」

「これでも隠密頭《シャドウ》でござるよ」

「そっかー！　なら、殴り甲斐よりも忍との戦いの方が楽しそうかも！」

「そう言っていられるのも——」

忍が話している間、ユリアは目を放していなかった。

「——今のうちでござるよ！」

（速い、なんてもんじゃない⁉）

しかし、忍が動き出し、背後に回り込んだことに全く気づくことができなかった。

鋭く振り抜かれたクナイはユリアの首を狙っている。

かろうじて反応したユリアはしゃがみ込むことで回避し、髪の先端だけが切られて宙を舞う。

大きく前に跳んで距離を取ろうとしたが、そこに待っていたのは――ケロリンだった。

『ゲロゲーロ！』

「うっは！　ナイス連携じゃないのよ！」

「近藤殿はどうして楽しそうでござるか！」

「だって、全力で戦える相手なんて、そういないんだもの！」

命の危険があったにもかかわらず笑っているユリアを見て、忍は呆れ顔を浮かべる。

それでもやると決めたのだから、再びその姿を一瞬にして消失させた。

「本当にすごいわね、忍は！」

「余裕を持っていられるのも今のうちでござるよ！」

「あはっ！　本当に速いわ！　全然見えないんだけど！」

背後からの再びの攻撃にもかかわらず、今回もユリアには回避されてしまう。

しかも髪の毛一本も切られることなく、完璧なタイミングで。

「な、なんで躱《かわ》せるでござるか！」

「感覚かしら？」

「うそーん！」

予想外の答えに驚愕した忍は、鉄也と春樹に助けを求めることにした。しかし――

「えぇっ！　ふ、二人とも、負けちゃってるの!?」

鉄也が倒れ、春樹が立ったまま気絶している光景を目の当たりにし、忍の心は折れそうになる。

『ゲロゲロゲロオオオオッ！』

だが、忍にはケロリンという味方が存在していた。

「ケロリン！　……よし、二人で一気に片をつけるでござるよ！」

一対二という状況を活かし、忍は勝負をかけることにした。

「隠形《おんぎょう》の術」

『ゲロゲーロ』

「えっ？　忍とケロリンが、消えちゃった？」

先ほどまで確かに目の前にいたはずの忍とケロリンが消えた。

しかも、今回は速すぎて見えないというわけではなく、完全に姿形が消えてしまった。

戦闘を楽しんでいたユリアも驚きを隠せず、すぐに構えを取り真剣な面持ちへと変わる。

（どこから来る？　どこから――）

「かはっ!?」

腹部に強い衝撃が走り、ユリアは大きく後方へ吹き飛ばされてしまう。

激痛に耐えながら視線を先ほどまで立っていた場所に向けると、そこにはケロリンの舌がぼんやりと見えている。

壁際でなんとか立ち止まり、反撃のために床を踏みしめようとしたユリアだったが、そこで待ち構えていたのは忍だった。

「分身の術！」

「なかなか、やるじゃないのよ！」

五人の忍から攻撃を受けているユリアは、紙一重で回避しているもののかすかに皮膚を掠《かす》り小さな傷が段々と増えていく。

薄《う》っすらと血が滲《にじ》み始めると、呼吸も少しずつ乱れてくる。

「「「「もう降参するでござるよ！」」」」

「……なんで？　こんなに楽しい戦い、そうできるもんじゃないでしょうに！」

語気を強くしながらユリアが回し蹴りを分身に見舞うと、腹部が弾けて白い靄へと変わる。

「くっ！」

しかし、ダメージが残る体ではバランスを取るのが難しかったのか、回し蹴りのあとに片膝を床についてしまった。

「「「悪あがきでござったな！」」」

『ゲロゲローン！』

そこへ四人の忍とケロリンが同時に攻撃を仕掛けてきた。

多方向からの完全同時攻撃に、回避できる隙間などどこにもない。

忍はこれで勝負は決したと確信を得ていた。

「――遅い！」

だが、忍の確信に反してユリアは先ほどまでとは桁違いの速度で攻撃を弾き返し、彼女以上の速度でケロリンの真下へ潜り込んだ。

『ゲ、ゲロゲロ？』

「どっせええええええぇぇぇぇぇい！」

気合いのこもったユリア渾身のアッパーが、ケロリンの腹部に深々とめり込んだ。

『ゲボゲボオオオォォォオオォォッ!?』

「け、ケロリ〜ン!!」

確信した勝利から一転してケロリンが殴り飛ばされたことで、忍は愕然《がくぜん》となりその場に座り込んでしまう。

完全に戦意を喪失したことで、残っていた分身も姿を消してしまった。

『……ゲ……ゲゴォ……』

ケロリンも『ボンッ！』と音を立てて白い煙となり、天井にめり込んでいた体を消してしまった。

「…………ん〜！　あああぁぁ〜！　めっちゃ気持ちよかったああああぁぁ〜！」

そして最後に響いてきたのは、ケロリンを殴り飛ばした時の殴り心地が最高だった、ユリアの歓喜に満ちた声だった。


――こうして、王の間へと続く四階廊下での死闘は幕を下ろした。

グウェインたちのおかげで、俺と新は無事に王の間の前に到着することができた。

長い廊下を進んでいる途中、後ろから激しい戦闘音が聞こえていた。

小田たちを足止めするため、みんなが頑張ってくれているのだ。

「俺たちも頑張らないとな」

「あぁ。絶対に光也を助け出すぞ」

助け出す、かぁ。

実際のところ、どうなんだろう。

生徒会長は自らの意思でマリアに付き従っている可能性が高い。

ならば、俺たちが……いや、新が説得を試みたとしてもマリア側に付く可能性も少なくないのだ。

もしも生徒会長がマリア側に付くとなれば、俺たちは……。

「最悪の場合も考えて行動してくれよ、新」

「わかっている。この場で説得できなければ気絶させてでも連れて帰る。そこで懇々と説教してやるさ」

新の言葉に俺はホッと胸を撫《な》で下ろし、改めて目の前に佇《たたず》んでいる巨大な扉へ視線を向ける。

この扉を開ければ、そこにマリアと生徒会長がいるはずだ。

いきなり攻撃を仕掛けてくるのか、それとも冷静に話し合いでもしてくれるのか。

鑑定スキルはそこまでの結果を示してはくれない。

まるでここからは自分でどうにかしろと言わんばかりである。

「……見捨てたわけじゃ、ないんだよな？」

俺は鑑定スキルに語り掛けるようにして呟いたが、当然ながら反応があるはずもない。

「……まあ、いいさ」

「大丈夫か、真広？」

「あぁ。行こうぜ、新！」

異世界に召喚されてから今日まで生きてこられたのは、アリーシャら出会った人たちに恵まれていたということもあるが、一番の要因は鑑定士の【神眼】による部分が大きいだろう。

ならば、俺が鑑定スキルを疑うのは間違っている。

勝利の方法を、確率を示さないのは、鑑定スキルなりに理由があるに違いない。

俺はそう思うことにして、新と共に巨大な扉を押し開けた。

——ゴゴゴゴゴォォ。

大きな音を立てながら扉が開かれると、そこには玉座に腰掛けている人影はなく、その手前で武器を構える男性と、隣にドレスを身に纏った女性が立っていた。

「……ここまで来たのか、新」

「……お前はこんなところまで来てしまったんだな、光也」

生徒会長の視界には新しか入っていないのか、俺には何も言及してこない。

「俺のためにここまで来てくれた……ってわけじゃないみたいだな」

「あぁ。俺はお前を止めに来たんだ」

「止める？　お前が、俺を？　……それは無理だよ、新」

呆れたように肩を竦めた生徒会長は、純白の直剣を持ち上げ切っ先を新に向けた。

「俺にはこの聖剣、エクスカリバーがある。お前が何をしようが、どんな助っ人を連れてこようが
……助っ人…………お前、真広か？」

おっ！　どうやらようやく俺の存在に気づいたようだ。

「久しぶりだな、生徒会長」

「そう呼ぶってことは、本当に真広なんだな」

「……あなた、どうして生きているのですか？」

そしてマリアも俺に気づいたらしい。

まあ、召喚初日に追放した奴を思い出せただけでも驚きっちゃあ驚きか。

「どうしても何も、生きているからとしか説明できないなぁ」

「ふざけないでください！　初級職の人間が魔の森で生き残れるはずがないのですよ！」

俺は神を冠する職業だったと言えば納得するだろうが、教えてやる義理はない。

ならば、無駄に悩んでもらおうじゃないか。

「生き残れているんだから、そっちの常識が間違っているんじゃないのか？」

「あ、あなたねえ！」

「おい、真広。マリア様が聞いているんだ、さっさと答えろ」

「答えているだろう。なんだ、聞いていなかったのか？」

「き、貴様！」

こんな軽い挑発で怒るなんて、今までの生徒会長のイメージとはだいぶ違うなぁ。

もっと冷静に周りを見ることができる奴という印象を持っていたんだが、どうしたんだろうか。

「落ち着いてください、コウヤ様。単に運よく生き残っただけということも考えられます」

「マリア様……わかりました。だがな、真広。新を無力化したら、お前は俺の手で殺してやるぞ」

「新は無力化で、俺は殺すのか？」

「当然だ。初級職に使い道なんてないからな」

「光也、お前なあ！」

生徒会長の無慈悲な言葉に新が激高する。

それでも生徒会長は特に気にした様子もなく、聖剣を構えて新を見据えた。

「さっさと片付けて他の奴らも倒してやるよ、新！」

「やらせるか、光也！」

お互いに一直線に突っ込んでいき、聖剣と日本刀がぶつかり合う。

相当重たい一撃だったのか、衝撃で王の間の壁に亀裂が広がるほどだ。

「な、なんだ、その剣は！」

驚きの声をあげたのは生徒会長だった。

「魔法刀村雨、お前を倒すために借り受けた日本刀だ！」

「ど、どうしてあなたがムラサメを持っているのですか！」

続いてマリアからも驚愕の声が聞こえてくる。

村雨はマリアの祖国であるシュリーデン国の国宝だ。

それを新が持っているのだから驚いて当然だろう。

「……まさか、シュリーデン国があなた方に協力しているということですか？」

そして、その結果から敵がどの国なのかを理解したようだ。

「そういうことだ。マリア・シュリーデン、あなたはもう、祖国からも敵視されているんだよ」

「……そんなこと、知っているわ」

こちらは生徒会長とは違い、まだ冷静さを持ち合わせているようだ。

それでも苛立ちは隠しきれないのか、新と光也の激しい剣戟《けんげき》の音が響く中で俺のことを射殺《いころ》さんと睨みつけている。

「私は祖国を捨てる覚悟でロードグル国へ向かう軍に同行したのです。そして、ここに私の国を造り上げるのよ！」

「その過程に俺たちを巻き込むな！　勝手に召喚して、勝手に追放して、勝手に人殺しをさせて！　お前たちのやっていることは独りよがりすぎるんだよ！」

「……だから、何なんですか？」

……な、なんだと？

「私は私のために行動しているのです。それの何がいけないのですか？」

「……てめぇ、本気で言っているのか？」

「当然です。あなたもあなたの正義に沿って行動しているのでしょう？　私も同じです。これが私にとっての正義なのですから、何を犠牲にしてでも成さなければならないのですよ」

……なるほど。こいつだけは、絶対に倒さなければならない相手だってことだ。

「俺たちの人生を勝手に歪《ゆが》めやがって……絶対に許さないぞ！」

「鑑定士のあなたに何ができるのですか？　言っておきますが、私の魔眼も進化しているのですよ？」

そう口にした直後、マリアの両目が真紅の光を放った。

「さあ、私に従いなさい！」

「しまった！」

マリアの魔眼は状態異常を与えて、相手を自在に操る力が……ある…………。

「……ん？　何も、起きない？」

「そ、そんな！　どうして操れないのですか!!」

「いや、それを俺に聞かれても」

俺もやっちまったと思っていたところなんだが、どうなっているんだ？

異世界人だからという理屈は通らないし、レベルだって俺が一番低いはずだ。

……もしかして、神級職《かみきゅうしょく》っていうのが関係しているのだろうか。

「……まさか、あなた！」

あっ、当たりかも。

マリアは神を冠する力が生徒会長に目覚めるのを心待ちにしていた。

ということは、神を冠する力について詳しく調べている可能性も高い。

それに先ほどの反応を見ると、俺が神を冠する力、正確には職業を手にしていると気づいたかもしれない。

「……こ、コウヤ様！　早くアラタ様を倒してこちらへお願いします！」

「ま、マリア様!?」

ここで生徒会長に声を掛けるのは悪手じゃないか？

「はあっ！」

「ちっ！」

一瞬の隙を見逃さず、新の斬撃が生徒会長を大きく吹き飛ばす。

立ち位置の関係で生徒会長は扉の方へ吹き飛ばされており、マリアとの距離が広がった。

「くっ！　さっさとこちらへ来なさい、コウヤ！」

「……マリア様……ど、どうしたのですか？」

突然の呼び捨てに生徒会長が困惑を露わにしており、新も何があったのかとこちらに視線を向けている。

「新！　マリアを確保するぞ！」

「わ、わかった！」

俺の言葉を受けて即座に反応してくれた新は一直線にマリアへ向かう。

生徒会長もマリアを守ろうと駆け出したのだが、新と比べると完全に出遅れている。

俺も走り出して少しでも新の助けになろうと、彼から譲り受けた日本刀を抜いた。

「転移」

だが、あと一歩というところでマリアの姿が俺たちの目の前から消えてしまった。そして——

「コウヤ様」

「うわっ！　……ま、マリア様？」

後方から声がしたことで振り返ると、生徒会長の背後にマリアが転移していた。

「くそっ！　転移を使ったのか！」

ここからでは生徒会長より先にマリアを確保することができない。

戦況は振り出しに戻ってしまった——かに思えたが、そうはならなかった。

「申し訳ありません、コウヤ様」

呼び捨てから一転して、再び様付けで呼び始めたマリア。

こいつ、いったい何を考えているんだ？

「先ほどは慌ててしまいました。自分の身可愛さに……本当に申し訳ありません！」

「そ、そんな！　マリア様が悪いわけじゃないです！　悪いのは……真広なんですから」

おいおい、生徒会長の中で俺は完全に悪者みたいだな。

「……新、生徒会長には勝てそうか？」

「あぁ。戦ってみたが、俺とは全力で戦えないみたいだ。今ならまだ、勝機はある」

いくらマリアに惚れ込んでいるとはいえ、友達の新とは本気で戦えないようだ。

こちらは生徒会長を無力化できれば問題ないわけで、マリアの転移に関しては対応策も用意できている。

しかし、生徒会長とマリアが連携を取り始めると正直面倒だ。

「転移しながら戦われたら厄介だ。新、生徒会長を早めに無力化して——」

「私の目を見てください、コウヤ様」

「えっ？」

俺の言葉を遮るようにしてマリアが生徒会長の頬に触れながら口を開く。

鼻の頭が触れるか触れないかの距離で目と目が合い、生徒会長は傍《はた》から見ても緊張しているのが見て取れた。

「あっ！　ヤバい、新！」

「どうしたんだ、真広？」

「マリアが生徒会長に――魔眼を使っている！」

「うふふ、もう遅いわ」

「……あ……あぁぁ……マリア……さま………」

やられた！　生徒会長の瞳からは光が失われ、虚《うつ》ろになっている。

あの瞳を見ると、状態異常に罹っていた時の新を思い出してしまう。

「……マリア、貴様ああああっ！」

「さあ、本気で相手をしてあげなさい、コウヤ」

「……はい」

マリアの言葉に一拍遅れて生徒会長が返事をする。

直後、先ほどまでは感じられなかった威圧感が生徒会長から発せられた。

「うおっ！　……なんだ、これは！」

「……まさか、赤城が言っていたのは、これのことか？」

「あら？　エナさんはそちら側についたのですね。有能でしたから魔眼ではなく、心の底から支配してあげようと思っていたのですが……失敗でしたね」

こいつ、笑いながらなんてことを……だが、今はそんなことを考えている場合じゃない。

「……勇者の権能」

ぐおっ⁉　……ま、まだ、威圧感が、強くなるのかよ！

勇者の権能ってスキル……もしかしてこれが、赤城でも生徒会長には勝てないと言っていた、理由の一つなんじゃないだろうか。

「……あ、新……い、いけるか？」

「……なんとか、動ける程度、だな」

なんとかか。まあ、この状態で生徒会長に……勇者に勝てだなんて、簡単には言えないよな。

「うふふ。それじゃあ早速、アラタさんから支配してあげましょうかしら」

そう口にしたマリアは一歩、また一歩と新に近づいていく。

ここで新までマリアに支配されてしまったら、俺は間違いなく捕まえられてしまうはずだ。

神を冠する力を持っていると気づかれているから殺されることはないと思うが、それでも丁重なもてなしは期待できないだろう。

何せこいつは人を支配して自在に操っても心を痛めない相手だ。

俺を操る方法を見つけるまでは牢屋《ろうや》とかに閉じ込めておきそうだし、なんなら物理的に痛めつけて従わせようとするかもしれない。

そして一生をマリアの奴隷として生きていくのか。

……そんな人生、絶対に嫌だ！

俺がそう強く思った直後、目の前に突如としてウインドウが浮かび上がってきた。

……今回、だけだぞ？

いったい、どういうことだ？

謎のメッセージに困惑している最中にもウインドウに表示されている文字は変化しており、次の一文を見て俺は大声をあげた。

「新あああっ！　村雨の魔法をぶっ放せえええっ！」

何を言っているのか、誰にも理解できないだろう。

大声をあげている俺ですら、ウインドウを見ていなければ疑問符しか頭に浮かんでこないだろう。

敵であるマリアは当然ながら首を傾《かし》げており、操られている生徒会長は一切の反応を示さない。

「はああああああああぁぁああぁぁっ!!」

しかし、新は違った。

俺の指示が鑑定スキルによる答えなのだと理解しており、そうすることが勝利に一番近づけると知っているのだ。

魔法とは縁のない剣聖という職業だからか能力値で言えば魔力が一番低いが、それでも４００を超える数値を誇っている。

そのすべてを一度の魔法にぶち込むのだから、それが強烈な一撃に昇華されるのは想像に難《かた》くない。

「狙いは——天井だ！」

「ぶっ飛べえええええっ!!」

直径五メトルに迫る巨大な水球が新の頭上に顕現すると、それが一直線にマリアが立つ場所の天井へ撃ち出される。

「う、嘘《うそ》でしょ!?」

「……！」

直後、生徒会長が水球めがけて飛び上がり、エクスカリバーを一閃《いっせん》する。

これで水球が破壊された――と思いきや、一閃されたと同時に水球の形が変化した。

「切り刻め、水刃《すいじん》！」

生徒会長の一閃は空を切り、水球は細かな水刃へとその形を無数に変化させた。

そのまま天井を切り刻み、刻まれた大小さまざまな天井の破片がマリアへと降り注ぐ。

「わ、私を守りなさい、コウヤ！」

「――！」

マリアの指示に従い動き出した生徒会長は、着地と同時に彼女のもとへ駆けつけると、そのまま抱え上げて破片が降り注ぐ範囲から脱する。

しかし、この時点で生徒会長の勇者の権能は解除されており、俺と新は自由を取り戻していた。

「う、動ける」

「だが、また勇者の権能を使われたらマズいぞ！」

魔力の大半を使用した新は、もう水魔法を使うことができない。

ここで再び勇者の権能を使われてしまえば、今度こそ抜け出すことができずに新はマリアの魔眼にやられ、俺は捕らえられてしまうだろう。

だが、鑑定スキルがそうはならないと示してくれた。

「大丈夫だ、新。勇者の権能は強力なスキルだからこそ、使用に制限があるみたいだ」

「そうなのか？」

「あぁ。一度使用すると、二四時間のクールタイムが必要になるらしい」

強力なスキルには、それに伴うリスクがつきものということだ。

そう考えると、俺の鑑定士【神眼】は単なる鑑定スキルをチート級の能力に昇華させているのだから、やはり規格外と言うしかないな。

「ならば、ここから反撃開始ということだな！」

「その通りだ！　まずは転移で背後に回り込んでくるぞ！」

「――そんな!?」

――ガキンッ！

完全に不意をついたつもりだったのだろう、マリアからはそんな声が聞こえてきた。

同時に村雨とエクスカリバーがぶつかる甲高い音が鳴り響き、その音が何度も聞こえてくる。

勇者対剣聖という、ラノベであれば仲間同士であることが多い二人の戦いは激しさを増していき、お互いの武器がぶつかった時の衝撃で、水魔法の影響でボロボロになっていた壁や残った天井が崩壊していく。

俺も加勢できればいいのだが、果物を食べたとしても二人の戦闘に介入することは難しいだろう。

事実、鑑定スキルは俺の介入を望んでいない。

「……あれ？　どうして今は鑑定スキルが生徒会長との戦いの結果を表示してくれているんだ？」

さっきまでは結果を示してくれていなかったんだが……そう思っていると、ウインドウが目の前に現れた。

「うおっ！　……今回だけだと言ったが、必要ないのか？　いやいや、いるから！　絶対に必要だから！」

まさか鑑定スキルから問い掛けられるとは思わなかった。

しかし、鑑定士【神眼】、お前は意思を持っているのか？

なら、今までの俺の戦いも見ていたってことなのか？

……それならもう少し早く助けてほしかったんだけどなぁ。

「そう思うのは贅沢《ぜいたく》ってことなのかねぇ」

……その通りだ、ってか。

まあ、いいさ。今回を乗り越えられることができるならな！

「こ、コウヤをやられるわけには――」

「させるか！」

「きゃあっ！」

俺にできることも示してくれている鑑定スキル。

それは、マリアが転移魔法を使って新と生徒会長の戦闘に介入するのを阻止することだ。

「――!?」

「行かせんぞ、光也！」

マリアの悲鳴を聞いて生徒会長が俺の方に視線を向けたが、即座に新が攻撃を仕掛けてこちらに向かわせないようにしてくれる。

魔眼にどれだけの効果があるのかはわからないが、自分を犠牲にしてでも助けに向かわせるほどの拘束力はないようだ。

「くっ、使えないわね！」

「それがお前の本性か、マリア」

「ふん！　使えない相手に使えないと言って何が悪いというのですか？」

あの両親からこの子供ありって感じだな。

自己中心的な考えの持ち主で、自分の願いを叶《かな》えるためなら誰を犠牲にしても構わない。

ゴーゼフやアマンダは実の子供を犠牲にするつもりはなかったようだが、マリアは実の両親を犠牲にしてでも自分の願いを叶えようとしたのだから、彼女の方が質《たち》が悪いかもしれない。

「新が生徒会長を倒すまで、お前は俺が相手してやる」

「たかが鑑定士に……いいえ、違うわね。あなた、神を冠する力に目覚めましたね？」

そりゃあ、確認したくなるか。

「さあ、どうだろうな」

「隠さなくてもいいですよ。初級職、しかも支援職の鑑定士が魔の森の入り口とはいえ、生きて森を出られるはずがないですから」

「……まあ、そういうことだ。だが、力というよりは職業だな。最初から神を冠した職業だったんだよ、俺は」

「……なんですって？」

あらら、ものすごく驚いた顔をしていらっしゃる。

まあ、召喚した初日でいきなり追放されたわけだし、驚くのも無理はないか。

「あなた、自らの職業を偽っていたのですか！」

「違う。鑑定士という職業名の後ろに【神眼】ってついていると言おうとしたら、ゴーゼフが鑑定士という言葉にだけ反応して言わせなかったんだよ」

「……ちっ！　バカだ、バカだと思っていましたが、ここまで使えない父親だったとは思いませんでしたわ！」

おぉぅ。まさか王族の、しかも女性のはっきりとした舌打ちを聞くことになろうとは。

彼女からすればそれだけあり得ない行動だったのだろうけど、それなら自分でもちゃんと確認しろよと俺は言いたい。

こいつらに使われることがなくなったので文句はないが、危うく殺されるところだったわけだし。

「いいですか、あなた。……マヒロ、でしたっけ？」

名前すら憶《おぼ》えていなかったのか。いや、聞いてすらいなかったというのが正しいかも。

「あなた、私の側に付きなさい」

「……はい？」

こいつ、何を言っているのかわかっているのか？

ずっと殺そうとしていた相手を、手のひら返しで仲間に引き入れようとして言っているのか？

「神を冠する力、職業を持っていると知っていれば、私があなたを追放するということはあり得なかったわ。私たちは、ちょっとした誤解のせいですれ違っていただけなのですよ」

「そのちょっとした誤解のせいで、俺は死にかけたんだがなぁ」

「死にかけただけでしょう？　実際のあなたは生きているではありませんか。それはつまり、死ぬ運命になかったということです」

……死にかけただけ、だと？　ダメだ、俺にはこいつの考え方が理解できない。

生きていれば死にかけたくらいどうでもいいと言いたいのか？

俺の場合は怪我もなかったが、もしも治すことのできない大怪我を負っていても、こいつは死にかけただけだと言うのだろうか？

……きっとこいつなら言うんだろうな。怪我をする運命だったが、死ぬ運命ではなかったのだと。

「……おかしいよ、あんた」

「どこがですか？　私は間違ったことなど言っていませんよ？」

「その考え方が間違っていると言いたいんだよ！」

「何が言いたいのか、わかりませんね。ですが……あなたが私の側に付く気がないことはわかりました」

そう口にした直後、マリアの雰囲気が一変した。

喜怒哀楽が見て取れた表情からは感情が消え、無表情のままこちらを見据えている。

……いったい何をするつもりだ？

「魔眼の出力を最大！　コウヤ、何がなんでもマヒロを殺しなさい！」

マリアの魔眼が先ほどとは比にならないほど強烈な真紅の光を放つ。

「――……ぐぅぅ……ぐがあああぁぁあああぁぁぁっ!!」

「こ、光也！」

「な、なんだ!?」

マリアの魔眼が光を放った直後、生徒会長の苦しむ声が聞こえてきた。

こいつは『魔眼の出力を最大』と口にしていたが……まさか、生徒会長に掛けていた魔眼の効果を強めたということだろうか。

「自らの命を投げ打ってでも、私の望むものを手に入れなさい！」

「てめぇ、マリア！」

「さあ！　マヒロを殺すのです、コウヤ！」

「うがあああああっ！」

「させんぞ！」

目の前に立つ新を無視してこちらに突っ込んできた生徒会長。

そうはさせまいと新も彼の前に移動して村雨を構える。しかし——

「うがあっ！　うがあああっ！」

理性を失っているからか、生徒会長はエクスカリバーをめちゃくちゃに振り回している。

マリアの指示に従うためとはいえ、これは逆効果な気がするなぁ。

「うがっ！　うがうがあっ！」

「こいつ、めちゃくちゃだな！　ただ真っすぐに真広へ向かっているだけじゃないか！」

「新！　冷静に対処しろ！　今の生徒会長なら、簡単に制圧できるはずだ！」

「何をしているのですか、コウヤ！　エクスカリバーの性能を発揮すれば、彼らなど敵ではないでしょう！」

……エクスカリバーの性能、ですと？

「鑑定、エクスカリバーの性能！」

新の助けになればと、俺は即座にエクスカリバーの鑑定を始める。

「うぐ……がああああぁぁああぁぁっ!!」

「おいおい、嘘だろ！　生徒会長を気絶させてくれ！」

エクスカリバーが強烈な光を放ち、光の剣が崩れた天井から空へと一気に伸びていく。

このままエクスカリバーを振り下ろされれば、俺たちだけではなく光の先にいる関係ない人たちまで犠牲になってしまう。

それがわからないはずもないだろうに、マリアの奴め！

「すまん、光也！」

「甘いですね——転移！」

光也の背後から攻撃を加えようとした新だったが、突如としてその姿が消えてしまう。

そう思った直後、新の姿は王の間の壁際に移動していた。

「うおっ!?　な、何が起きたんだ？」

「まさか、王の間に転移魔法陣を隠しているのか！」

「今頃気づいたのかしら？　これは私たちだけではなく、あなた方にも適用されるのですよ！」

くそっ、このままではエクスカリバーが！

「……仕方がない、これはマリアに使いたかったが！」

俺はそう口にしながら、魔法鞄《かばん》からディートリヒ様より託された捕縛用魔導具を取り出し、生徒会長めがけて投げつけた。

「くらえ――プリズンロープ！」

正直なところ、俺はスポーツが苦手で、ボールを投げても相手にちゃんと届くことの方が少ない。

実際にプリズンロープも最初は生徒会長とはかけ離れたところへ飛んでいってしまった。

だが、自動的に相手を縛り上げるとディートリヒ様が言っていた通り、プリズンロープは波打ちながら一直線に生徒会長の方へ飛んでいく。

「がぐるあああっ!!」

エクスカリバーが振り下ろされる直前にプリズンロープが生徒会長を縛り上げ、光の剣が霧散していく。

どうやら、エクスカリバーの性能とはいえ生徒会長の魔力を使って顕現した光の剣だったこともあり、プリズンロープによってスキル自体を消滅させることができたようだ。

さらに嬉《うれ》しいことに、プリズンロープの効果は生徒会長のスキルだけに留まらず、彼に掛けられていた魔眼の効果までも消滅させてしまった。

「ああああっ！　……あぁぁ……ぁぁ………」

魔力が枯渇したのか、それともスキルの反動なのか、生徒会長は縛られたまま床に倒れ込み、そのまま気絶してしまった。

「はぁ、はぁ……鑑定、神貫光也の状態」

生徒会長の無力化が本当に成功しているのか、俺は念のために鑑定を入れてみる。

すると、以前は文字化けしていた生徒会長のステータスが問題なく見られるようになっていた。

もしかすると、勇者の権能スキルが鑑定をも妨害していたのかもしれない。

プリズンロープ、まさか勇者のスキルですら使えなくするとはな……これで縛られたら、俺の鑑定スキルも使えなくなるんじゃないだろうか。

「……うふふ。やはり持っていましたか、プリズンロープを」

そんなことを考えていると、マリアからそんな声が聞こえてきた。

……まさかこいつ、俺にプリズンロープを使わせるために、わざと生徒会長にエクスカリバーを使わせたのか！

「国民を犠牲にする力を行使すれば、必ず使ってくれると思っていましたわ」

「……なら、お前は逃げるのか？」

「私の転移魔法陣が、王の間にだけしか設置されていないと思いますか？」

「いいや、思わないね。だが、それなら生徒会長と二人で逃げることもできただろう。どうしてこいつを犠牲にしたんだ？」

意識を持っている状態の生徒会長とであれば、転移後にどこか遠くへ逃げることもできただろう。

護衛という立場で考えても、絶対に彼が同行していた方がよかったはずだ。

「特級職を操るというのは、あなたが考えている以上に魔力の消費が激しいのですよ。それに、転移の人数が増えることでも消費が増えます」

「……すべては自分が生き残るためか」

「当然です。ですが、マヒロだけは助けてあげてもいいですよ？　今からでも私のもとに――」

「お前は俺が殺してやるよ、マリア！」

プリズンロープを取り出した時、実はこっそりとぶどうを取り出して早食いしていた。

四粒を食べた俺の速度は1115と四桁を誇っている。

「えっ!?」

マリアからすると、俺が消えたように見えたことだろう。

日本刀を鋭く振り抜く。狙いは――首だ。

「て、転移！」

しかし、危ないと感じたのか瞬間的に転移を発動させて回避されてしまう。

「ちっ！」

「あ、危ないじゃないのよ！」

だが、瞬間的な転移では遠くへと続く転移魔法陣を発動させることはできないのか、マリアはまだ王の間に留まっている。

しかし、マリアよ。そこへの転移は完全に判断ミスだな！

「止《とど》めだ！」

「はっ！　しま――くあっ!?」

マリアが転移した先、そこは新が転移させられた場所の近くだった。

もしかすると、あまりに急な攻撃に新がいた場所に照準を向けたままにしており、その近くに緊急避難したのかもしれない。

だからこそ新の一撃がマリアの背中を斬り裂いたのだ。

「うぐっ！　……し、死ぬぅ……」

「いや、死なないが？」

「……だって……背中を、斬られた……斬ら……れて、ない？」

まあ、そう思うだろうな。

俺も新から話を聞いていなかったら、彼がマリアを殺したと思ったはずだ。

「ど、どういうことなのですか？」

「俺が斬ったのは、貴様の魔力だ」

「……私の、魔力ですって？」

魔法刀村雨は、相手の魔力を斬ることができる。

剣士が遠距離では魔導師に勝てないとされている常識を覆し、魔法を斬りながら接近して倒すことができるようにという製作者の思いが込められた日本刀なんだとか。

ちなみに、実体を斬るのか魔力を斬るのかは、使用者が任意で決められるらしい。

「……まさか、そんな力があるだなんて、聞いていないわよ？」

「ならばそれは、貴様たちが村雨の力を見抜けなかっただけだろう。俺は握った瞬間から、こいつのことが頭の中に流れ込んできたぞ？」

村雨の力については、俺が鑑定をしたわけではない。

新が口にした通り、彼の頭の中に自然と村雨のすべてが流れ込んできたと語っていた。

どうしてそうなったのかは鑑定していないので俺にはわからないが、きっと日本人が打った村雨が、同じ日本人であり、剣聖でもある新を自らの主人だと認めたのだと勝手に考えている。

……だって、その方が格好いいじゃないか。

「……はは。ならばどうして私を殺さないのですか？　甘さを出したのですか？　私が逃げられないとでも本当に思っているのですか？」

「なら、転移を使ってみたらいい」

俺はマリアのもとまでゆっくりと歩いていきながらそう答える。

「やってやるわ！　転移！　……くっ、転移！　転移、転移、転移!!」

マリアが転移魔法を発動させようとしても、一向に反応を示さない。

何度も、何度も繰り返し、発動しないのは確かめられたのに、唇を噛《か》みながら再び繰り返す。

その姿は哀れであり、惨めでもある。

「……こ、殺しなさい！　生きて辱めを受けるくらいなら、死んだ方がマシだわ！」

「いや、別に辱めとか、そんなことするわけないだろうが」

「そんな言葉、信じられるはずがないでしょう！」

「俺たちはお前を捕らえてシュリーデン国に引き渡すだけ――」

「あなた方がしないのなら、自決させていただきます！」

うおおおいっ！　なんで俺の言葉を信じてくれないんだよおおおっ！

――どごっ！

「かはっ!?」

俺がどうするべきか迷っていると、新がマリアの首筋に手刀を食らわせて彼女を気絶させてしまった。

「こうする方が早いだろう」

「……あ、あぁ、確かにな」

床に転がるマリアと生徒会長。二人の姿を見た俺は、長い息を吐き出した。

「はああああああぁぁぁ……これで、終わったのか？」

「おそらくな。……そういえば、外で聞こえていた戦闘音も聞こえなくなっているようだ」

そういえば、途中からこっちの戦闘に集中しすぎて忘れていたが、本当に聞こえなくなっている。

それもグウェインたちの戦闘だけでなく、外で戦っていただろう先生たちの方の音も聞こえない。

「──桃李君！」

そこへ駆けつけたのは、円だった。

「円だけか？　グウェインとユリアはどうしたんだ？」

「グウェインさんの意識が戻らなくて、今はユリアちゃんがそばについているの」

「ぐ、グウェインが！」

「あっ！　でも、気絶しているだけで、命に別条はなさそうだよ！」

「……そ、そっか。なら、よかった」

俺たちの事情に巻き込んでグウェインに何かあった時は、アリーシャに合わせる顔がなくなってしまう。

それ以前にグウェインはこの世界で初めての友達であり、親友なのだ。

無事でいてほしいと願うのは、当然のことだった。

「ねえ、桃李君。先生たちがどうなったか、鑑定スキルでわからないかな？」

「それもそうだな。ちょっと待ってくれ、鑑定を──」

「その必要はないわよ、真広君」

円に続いて王の間に姿を見せたのは、先生と赤城、それにディートリヒ様だった。

「先生！　無事でよかったです！」

「ライアンさんとギルマスはどうしたんですか？」

「城門前で他の方々を取りまとめてくれています」

「……他の方々？」

ディートリヒ様の言葉に、俺は疑問を返す。

この場には少数精鋭ということで、俺たち以外の味方は連れてきていないはずなのだが、何者かが援軍として参戦してきたのだろうか。

そこで話を聞いてみると、どうやらマリアを倒そうとする反乱軍がひっそりと身を隠していたらしく、先生たちが戦闘を開始した時点で動き出していたらしい。

「まあ、貫田を倒してからやっと姿を見せたわけで〜、ザコの相手しかしていないんだけどね〜」

「貫田火倫か！」

「火倫ちゃん、先生たちのところにいたんだね」

「魔導師対決を制したんですね、先生」

「みんなの力を合わせてようやくって感じだったけどね」

そう口にした先生の顔はどこか満足げであり、視線を赤城とディートリヒ様へ向けている。

赤城はどこか恥ずかしそうに、ディートリヒ様は柔和な笑みを浮かべ頷いていた。

「それにしても〜……本当にやっちゃったんだね〜、真広〜」

照れ隠しなのか、赤城が話題を変えようと床に転がっているマリアと光也を見下ろしながらそう口にした。

「だいぶ苦戦したけどな。神級職じゃなかったら、マジで危なかったかも」

たぶんだけど、マリアの魔眼に抵抗できたのは俺が神級職だったからだろう。

そうでなければ今頃は操られており、自分の意思に関係なくみんなを傷つけていたかもしれない。

「この方が、マリア・シュリーデンですか」

「はい、そうです」

ディートリヒ様はそう口にしながら、視線を横にずらして生徒会長を見る。

「プリズンロープは彼に使ったのですね」

「彼が神貫光也、特級職の勇者です」

プリズンロープがマリアではなく生徒会長に使われていたことに驚きながらも、王の間の惨状を見たディートリヒ様は一つ頷いた。

「……激しい戦闘があったようですね」

「まあ、戦ったのはほとんど新ですけどね」

「村雨の能力がしっかりと役に立ちました」

「魔力を斬る魔法刀ですからね。陛下が貸し与えてくれたのも頷けます」

マリア対策として貸し与えてくれたプリズンロープだけでなく、村雨も同様の能力を持っていたことは、正直なところ驚きだった。

マリアも村雨の能力については把握していなかったようだし、それを考えるとオルヴィス王は相当なやり手だなと思わざるを得ない。

「ディートリヒ様。さっき話に出てきた反乱軍って、信用できるんですか？」

今はライアンさんとギルマスが取りまとめているということだが、そいつらがロードグル国の政権を握らんとする可能性はないのだろうか。

そう思い聞いてみると、どうやら政権を渡すことも考えているらしい。

「反乱軍の中に、前ロードグル国王のご子息がいらっしゃいました」

「それって、王族ってことですよね？」

「はい。前ロードグル国王は名君として名が広まっており、ご子息も有能だと伺っております」

「だが、相手が王族だからといってそう簡単に政権を返してもいいものなのですか？」

新が疑問を口にすると、それに対してもディートリヒ様が答えてくれた。

「今回の状況は色々と複雑ですからね。単に援軍として参戦して活躍したのなら、報酬を交渉することも可能でしょうが、ロードグル国を攻め落としたのがマリア・シュリーデンという事実が足枷《あしかせ》になってしまいます」

「そもそも、シュリーデン国が攻めてこなければこうはならなかった、ということですか」

「その通りです。なので、今回はそれぞれがより重要視している部分に絞って交渉を行い、譲る部分は譲って交渉を終わらせようかと。こちら側からは、マリア・シュリーデンと異世界人の身柄を引き取ることを優先させていただきました」

問題の元凶を引き渡すことに納得してくれるのかは疑問だが、あちら側としても棚ぼたで政権を取り返すことができたのだから文句は言えないはずだ。

それに、ずっと隠れていたということは、マリア軍に手も足も出ない状況だったはず。

そいつらを倒した俺たちに歯向かおうだなんて、思い切ってもそう簡単に行動できることではないだろう。

……なんだったら、バナナを食べた先生だけで殲滅《せんめつ》できてしまいそうな気がするし。

「どうしたの、真広君？　先生の顔を見て」

「えっ？　いや、なんでもないよ！　あは、あはは――！」

すぐに顔に出てしまう癖は治さないといけないなぁ。

「反乱軍との交渉はディートリヒ様に任せてもいいんですか？」

「はい。というか、すでに大まかな交渉は済んでおりますのでご安心ください」

「……は、早いですね」

「あちらも自国を他国民に占領され続けているのは、はらわたが煮えくり返ってしまうのではないでしょうか」

「ディートリヒ様、口が悪くなってますよ？」

「おっと、失礼いたしました。……彼らの態度がやや横暴だったので、つい交渉時の口調が出てしまったようです」

いったいどんな交渉を行ったのだろうか。

ちょっと、先生？　ディートリヒ様の隣で満面の笑みを浮かべないでくれますか？　そっちの方がより怖さが増すんですけど！

「とにかく、マリア・シュリーデンと勇者の身柄については私たちが確保しておりますのでご安心ください」

「そうですか、よかった。……それなら、今回の戦いはこれで終わりってことでいいんですか？」

俺がそう口にすると、ディートリヒ様はニコリと笑いながら大きく頷いた。

「もちろんです。あとの処理は私とアキガセ様、それとアカギ様にお任せください」

「真広君たちは休んでおいてね」

「一緒に頑張りましょうね、ディートリヒ様～！」

……ブレないな、赤城の奴は。

「……いや、俺も最後まで責任をもって手伝います」

「私も！　ユリアちゃんとグウェインさんのところに行ってくるね！」

そうだ、グウェイン！

「俺も行くよ、円！」

「こっちは任せておけ」

「みんな、頼んだ！」

俺はそう言い残し、円と一緒にユリアとグウェインのもとへ急いだ。


二人は三階の廊下で休んでいた。

ただ、すぐに声を掛けられる雰囲気ではなく、俺と円は階段の踊り場で立ち往生していた。

「……な、なあ、円」

「……どうしたの、桃李君？」

「……ユリアの奴、どうして膝枕をしているんだ？」

「……わ、私にもわからないかな」

そう、倒れているグウェインの頭が、正座をしているユリアの太ももに乗せられているのだ。

グウェインが気絶していて、痛くならないよう膝枕をしているだけという考え方も全然できるんだけど……もしかしたらワンチャン、恋が芽生えているという可能性も――

「ちょっとー！　変なことはないからさっさと下りてきなさいよー！」

「「……バレてた」」

ユリアに声を掛けられたこともあり、俺たちは申し訳なさそうな感じで踊り場から三階へ下りた。

「お疲れ様。桃李がいるってことは、終わったのね」

「あぁ、終わった」

「……そっかー！　あぁー、さすがに今回は疲れたわー！」

座ったまま腕を上げて大きく伸びをしたユリア。

そのまま力を抜いて腕を下ろすと、小さく息を吐き出した。

「それにしても、ここもすごいことになっているなぁ」

三階の廊下は派手に壊れており、壁にいたっては隣の部屋までぶち抜かれている部分まである。

粉々になっている武器の数々。床も所々が陥没しており、いつ崩壊してもおかしくはないだろう。

これだけの惨状になるほどの激戦を行った結果、俺たちの全勝というのは最高の結末だ。

「……………ぅぅ……………ぅぅん」

俺たちの声が聞こえたのか、グウェインが意識を取り戻した。

「……あれ？　コンドウ、さん？」

「おはよう、グウェインさん」

「…………ご、ごめん——いっ！」

「はいはーい、動かないでねー。傷が深いんだからー」

「……いや、でも」

「いやも、でもも、ありませーん」

「……あ、ありがとう」

膝枕をしてもらっているという事実に気づいたグウェインが慌てて体を起こそうとしたが、激痛が走ったのだろう、顔をしかめて呻き声を漏らした。

それを見たユリアは優しく彼の肩に手を添えて、ゆっくりと膝枕の体勢に戻してしまう。

「全部終わったのよ、グウェインさん」

「トウリがいるってことは、そうだよね。……お疲れ様、トウリ」

「ありがとう、グウェイン」

きついだろうに、グウェインは寝たままの状態で右腕を上げて拳をこちらへ向けてくれた。

俺も拳を作ると、彼の拳にぶつけてお互いに健闘を讃《たた》え合う。

「それにしても、忍たちも強かったよねー」

「うん、確かにみんな強かった」

「グウェインは土門と戦ったんだよな、どうだった？」

「ギリギリの勝利だったよ。……いや、僕も気を失ったから、実際は引き分けかな」

中級職とはいえレベルも高く、四桁のステータスを持っているグウェインと引き分けか。

小田や渡辺も、特級職の円とユリアを相手に奮戦したのだろう。

俺と新の戦いも結構ギリギリだったし、もしも俺たちが負けていたなら、最大の功労者は小田たちになっていたかもしれない。

……結果が変われば、立場も変わるか。

「信じてたよ、グウェイン」

「でも、トウリを守るっていう役目を果たすことはできなかった。それだけは心残りかな」

「そこは新もいたし、生徒会長がいるなら新と進むべきだったんだ」

「わかっているよ。だから我慢したんだ。でもね……うん、悔しいな」

頭では理解できても、心がそれを受け入れられない。

アリーシャから任された、そして自分の役目だと言い聞かせてきたグウェインにとっては、やっぱり悔しいことなんだろう。

「俺はまだまだアリーシャやグウェインに、グランザウォールに恩返しをしないといけない。俺を守る機会なんて、まだまだあるんだぜ？」

そんなグウェインを見ながら、俺は冗談交じりにそう口にした。

「……うん、そうだね。その時は絶対に、僕がトウリを守るよ」

「頼りにしてるぜ、グウェイン」

「友情だね～」

「私たちも頑張ろうね、ユリアちゃん！」

怪我を負ってはいるものの、グウェインの無事も確認することができた。

安堵もあってか急に疲労が出てきたこともあり、俺と円もユリアたちの隣に腰掛け、束《つか》の間《ま》の休息を取るのだった。

しばらくして、四階から先生たちが下りてきた。

生徒会長は新が、マリアは赤城が背負っている。

最初こそ生徒会長にプリズンロープを使っていたのだが、目を覚まして転移魔法を使われては厄介だということで、俺たちが王の間を離れてからマリアに使い直したようだ。

生徒会長も厄介といえば厄介だが、もしも目を覚まして暴れようものなら、この場にいる全員で掛かればなんとかなるだろうという判断らしい。

特に新が持つ村雨が有効ということもあり、生徒会長からは離れないよう言われているのだとか。

赤城はマリアを背負うことにぶつぶつと文句を口にしていたが、ディートリヒ様が優しく声を掛けるとすぐ上機嫌になっていた。

ここまできたらディートリヒ様、マジで嫁にするか、側室にでもしないと赤城が暴走すると思いますよ？　……まあ、本人には言わないけど。

残すは土門、小田、渡辺の三人なのだが、彼らは俺とディートリヒ様と先生で運ぶことになった。

城門の前までやってくると、そこではライアンさんとギルマスが待っていてくれた。

「皆様、ご無事でしたか！」

「おぉー！　こっちは終わってるぜ、小僧！」

ライアンさんは安堵の声を掛けてくれたが、ギルマスはいつも通りに豪快な笑みを向けてくれる。

少しは心配してくれと思わなくもないが、今はギルマスの豪快な笑みを見るだけでこちらが安心してしまう。

「……なんだ、小僧？　変な笑い方しやがって、気持ち悪いぞ？」

「あはは、すみません。ちょっと気が抜けちゃったみたいですね」

「おいおい、マジで大丈夫なのか？　俺に対して敬語とか、頭でも打ったか？」

「……はいはい、大丈夫ですよ。だから仕事に戻ってください」

「がははははは！　いいねぇ、それでこそ小僧だ！」

冷たくされて喜ぶとか、ギルマスはドMなんだろうか。

「それで……あっちの人たちが反乱軍ってことですか？」

俺が視線を向けた先では、多くの人たちがマリア軍を捕縛していたり、瓦礫《がれき》を運び出していたりと動き回っている。

これらをライアンさんとギルマスで取りまとめて動かしているのかと感心していたのだが、そうではなかった。

「あっ！　お、お疲れ様です、ディートリヒ様！」

「「「「……ディートリヒ様？」」」」

別行動をしていて何があったのか知らない俺たちは同時に首を傾げる。

「私たちは交代で休憩を取り、明日には王都ロルフェストを発《た》ちます。この場はあなた方にお任せしてもよろしいですか？」

「もちろんです！　私たちにお任せください！」

大柄ないかつい男性が、ディートリヒ様に敬礼しながら従っている。

……交渉をしたと言っていたが、本当に普通の交渉だったんでしょうねぇ？　脅し、じゃないですよね？　ディートリヒ様、先生？

あとで赤城にでもこっそりと交渉の様子を聞いてみようと思っていたんだが、聞くのが怖くなってきたな。

こうして俺たちは動き回る反乱軍を横目に見ながら城門を離れ、これまた反乱軍が用意してくれていた宿へと向かい休むことになった。

……本当に、終わったんだな。

だが、まだ安心はできない。

生徒会長とマリア、それに土門たちだって、目を覚ましてから素直に従ってくれるかどうかもわからないのだ。

交代で見張りをするということだったが、疲労を考えてか俺とグウェインは見張りのローテーションから外された。

「俺はそこまで疲れていないからローテーションに入っても大丈夫だけど？」

「いや、グウェインはともかく、真広は戦力に数えられないからな」

「桃李は黙って休んどきなさいよー」

「あはは……そ、そうだね」

……そんなこと、俺が一番よくわかっているんだよ！　それでも見張りをしてもいいって言った俺の気遣いも理解してくれ！

「安心してお休みください、トウリ様」

「役に立たねぇんだからさっさと寝ろ、小僧」

「明日からの鑑定には期待しているからね、真広君」

大人組はギルマス以外、優しい言葉を掛けてくれたよ。

まあ、ギルマスもあれで気を遣ってくれているんだろうけどな。……そう信じておこう。

「かわいそうだねぇ、真広～」

「見張りの方は私たちにお任せください。よろしくお願いしますね、アカギ様」

「はい！　……うふふ～、ディートリヒ様と二人きり～」

……この二人が一緒に見張りをするのか。

ディートリヒ様、襲われたりしないかな？　そこだけが心配だ。

「みんなもこう言ってくれているし、お言葉に甘えようか、トウリ」

「……それもそうだな」

みんなの言葉を受けて、グウェインが笑いながらそう言ってくれた。

怪我をしている彼に言われると文句は言えず、俺はそそくさと部屋に向かうことにした。

「痛むか、グウェイン？」

「ちょっとだけ痛むけど、大丈夫。心配してくれてありがとう」

部屋に入った俺はグウェインをベッドに寝かせると、もう一つのベッドの端に腰掛けた。

「……なあ、グウェイン。今回は本当に――」

「はいはい、お礼はもういいって」

俺たちの問題に巻き込んでしまったグウェインにお礼を言おうとしたのだが、その手前で遮られてしまった。

「僕は僕の判断でトウリたちに同行したし、役に立ちたいと思ったんだ。姉さんが命令したからじゃない、あくまでも僕の判断なんだよ」

「そうかもしれないけど……」

「僕はトウリの友達なんだろう？」

「親友だと思っているよ」

「それは僕も同じさ。親友を助けたいと思うのは、そんなに変なことかな？」

横になりながら、顔だけをこちらに向けてニコリと笑うグウェイン。

「……変じゃ、ないな」

「そうだろう？　なら、お礼は必要ない」

「……ったく、頑固者だな、グウェインは」

「そうかな？」

「そうだよ」

……なんだろう、この安心感は。

グウェインと話をしていると、まるで日常に戻ってきた感じになるんだよなぁ。

「……早くグランザウォールに帰って、ゆっくりしたいね」

「……あぁ、そうだな。俺も早くアリーシャに会いたいよ」

「はは、トウリはやっぱりそっちだよね」

「やっぱりってなんだよ、やっぱりって」

「トウリは姉さんのことを本当に好きでいてくれるからさ。僕としても嬉しいんだ」

「そうじゃないと告白なんてしないっての」

自分のコイバナを、恋人の弟とするのってどうなんだろう。

いやまあ、グウェインだからこんな話もできるのであって、他の人とはこんな話はできないんだけどさ。

「……ありがとう、トウリ」

「おいおい、俺のお礼は遮っておいて、グウェインはお礼を言うのかよ」

「違うって。このお礼は、姉さんを好きになってくれてありがとうってこと」

「……いや、そのお礼の方が意味わからないんだけど？」

俺がアリーシャを好きになったのは、俺の勝手だと思う。

誰かに何かを言われたからではなく、俺の気持ちがアリーシャのことを好きになったのだ。

「……姉さんはさ、父上と母上が亡くなってからというもの、ずっと気を張り続けていたんだ。だから、恋愛についてもずっと後回しにしててさ、見ている僕としてはどうにかできないかなって、ずっと思っていたんだ」

そう口にするグウェインの表情はとても悲しそうで、辛《つら》そうに見えた。

「だけど、トウリと出会ってからの姉さんは本当に明るくなったんだ。前にも話したけど、毎日がとても楽しそうでさ……僕は、それが本当に嬉しいんだよ」

グウェインにとっては何度でも口にしたい言葉なのだろう。

アリーシャと一緒にいるのは俺も楽しいし、彼女も同じように思ってくれているのであれば、こんなにも嬉しいことはない。

「……早く二人の子供を見せてくれよ」

「い、いきなりだな！　まだ結婚もしてないんだけど！」

「冗談だよ。……でも、見たいっていうのは本音だからさ。なるべく早くとお願いしておくよ」

「……それは俺一人の意思ではどうしようもできないので、黙秘でお願いします」

「あはは。まあ、それもそうか」

俺の発言にもグウェインは軽く笑い、そして小さく息を吐いた。

「……早く休め。明日からは長旅になるんだからさ」

「……うん、そうだね。トウリも早く休みなよ」

「おう」

俺が返事をして、グウェインが瞼《まぶた》を閉じる。

すると、ものの数秒で彼の寝息が聞こえてきた。

「……ったく、疲れているのに無理してお喋りしていたな？」

もしかすると、グウェインも俺と同じで日常に戻ってきたと感じていたのかもしれない。

……そうだったなら、嬉しいな。

そう思いながら俺もベッドに横になる。

……今日は本当に疲れたな。過去一だったかもしれない。

…………あぁ、俺もグウェインのことを、言えないいな。

……もう……寝るわぁ。


こうして、ロードグル国での戦いは終わりを告げた。

俺たちは翌日になってロルフェストを去り、シュリーデン国を目指した。

捕虜を大量に連れていることと、グウェインが怪我をしているので足取りはゆっくりだったものの、反乱軍からも護衛として数人が同行してくれたこともあり順調に行程を消化することができた。

反乱軍とは国境に到着してから別れたが、シュリーデン国に入ってからはオルヴィス王が派遣してくれた騎士たちが護衛を交代してくれたので、今までと変わらない速度で進むことができた。

「……はあぁぁ〜、疲れたぁぁ〜」

精神的な部分なのだろう、ロードグル国ではずっと気を張っていた俺は、シュリーデン国に入ってからは一息つくことができた。

それは俺だけではなかったようで、新たちの表情にも笑顔が増えたように見える。

そして、気づいたことがもう一つ。

マリア軍にいた上級職の四人にも、個人差はあれ安堵の表情が見て取れたのだ。

魔眼によって操られていた四人だが、話を聞くと徐々に意識を取り戻していったらしい。

しかし、これはマリアから嘘と真実がない交ぜになった感情を植え付けられていたものが薄まったからだった。

俺はこの話を貫田から聞いており、彼女の場合は先生との戦闘中に本来の意識を取り戻したらしく、自分の手で先生を殺してしまうのではないかと恐怖で頭がおかしくなりそうだったようだ。

他の三人も同じようなものだったが、特に小田の場合はマリアに恋をしていたらしく、正気に戻った今でも心の整理がつかないのか茫然自失《ぼうぜんじしつ》になっていた。……だが、生徒会長にだけは彼らと同じような表情は見られなかった。

彼は道中ずっと、マリアのことを心配していたように思える。

その証拠に、生徒会長は常にマリアの方に視線を向けていた。

だが、それとは真逆にマリアが生徒会長へ視線を向けることは一度としてなかった。

これだけ態度に違いがあるものの、生徒会長はいまだに彼女への想いを諦めきれないようだった。

今後、彼がどのような選択をして、どのような人生を歩んでいくのか……俺には想像もつかない。

そんなことを考えながらの道中はあっという間で、俺たちはようやくシュリーデン国の王都に戻ってきたのだった。

エピローグ

「――……ぅうん、もう朝かぁ」

王都に戻った直後、俺たちはオルヴィス王からさっさと休むよう言われてしまった。

本当なら色々と報告することもあったのだが、そのあたりはディートリヒ様がやってくれるということで、彼の言葉に完全に甘えた形だ。

「遅いお目覚めですね、トウリさん」

「あぁ。オルヴィス王がゆっくり休んでいいって言ってくれたから……ん？」

あれ？　おかしいなぁ。俺って、グウェインとの二人部屋じゃなかったっけ？

当然ながら、女性と同じ部屋なはずがないわけで。

「…………あ、アリーシャ？」

「うふふ。おはようございます」

「……えっと、おはよう……で、いいのか？」

「はい、その通りです」

……そっか。おはようでいいのか。

「…………いやいや！　違うから！　どうしてアリーシャが俺たちの部屋に……じゃなくて！　どうしてシュリーデン国にいるんだよ！　その前にグウェインは!!」

俺たちがロードグル国へ行っている間、アリーシャはグランザウォールで領主としての仕事をしているはずじゃなかったっけ？

それなのにどうして、シュリーデン国の俺の部屋のベッド横に腰掛けているんだ？　そしてどこに行ったんだよ、グウェイン！

「トウリさんたちが戻ってきたその日に、シュリーデン国の方が教えに来てくれたのです」

「……あぁ、なるほど」

「それと、グウェインは朝早くに目を覚ましたようで、ご飯を食べに行ってから戻ってきていませんね」

……あの野郎、変に気を利かせやがったな。

「迎えに来てくれてありがとう、アリーシャ」

「それほどでも。それに……」

「ん？　どうしたんだ、アリーシャ――!?」

急に言葉を切ってしまったアリーシャに声を掛けようとした直後、俺は立ち上がった彼女に抱きしめられてしまった。

「本当に……本当に、心配したのですよ、トウリさん」

そして、アリーシャの言葉を聞いた途端、俺の体は震えだした。

「……あ、あれ？　なんでだろうな。急に震えが……あれ？」

「トウリさんも怖かったんですね。よかった、本当によかったです」

……あぁ、そうか。

俺は、怖かったのか。アリーシャを残して死んでしまうことが、心の底から怖かったんだ。

昔の俺なら、こんな風に震えるなんてことはなかっただろうに……。

「……俺、変われたんだな」

「私はそれがとても嬉《うれ》しいです。自分のことを大切に思うのは、悪いことじゃないのですから」

「……アリーシャ」

アリーシャはそう口にしながら、抱きしめる腕に力を込めた。

「……はい、トウリさん」

「………ぐ、ぐるじぃ」

「ふえっ!? ご、ごめんなさい!!」

俺の言葉にアリーシャは慌てて腕から力を抜いて解放してくれた。

いやまあ、嬉しかったんだけどさ、胸に顔を埋《うず》められるのは最高だったんだけど、マジで死ぬかと思ったから！

「ゴホッゴホッ！」

「あぁ、大丈夫ですか？ 本当にごめんなさい！」

「だ、大丈夫……ふぅ」

一息ついた俺は、慌てているアリーシャに笑みを向けながらそう答えた。

「あれ？ でも、昨日のうちに報告が来て、今日だろう？ ……今、何時なんだ？」

アリーシャのことだから朝一で来ている可能性もあるけど、それから俺が目覚めるまでどれだけの時間が経過していたのだろうか。

今までの経験上、結構な時間を寝ていたかもしれない。

「今は……お昼過ぎですね」

やっぱりなー！ 丸一日以上寝てる時もあったからそうかと思ったよー！

「ご、ごめん！ だいぶ待たせたよな！」

「大丈夫です。トウリさんの寝顔を眺めているのも、楽しかったですから」

……寝顔って、恥ずかしいです。

「動けそうですか？ 実は、オルヴィス王がトウリさんが目覚めたら話を聞きたいと仰《おっしゃ》っていたのですが」

「わかった。動けるからすぐに行こうかな」

「わかりました、一緒に向かいましょう」

朝に来たアリーシャに伝言をして、昼過ぎまで待たせちゃっているんだから、急いで向かった方がいいだろう。

俺は簡単に身だしなみを整えると、その足でアリーシャと共に王の間へと向かう。

中に入るとロードグル国へ向かった面々がすでに集まっていた。

「すみません、遅くなりました」

「本当におっそい時間に起きたわねー」

「おはよう、桃李《とうり》君。アリーシャさんも」

「疲れていたんだろう、仕方がないさ」

ユリア、円《まどか》、新《あらた》の順番に声が掛けられる。

「寝てたんだから仕方ないだろう」

ユリアにジト目を向けながらそう口にすると、彼女は肩を竦《すく》めてみせた。

「お待たせしてしまい申し訳ありません、オルヴィス王」

「構いませんよ、トウリ殿。むしろ、お疲れのところ呼び出してしまいこちらが申し訳ない」

オルヴィス王は相変わらず腰が低いなぁ。

「だいたいの報告はディートリヒ殿から聞いています。皆様、本当にお疲れ様でした」

そう口にしたオルヴィス王が頭を下げると、次いでディートリヒ様が話し始める。

「マリア・シュリーデンに関しましてはこちらで処遇を決めさせていただきます。ロードグル国が身柄を求めるのであれば、それに見合った交渉をこちらが責任をもってやらせていただきます」

ディートリヒ様が中心になって交渉するのであれば、心配はないだろう。何せすでに反乱軍との関係性では彼が上に立っているみたいだしね。

「親の罪を子が被《かぶ》る必要はありませんが、今回の罪はマリア・シュリーデンが主犯ですから、どうしようもありません」

「彼女には彼女の罪があります。それをしっかりと償っていただかなければ、亡くなった者たちが浮かばれませんからね」

ディートリヒ様の言葉にオルヴィス王が頷《うなず》きながら同意を示した。

「続いて、異世界人の五人の処遇についてです」

生徒会長だけじゃない。俺たちと戦った土門《どもん》、小田《おだ》、渡辺《わたなべ》、そして貫田《ぬきた》のことだ。

「ドモン、ワタナベ、ヌキタの三名からは反省の色が見て取れましたので、マリア・シュリーデンの行動に巻き込まれたのだろうと判断し、今回は処分保留とさせていただきました」

「本当ですか！」

嬉しそうに声をあげたのは先生だ。

「はい。そもそも、戦争に参加した者のすべてを処分していては、今度は私たちが大量虐殺の首謀者になってしまいます。処分を下すのは、戦争の中心にいた者だけで十分かと」

確かに、自らの意思で付き従った者、権力に逆らえず従うしかなかった者、マリアの魔眼によって操られていた者、戦争に参加したといっても立場は人それぞれだ。

それらすべての人物を処分してしまえば、多くの反感を買ってしまうことだろう。

「あれ？　でも、生徒会長はともかく、小田は？」

先ほどの三人が処分保留であれば、小田も似たようなものだと思い聞いてみた。

「どうやら彼は、今もなおマリアに本気で恋をしているようでして、何を聞いても彼女に従うのみだと言い張っております」

「この状態ですと、私たちとしても簡単に解放するのは難しいと判断させていただきました」

小田の奴、冷静になってもまだマリアに一途《いちず》な想いを向けているのか。

「しばらくは牢屋《ろうや》に入っていただき、意識の改善が見られれば先ほどの三名と同様に処分保留で解放したいと思っております」

「もし、改善が見られなければ？」

ゴクリと唾を飲み込みながら、先生が問い掛ける。

「ご安心を。甘い処分かもしれませんが、私たちが彼を極刑に処すことはいたしません」

「……そ、そうなんですか？」

「はい。ですが、その時はハルカ殿、あなたの力をお借りすることになるかもしれません」

小田に処分が下されるとなれば、先生はどうにかして彼を助けようとしたかもしれない。

だが、オルヴィス王は、そこまで考えてのことかはわからないが、牢屋に入ってもらうだけで命までは取らないと口にした。

「私の力、ですか？」

「はい。ハルカ殿は異世界人の多くの子供たちに寄り添い、心のケアをしてきたと聞いております。

なので、その力でオダを更生させてほしいのです」

この言い回しは、先生にとって断れないものだろう。

先生が生徒を守り、そして導くべきだと本気で思っているはずだからだ。

「……わかりました。私の教師人生を懸けて、小田君を更生させてみせます！」

「よろしくお願いいたします」

ここまでに土門、小田、渡辺、貫田の処分は決まった。

だが、一番の大物の処分がまだ残っていた。

先ほども名前が挙がった、常にマリアと共にいた生徒会長の処分である。

「……あの、オルヴィス王。神貫《かみぬき》君については、どうなりますか？」

「正直なところ、カミヌキに関してはマリアに次ぐ中心人物であると私たちは見ています。異世界人だからという理由だけで処分を軽くするには、彼の立場はあまりにも悪すぎる」

オルヴィス王の言葉に、俺たちは何も言えなかった。

勝手に召喚しておいて都合が悪くなれば捨てるのかと、召喚されたばかりの頃は考えていた。

しかし、今は違う。

多くの現地人と関わり合う中で、命の重みは異世界人も現地人も平等なのだと思い知らされた。

召喚された異世界人だから現地人を殺しても罪にならないなんてめちゃくちゃな理屈は、絶対に通ってはいけないのだ。

「そう、ですよね」

そして、そのことは先生も十分に理解している。

だからこそオルヴィス王の言葉に反論できずにいるのだ。

「……ですが、今回の一件ではマリア・シュリーデンが主導していた部分が多くを占めております。なので、オダと同様にカミヌキも更生ができたと判断されましたら、条件付きで解放しようと考えております」

「条件付き、ですか？」

ここで大きく話の流れが変わった。

同じ異世界人としては残酷と思われるかもしれないが、生徒会長に限って言えばマリアと同様の処分でもよいと俺は思っていた。

それだけのことをしでかし、それだけの数の人間を殺してしまったのだから。

「それこそ甘い処分なんじゃないかしら～？」

そこに口を挟んだのは、赤城《あかぎ》だった。

「誰も言わないから私が言うけどさ～、生徒会長に関してはマリアと同じ処分でもいいんじゃないかしら～？」

「……どうしてそう思うの、赤城さん？」

そこで先生が赤城を見つめながら口を開いた。

「生徒会長は私以上に人を殺しているのよ～？　それも、自分の意思でね～。それって、処分するには十分すぎる理由にならないのかしら～？」

「でも、それはまだわからない――」

「生徒会長への尋問には、先生も立ち会ったって聞いているけど～？」

「えっ？　そうなんですか、先生？」

それについては俺も知らなかった。

ということは、生徒会長がどのように発言したのかを先生は知っているはずだ。

「……ええ」

「なんて言っていたのかしら～？」

「……赤城さんが言ったように、自分の意思でと言っていたわ」

「でしょ～？　だったら甘い処分なんてことはせず、しっかりと決断した方がいいと思うけどね～。今後のためにもさ～」

あまりにも正論すぎて、誰も口を挟めない。先生ですら言葉を失ってしまっている。

「……いいえ、アカギ殿。これは私、オルヴィス・レスフォレストが王命として発した処分です。覆すことはいたしません」

だが、オルヴィス王だけは違っていた。

「だ～か～ら～、それが甘いって言ってんのよ～」

「甘いからこそ、私は私の決断に責任を持つつもりです」

「……あとになって寝首をかかれても知らないからね～」

「そうならないと信じての決断ですよ、アカギ殿」

何を言っても変わることのないオルヴィス王の態度に、最終的には赤城が肩を竦めて意見を引っ込めた。

「申し訳ありません、我がままを言いまして」

「責任を取ってくれるならいいんじゃないですか〜」

「アカギ様、そのあたりで許してあげてください」

「わかりました、ディートリヒ様！」

そしてここは一貫しているなぁ、おい！

「トウリ殿とアリーシャ殿からは、何か意見はございますか？」

他の人たちからはすでに意見を聞いていたのだろう、最後に俺とアリーシャに問い掛けてきた。

「……正直なところ俺も赤城と同意見で、甘いと思います」

「真広君《まひろ》……」

「でも、小田だけじゃなく、生徒会長にもチャンスをくれたことには、感謝しています」

「そうですか。アリーシャ殿はどうですか？」

オルヴィス王の視線が俺からアリーシャへ向いた。

「……私は、どちらでも構いません」

すると、アリーシャからは予想外の意見が返ってきた。

「ふむ、どちらでも構わないとは、私の決断に従うということでよろしいでしょうか？」

「はい。そもそも、私はアデルリード国にある、グランザウォールの領主ですので、トウリさんたちの無事が確認できれば、それで問題ありません」

毅然《きぜん》とした態度でアリーシャがそう口にすると、オルヴィス王は少しだけ驚いた顔になったものの、すぐに柔和な笑みを浮かべて小さく頷いた。

「ありがとうございます。それでは、彼らの処遇については先ほどお伝えした通りにこちらで対応させていただきます」

「私はまだシュリーデン国に残りますが、マヒロ様たちは明日にはアデルリード国へ帰っていただいても問題ありません。本当にお疲れ様でした」

これでオルヴィス王との話し合いは終わりとなり、ディートリヒ様の締めの言葉を最後に、俺たちは王の間をあとにした。


その後、シュリーデン国での最後の一日を、俺たちはそれぞれで過ごすことにした。

先生は、早速だが生徒会長と小田のところへ向かい根気よく話をしてみると口にしていた。

ディートリヒ様と同じで、先生もアデルリード国には帰らず、シュリーデン国に残るらしい。

まあ、生徒会長と小田を更生させなければならないので仕方ないものの、今回も先生と別れることになるのは少しだけ寂しい感じもある。

この世界に来て最初に合流できたのが先生だからっていうのもあるのかもしれないが、先生には先生のやるべきことがあるので、二人の更生を頑張ってもらいたい。

円とユリアは赤城を誘ってシュリーデン国の観光に繰り出したのだが、そこには三人以外の人物の姿もあった。

それはなんと——渡辺と貫田である。

円とユリアは二人がなるべく早く日常に戻れるようにという思いで誘っていた。

最初こそ誘いを断っていた二人だったが、円とユリアがこれでもかと誘ってきたことと、先生に行ってきたらと背中を押してもらったことがきっかけとなり、同行することにしたらしい。

そして、もう一人の解放者である土門なのだが、こちらはシュリーデン国の騎士団への入隊を志願したようだ。

元々が血の気の多い性格だったものの、現地人の、しかも中級職のグウェインに負けたという事実に納得がいかず、一から鍛え直してリベンジを果たすと口にしていたらしい。

騎士団では雑用からと言われたようだが、相当悔しかったらしくそれでも構わないとやる気に満ちていると耳にした。

土門に関してはシュリーデン国に残ることが確定しているが、渡辺と貫田に関してはわからない。しかし、残るにしろ国を出るにしろ、魔眼の影響が完全になくなったあとの彼女たちなら安心して送り出せると俺は思っている。

残る男性陣の新、グウェイン、ライアンさん、ギルマスだが……彼らは冒険者ギルドに足を運んでおり、たまたま貼り出されていたAランクの魔獣討伐に乗り出していた。

新に関しては冒険者登録をしていたようだが、グウェインとライアンさんはしておらず、本来であれば受けられないはずなのだが……そこはグランザウォールの冒険者ギルドマスターであり、Sランク冒険者という肩書を持つギルマスがゴリ押ししてしまったらしい。

さらに、その依頼をその日のうちに達成して戻ってきてしまったことから、シュリーデン国の王都で新たちはしばらくの間、謎の凄腕《すごうで》冒険者として噂《うわさ》に上ることとなる。

そして、俺はというと――

「何度見ても美しい花畑ですね、トウリさん！」

「あぁ、そうだな」

アリーシャと共に、シュリーデン国を発《た》つ前に訪れた花畑にやってきていた。

「またここの景色を見に来られて、本当によかったよ」

「ということは、それだけ危険なことをしていたということですね？」

「……ごめん、否定はできないかなぁ」

事実、鑑定スキルが俺を助けてくれなかったら、最悪の展開だってあり得たのだ。

……そういえば、バタバタ続きですっかり忘れていたけど、あの時の鑑定スキルのウインドウはなんだったのだろうか。

あの時は今回だけと言っていたが、あの時から今日に至るまで、鑑定スキルはいつも通りに発動している。

それに、あの書き方……機械的なものではなく、なにか人間とやり取りをしているような印象を受けたんだよなぁ。

「……どうしたのですか、トウリさん？」

「ん？　……いや、なんでもないよ」

気になることは多いが、今は忘れてしまおう。

俺はロードグル国から無事に帰ってきて、こうしてアリーシャと並び花畑を眺めている。

この事実が大切なのだから。

「それで、いったいどんな無茶をしてきたのですか？」

「いや、無茶というわけじゃないんだ。ちゃんと鑑定スキルの指示通りに行動していたわけだし」

「それでは、ロードグル国に到着してからシュリーデン国に戻ってくるまで、何があったのかを教えていただけませんか？」

「……それ、今じゃないとダメか？」

「ダメです。私は今すぐに聞きたいのですから」

うーん、せっかくアリーシャと二人きりで花畑に来ているのになぁ。

……だが、アリーシャに上目遣いで見つめられながらお願いされては、断ることなどできるはずがない。

というわけで、俺はロードグル国に到着してからの出来事を話し始めた。

花の都レイトグースのこと、そこで先生たちと別れて行動していたこと、王城に潜入してから土門たちとの戦いをグウェイン、円、ユリアに任せ、俺と新で生徒会長とマリアと戦ったこと。

「トウリさん自身が戦ったのですか？」

「そうしなければ勝てなかったからな。まあ、俺は今まで通り鑑定スキルの指示に従って動いていただけなんだけどな」

そうでなければ生徒会長に殺されていただろうし、もしかするとマリアにすら負けていたかもしれない。

本当に感謝、感謝だよ、鑑定スキルの中の人。

「あっ！　でも、本当に無茶はしていないからな！　それに、自分の命を犠牲にとか、マジで考えていなかったから！」

「うふふ。何度も同じことを言わなくてもわかっていますよ」

「……あっ、そうか？」

アリーシャには心配ばかり掛けていたせいで、すぐに自己犠牲のことが頭をよぎってしまう。

「トウリさんは変わりました。昨日、ご自分でもそう言ったじゃないですか」

「うん、そうだったな」

「……でも、トウリさんの身を案じるのは私の性格のせいもあるので、大目に見てくださいね？」

「そんなもの……ゆ、許すしか、ないだろう」

……う、上目遣いの破壊力よ！

アリーシャの可愛《かわい》さは十分に理解しているつもりだったが、久しぶりの再会ではその可愛さが何倍にも跳ね上がってしまう。

俺は恥ずかしさで見つめ続けることができなくなり、思わず顔を逸《そ》らしてしまった。

「……な、なあ、アリーシャ」

このような状態で口にしていいのか迷ってしまうが、シチュエーション的にはここしかないとも思ってしまう。

そして、俺の緊張が伝わってしまったのか、アリーシャもやや表情を硬くしているように見える。

「……は、はい、なんでしょうか？」

「その……ロードグル国に向かう前、ここで言ったことを覚えているか？」

「……はい」

「……無事に、帰ってきたよ」

「……はい！」

最初の返事は緊張交じりで、次の返事は冷静さの中に嬉しさを滲《にじ》ませ、最後の返事は満面の笑みを浮かべながら。

それ以上の言葉はいらなかった。

俺はアリーシャの肩に手を置いて、目を閉じ胸の前で両手を重ね合わせている彼女を優しく引き寄せると——その唇に自分の唇を重ね合わせた。

柔らかな感触に頭の中は真っ白になってしまったが、ゆっくりと唇を離し、初めてのキスのあとに見せてくれたアリーシャの頰《ほお》を赤く染めた笑みを見て、俺は思わず彼女のことを強く抱きしめた。

「……大好きだ、アリーシャ」

「……私も大好きです、トウリさん」

そのまま愛の告白をし、アリーシャもそれに応えてくれた。

近いうちに二人でグランザウォールの麦畑を見に行こう。

俺に彼女への気持ちを気づかせてくれた、思い出の麦畑を。


翌朝、俺たちは転移魔法陣がある部屋に集まっていた。

アデルリード国へ戻るためなのだが、意外にも渡辺と貫田はシュリーデン国に残ることになった。

なんでも迷惑を掛けた分の償いをしたいと口にしたらしい。

オルヴィス王は気にしないでいいと言っていたようだが、彼女たち自身が考えて決めたことなので、最終的には二人の意見を尊重することにしたようだ。

「いつでも遊びに来てね、忍《しのぶ》ちゃん、火倫《かりん》ちゃん」

「その時は私たちがグランザウォールを案内してあげるわ」

「うん。ありがとう、二人とも」

「その時はよろしくね」

渡辺も貫田も日本にいた時と変わらない笑みを浮かべており、彼女たちがグランザウォールに来てくれる日が待ち遠しくなった。

「絶対にリベンジしてやるからな、グウェイン！」

「僕も負けないように訓練しておくよ、テツヤ」

土門はいつの間にか、グウェインのことを「現地人」とではなく名前で呼ぶようになっていた。

グウェインの方も土門を下の名前で呼んでいるし、この二人、いつの間に仲良くなったんだろう。

「赤城は残るんだな」

「当然よ～。私はディートリヒ様のそばから離れるつもりなんてないんだからね～」

新は赤城に声を掛けている。

しかし、彼女は当然と言っているが、ディートリヒ様はどのように思っているのだろう。

そんなことを考えながら横目に彼を見てみたが、今はそれどころではないと二人の話を全く聞いていないようだった。

彼女を受け入れるつもりがあるのか、そうじゃないのか。

……まあ、俺は赤城が暴れないことを、遠いグランザウォールの地から祈るだけである。

「昨日の魔獣はなかなか骨のある奴だったなあ！」

「だが、魔の森の魔獣の方が強敵だった。私たちもまだまだ強くならねばならないな」

ギルマスとライアンさんは、冒険者ギルドで依頼を受けて討伐したAランクの魔獣のことを話している。

帰ってきてから聞いたのだが、討伐で手に入れた報酬はその日のうちに酒場で全額使い果たしたらしい。

自分たちの分だけでなく、その場にいた酒場の客の支払いもしてきたのだとか。

本来であればシュリーデン国の冒険者が倒すべき相手を奪ってしまった形になっているので、最初からそのつもりで依頼を受けていたようだ。

……だったら最初から依頼を受けずに休んでいたらいいいんじゃないかと考えなくもないが、二人が満足しているならそれでもいいのかと思うことにした。

「ハルカさん、お体には気をつけてくださいね」

「ありがとう、アリーシャさん。あなたも無理だけはしないようにね。桃李君、彼女のことを頼んだわよ」

「わかってる、任せてくれ」

アリーシャは先生とお互いを労《ねぎら》い、別れを惜しんでいる。

そこで俺にも声を掛けてくれたが、その言葉に対してはっきりとそう答えた。

「うふふ。なんだか今日の桃李君は、男らしく感じるわね」

「そ、そうですか？」

「ええ、そうよ。……アリーシャさん」

「はい、ハルカさん」

「桃李君のこと、よろしくお願いします」

「な、なんだよ、先生。改まってそんなこと言って……」

両親でもあるまいし、よろしくだなんて。

「嫌だったかしら？」

「嫌……ではないかな。その、ありがとう、先生」

勇者召喚に巻き込まれただけの先生は、俺たちの中で唯一の大人でもある。

言ってしまえば、俺たちの保護者みたいな立場にもなってしまっていた。

先生がそう思っているのかはわからないものの、俺のことをここまで心配してくれた大人はそう多くない。

だから、先生に心配されることも、アリーシャとのことを祝福してくれることも、素直に嬉しかった。

「皆さん、準備ができましたよ」

最後にオルヴィス王が転移の準備ができたことを伝えてくれる。

シュリーデン国からの転移は本来、五人までが限界で、一度使うと二四時間は使用不可となる。

しかし、今回からはディートリヒ様の判断により使用制限が解除された。

これもウィンスター王から許可が出ているようで、今回の勝利とオルヴィス王の判断から、使用制限の解除を決めたようだ。

「それでは皆様、またいつでもいらしてください」

「今度来る時は、単純に観光で来たいと思います」

オルヴィス王やディートリヒ様、シュリーデン国に残る面々が見送ってくれる。

俺たちはそんなみんなに手を振りながら、グランザウォールへと戻っていった。


「――うわー！　本当にすごい景色だね！」

数日後、俺は麦畑にやってきていた。

アリーシャと二人で……ではない。

「まったく、こんなに景色の良い所を独り占めだなんて、桃李も酷《ひど》いわねぇ」

「そ、そんなんじゃないから！　ここはアリーシャとの思い出の場所で――」

「へぇー、そうなんだ、トウリ」

「俺たちの知らないうちに、いつの間にか愛を深めていたんだな」

「お、お前たちまで！」

ロードグル国で戦闘を一緒に乗り越えたメンバーで、グランザウォールの麦畑へやってきたのだ。

これはアリーシャからの提案で、グランザウォールの素晴らしい景色をみんなにも見てもらいたかったようだ。

俺としては二人で来たかったのだが、そう言われてしまうと文句は言えない。

「皆さんに気に入ってもらえたようで、私も嬉しいです」

そして、喜んでいるアリーシャの顔を見ると、俺も嬉しくなってしまう。

「最初はここの景色を守るために、俺も頑張ったんだよなぁ」

「トウリがいなかったら、この景色だけじゃなく、グランザウォールもなくなっていただろうね」

「あの時はトウリさんだけじゃなく、ハルカさんにもお世話になりましたね」

それから俺たちは、麦畑を前にして地面に布を広げ、外でのランチを始めた。

そこではこれまでの出来事をみんなで語らい、当時は大変だったことを笑い話に変えている。

それだけの時間を、俺たちはこの世界で過ごしてきたのだ。

――!?

……そんなことを考えていると、隣に座るアリーシャが俺の手をこっそりと握ってきた。

チラリと横目に見ると、彼女も見ていたのか目が合い、ニコリと微笑《ほほえ》む。

この幸せがずっと続くよう、俺は俺にできることをやり続けるしかない。

そして、俺だけではどうしようもないことは、みんなの力を借りればいいのだ。

「……頑張ろう」

頑張る、ただそれだけのことを心に誓い、俺はアリーシャの手をこっそりと握り返したのだった。

職業は鑑定士ですが［神眼］ってなんですか？ 3

～世界最高の初級職で自由にいきたい～

あとがき

皆様、はじめまして。渡琉兎《わたりりゅうと》と申します。この度は拙著『職業は鑑定士ですが【神眼】ってなんですか？　～世界最高の初級職で自由にいきたい～　3』をお手に取っていただき、誠にありがとうございます！

まずは3巻の内容に触れていきたいと思います。

今回はグランザウォールとアデルリード国を飛び出し、さらにはシュリーデン国からも飛び出してのお話でございます。

本編には唯一登場していなかった光也《こうや》の登場、そしてクラスメイトを引き裂いていたマリアとの全面戦争がメインとなりました。

ウェブ版の内容から大きく加筆・修正しており、クライマックスへ向かうストーリーのほとんどが新規書き下ろしとなっております。

1巻、2巻と同様になりますが、3巻もウェブ版を読まれている読者様にも絶対に楽しんでもらえる内容になりました。

全体的な内容としましては、冒頭で2巻のエピローグに出てきた王都からの騎士四人の話、次にウェブ版でも登場しております笑奈《えな》との迫力のあるバトル、そこからロードグル国へ！　という流れになっております。

そして、その中に2巻で付き合うことになった桃李《とうり》とアリーシャの関係が深まるシーンも……なんてことがあり、最高に面白い一冊になったと自負しております！

そして、今回のイラストになりますが……えぇ、最高でした！

1巻、2巻と見てきた私としては当然なのですが、新しくイラストになった笑奈、光也、マリアの素晴らしいこと、素晴らしいこと。

笑奈の気の強そうなところも、光也の職業勇者っぽい感じも、マリアの妖艶《ようえん》な雰囲気も、すべてがイメージ通りで何度も見返してしまいました！

そして、新規キャラではないのですが……アリーシャが、可愛《かわい》すぎませんか？

巻を重ねるごとに可愛さが増しており、3巻では可愛さが大爆発しているんですよ！

これはもう、ゆのひと先生へ最大限の感謝をお伝えしなければなりません！

ゆのひと先生、この度は『鑑定士』のイラストを引き受けてくださり、誠にありがとうございました！

さて、MFブックス読者の皆様ならお気づきかと思いますが、『鑑定士』は3巻をもって完結となります。

拙著は《第6回カクヨムWeb小説コンテスト》にて特別賞を受賞し、書籍化に至りました。

私としてはコンテストでの受賞は二度目となり、連絡をいただいた時は驚きと共に嬉《うれ》しさを爆発させていたなと、今でも鮮明に思い出すことができます。

至らない点を担当様にご指摘いただき、作品がより良いものになっていく作業は、二シリーズ目であってもとても貴重な経験となりました。

この貴重な経験は、間違いなく私の成長に繋《つな》がりました。

『鑑定士』は3巻で完結となりますが、今後とも渡琉兎を追いかけてもらえると嬉しいです！


それでは最後に謝辞へ移りたいと思います。

最後まで拙著を支えてくださいました担当様、特別賞で拾っていただき、より良い作品に仕上げるために様々なフィードバックをしていただきました、本当にありがとうございました！

毎回、最高のイラストを描いていただきましたゆのひと先生、私はイラストを受け取るたび、あまりに素晴らしいので小躍りをしていました、本当にありがとうございました！

ウェブ版から『鑑定士』を応援してくれた読者様、厳しいお言葉も、お褒《ほ》めのお言葉も、私にとってはすべてが成長に繋がるものとなりました。書籍版は3巻で完結となりますが、ぜひともウェブ版でお付き合いいただければと思いますので、何卒《なにとぞ》よろしくお願いいたします！


そして、拙著の制作にかかわってくださいましたすべての方に——最大級の感謝を！

終わり

職業は鑑定士ですが【神眼】ってなんですか？ 3

～世界最高の初級職で自由にいきたい～

MFブックス

職業は鑑定士ですが【神眼】ってなんですか？～世界最高の初級職で自由にいきたい～ 3

2023年5月25日　初版第一刷発行

著者　渡琉兎
発行者　山下直久
発行　株式会社KADOKAWA
〒102-8177　東京都千代田区富士見2-13-3
0570-002-301（ナビダイヤル）
印刷・製本　株式会社広済堂ネクスト

ISBN 978-4-04-682483-7 C0093
©Watari Ryuto 2023
Printed in JAPAN

●本書の無断複製（コピー、スキャン、デジタル化等）並びに無断複製物の譲渡及び配信は、著作権法上での例外を除き禁じられています。また、本書を代行業者等の第三者に依頼して複製する行為は、たとえ個人や家庭内の利用であっても一切認められておりません。
●定価はカバーに表示してあります。
●お問い合わせ
https://www.kadokawa.co.jp/（「お問い合わせ」へお進みください）
※内容によっては、お答えできない場合があります。
※サポートは日本国内のみとさせていただきます。
※ Japanese text only

企画　株式会社フロンティアワークス
担当編集　河口紘美／齋藤 傑／吉田響介（株式会社フロンティアワークス）
ブックデザイン　鈴木 勉（BELL'S GRAPHICS）
デザインフォーマット　ragtime
イラスト　ゆのひと

本書は、2021年にカクヨムで実施された「第6回カクヨムWeb小説コンテスト」で異世界ファンタジー部門特別賞を受賞した「職業は鑑定士ですが（神眼）ってなんですか?～初級職と見捨てられたので自由に生きたいと思います～」を加筆修正したものです。
この作品はフィクションです。実在の人物・団体・事件・地名・名称等とは一切関係ありません。

ファンレター、作品のご感想をお待ちしています

宛先
〒102-0071　東京都千代田区富士見2-13-12
株式会社 KADOKAWA　MFブックス編集部気付
「渡琉兎先生」係「ゆのひと先生」係

二次元コードまたはURLをご利用の上
右記のパスワードを入力してアンケートにご協力ください。

https://kdq.jp/mfb
パスワード
8hdfe

● PC・スマートフォンにも対応しております（一部対応していない機種もございます）。
●アンケートにご協力頂きますと、作者書き下ろしの「こぼれ話」がWEBで読めます。
●サイトにアクセスする際や、登録・メール送信時にかかる通信費はご負担ください。
● 2023年5月時点の情報です。やむを得ない事情により公開を中断・終了する場合があります。